피에 젖은 노을

피에 젖은
노을

정형남 장편소설

애플북스

|차례|

문을 열다

산을 오르지 않는 날이나 들판 너머 아슴한 거리의 바닷가에 나가지 않는 날이면 눈 아래로 내려다보이는 호수를 찾았다. 호수를 끼고 도는 자전거 산책길은 저녁노을만큼이나 정감을 안겨주었다. 호수 속에 거꾸로 잠긴 태공의 모습이 한 폭의 정물화처럼 한가하게 보였다. 차량의 소음이 와 닿지 않는 시골의 정취는 태고의 아련한 숨결로 폐부를 어루었다.

그날은 이제 막 동면에서 깨어난 개구리 울음소리를 귓결로 흘려들으며 숨죽이고 엎디어 있는 마을 어귀를 돌아들었다. 가깝다면 가까운 거리인데도 지나치는 길목에 그저 눈으로 일별한 마을인지라 다소 어린아이의 낯가림으로 다가왔다. 봄 향기를 머금은 개구리 울음소리만 아니라면 이질감마저 들 법하였다. 그 가운데 비바람 찬서리에 부대끼며 망부석처럼 서있는 삼층석탑이 시선을 붙들었다. 그리고 그 앞에서 치성을 드리고 있는 여인네……

지난 가을 거두었던 고추밭과 김장밭은 정한으로 얼룩진 훈김이 묻어나 봄을 시샘하는 꽃샘추위에 내리는 빗물처럼 쓸쓸하고 애잔한 기운이 서리어 있었다.

정연(鄭然)은 자전거를 세워놓고 삼층석탑 곁으로 다가갔다. 이끼 낀 표지판은 지방문화재이며 통일신라시대의 유물이라고 붙박이로 말하였다.

여인네는 정연의 존재를 전혀 의식하지 못하였다. 세월의 풍상에 부대끼고 닳아진 삼층석탑과 정갈한 모습으로 치성을 드리는 여인네의 자태가 하나로 어우러져 하나의 입상처럼 보였다. 정연은 여인네의 그 모습을 바라보며 왠지 모르게 서러운 마음이 들면서 한 서린 우리네 어머니를 떠올렸다.

"이리 와 술 한 잔 하시게요."

발길을 돌리려는데 느닷없는 여인네의 목소리에 정연은 자신의 귀를 의심하였다. 한없이 가라앉은 음성은 환청처럼 들려 가슴 깊이로 파고드는 한 송이 눈(雪)의 무게로 와 닿았다. 여인네는 무릎앉음새를 편안하게 고쳐 앉으며 재차 손짓해 불렀다.

정연은 자석에 이끌리듯 여인네와 마주 앉았다. 가까이에서 마주 대하고보니 세파에 시달려온 연륜이 얼굴 가득 새겨져 있었다. 치성을 드리는 정한이 주름살 속에 문신처럼 배어났다. 삼층석탑 앞에 진설한 두어 가지 나물과 돼지수육은 조촐한 안주거리였다. 그 가운데 도드라지게 눈에 들어온 것은 중앙에 소복하게 차려올린 엿이었다. 의외라는 느낌이 들었다. 여인네는 말없이 술잔을 건넸다. 정연은 어정쩡하게 술잔을 받았다.

"그렇지 않아도 궁금함이 일었습니다."

"오늘 기도가 끝나는 날이오."

여인네는 묻잖은 말로 홀가분함을 나타냈다.

"그러세요. 몇 날이 걸렸는지 모르겠지만 정성이 깃들어 있습니다."

"오늘로 삼년이구만이라우. 아흔아홉 수를 사시고 돌아가신 시아버님 삼년상인 셈이지요. 세월이 긴 것도 같은디 뒤돌아보니 금방이네요."

여인네는 새삼 감개가 무량하다는 얼굴이었다. 그런 기분이 들지 않는다면 굳이 정연을 스스럼없이 부르지는 않았을 것이다.

"정말 대단한 효심입니다."

삼년상 자체가 요즘 세상에 생각할 수 있는 일인가. 사십구제도 번거롭게 여기며 삼우제마저도 생략하는 세태 아닌가.

"요즘 시상에 그게 뭐 효심인가요. 주책이지요."

여인네는 삼층석탑을 그윽한 눈길로 쓸어보았다.

"시아버지의 삼년상을 삼층석탑 앞에서 드린 사연이 있을 법한데요."

"시아버님의 간절한 유언이었지요."

"삼층석탑과 무슨 연관이라도 있는가요?"

정연은 여인네에게 술잔을 건넸다. 저녁노을이 점점 사위어 가고 산자락에 어둠이 내려앉기 시작하였다.

"사연이 길지요. 천년세월 대대로 이어져 왔으니께요."

"조상의 한과 관련이 있는가 봅니다."

"말하자면 그렇지라우. 조상의 한스러움을 대물림으로 가슴에 지녀왔으니께요. 부질없는 집착인지도 모르겠고……."

"이 엿은 제물로는 상당히 이색적인데요."

정연은 안주삼아 엿을 한입 깨물었다. 달작지근하면서도 고소한 맛이 입안에 착 달라붙었다.

"그런 셈이지요. 대대로 엿을 빚어왔으니께요. 그만 일어나시게요. 머리위에 어둠이 내려앉는구만요."

"저는 이야기를 더 듣고 싶습니다만……."

정연은 변죽만 울리다만 여인네의 집안 내력에 대해 아쉬움을 내비쳤다.

"우리 집으로 가시게요."

여인네는 일방적이다 싶게 자리를 정리하고 앞장섰다. 초승달이 서산마루에 여리고 애처롭게 걸려 있었다.

여인네의 집은 마을입구 묘지를 지나 제일 위쪽에 자리하고 있었다. 마을이래야 오늘의 현실을 반영하듯 열두어 채 남짓하여 여인네의 집은 그만큼 호젓하였다. 한눈에 멀리 바다가 열려있고, 드넓은 들판이 시원스레 내려다 보였다. 바로 눈 아래 삼층석탑이 들어왔다. 짐작컨대 삼층석탑이 무언의 침묵으로 말해주듯 마을 전체가 제법 규모가 반듯한 도량(道場)이었을 것이다. 여인네의 집은 위치로 보아 산신각 아니면 칠성단이 있었던 자리쯤으로 짐작되었다.

"자식들은 다들 도시로 나가고, 시부모님과 영감을 앞서 보내고 나서 나 혼자 궁상을 떨며 살다보니 집이 그렇소만 괘념치 마시게요."

여인네는 오랜만에 말벗이 생겼다는 듯 어둠살이 서려있는 외로움을 손사래 치듯 하며 풋풋함을 베어 물었다.

"뭘요. 집안이 살뜰하고 정갈하십니다."

정연은 벽면에 걸려있는 가족사진을 올려다보았다. 한쪽 벽면을 빼곡하게 장식한 가족사진은 사각모를 쓴 손자로부터 아들 딸다복한 집안이었다. 제일 위쪽 중앙에 여인네가 말한 시아버지와 시어머니의 빛바랜 사진이 걸려 있었다. 여인네는 조촐한 주안상을 내왔다. 역시나 상 위에 안주로 엿을 올려놓았다.

"생면부지 손님을 오시라 해놓고 대접이 영 그렇소."

"별말씀을 다 하십니다. 시아버님께서 의연해 보입니다."

"특별하거나 유별난 분은 아니셨고, 다만 윗대로부터 내려온 유습(遺習)을 소중하게 여겼구만이라우."

"유습이라면 삼층석탑과 관련이 있는가요?"

정연은 차분하게 앉음새를 바로하며 술잔을 비웠다. 그리고 엿을 한입 깨물었다. 막걸리와 엿. 생각보다 궁합이 잘 맞는 안주였다.

"짐작은 하셨겠지만 마을이 들어서기 전에는 아담한 도량이었구만요."

"삼층석탑 안내표지문을 보니 통일신라시대로 거슬러 올라가더군요."

"백제가 망하고 일본으로 건너간 백제유민의 무사안녕을 기원하기 위해 이곳에 남은 자손들이 지은 절이었구만이라우."

"그렇다면 시아버님의 윗대 조상도 그 가운데 한 분이셨단 말인가요?"

"물론이지요. 그때는 마을 어귀까지 바닷물이 차올라 어족자원이 풍부하였을 뿐만 아니라 바닷길이 한없이 열려 있어 한 서린 고국 땅을 뒤로 하고 바다를 건너갈 수 있었다고 하더이다. 시아버님의 윗대 조상은 여기 남아 그들을 바다 멀리 떠나보냈고요."

"임진왜란과 정유재란 때만해도 이순신장군이 이곳에서 식량을 실어갔다고 하더군요."

"그러게요. 지금의 들녘은 일제 때 원막이를 하였제요. 여기에서 난 곡식을 일본으로 실어가기 위해 기차철로도 생겨났고요."

"그 같은 수난의 역사는 들어 알고 있습니다만, 이곳에서 백제유민이 배를 타고 바다를 건너갔다니 격세지감이 듭니다."

정연은 새삼 세월의 간극을 느꼈다. 생각을 곱씹을수록 아릿한 통증 같은 슬픔이 솔잎에 맺힌 이슬방울처럼 가슴에 맺혀났다.

"시아버님께서는 살아생전 매일같이 삼층석탑을 어루만지며 조상의 넋을 기렸어요."

"윗대 조상께서는 무슨 사연으로 바다를 건너가는 사람들 속에 합류하지 못하였을까요?"

"시아버님 말씀으로는 윗대 조상님의 부인께서 만삭의 몸이어서 어쩔 수 없이 이곳에 남아 눈물로 그들을 배웅하였다네요. 해산날과 맞물렸다나요. 그래서 노약자들과 병약한 사람들과 같이 남아 바다를 건너가는 백제유민의 무사를 빌었다 하더이다."

"정말 전설 같은 슬픈 역사입니다."

정연은 후두둑 가슴을 여미었다. 망각의 늪에서 한 조각 파편처럼 각인되는 역사의 진실을 어떻게 담아야 할까?

"이제는 세월이 흐른 만큼이나 잊혀지고 묻혀졌지요."

"유서 깊은 절이 언제 소실되었을까요?"

"금메요. 거기에 대해서는 여러 이야그가 있소만, 나로서는 어느 이야그가 옳은지 분간을 못하겠구만이라우."

"그 말씀을 들으니 삼층석탑이 더욱 가슴을 여미게 합니다."

눈 아래 내려다보이는 삼층석탑 주위로 서녘 초승달빛이 안개빛으로 드리웠다.

"호젓한 밤 달빛을 이고 선 삼층석탑을 볼라치면 시아버님 영상이 겹쳐져 마음이 팬스레 울적하다오. 윗대 조상님들의 망부석 같기도 하고요."

"바다를 건너간 백제유민의 자손들은 조상님들이 어디에서 왔는지 알까 모르겠습니다."

"시아버님께서도 그 점에 대해서는 일말의 의문을 가졌습니다만, 혹여 모르제요. 우리 집 가대처럼 누대로 기록한 유품이라도 있다면 뿌리의 내력을 소중히 지니고 있을지 누가 아남요."

"그렇다면 얼마나 다행입니까. 자손의 누군가가 뿌리의 근원을 밝혀내지 말라는 법은 없겠지요."

정연은 불쑥 여인네가 지니고 있다는 유품을 볼 수 없을까, 솟구치는 충동을 자제하였다.

"시아버님께서도 그런 기대감을 안고 평생을 사셨어요. 돌아가신 뒤에라도 그 같은 사실이 밝혀진다면 지하에서도 기쁨의 눈물을 흘리실게요."

"시대가 아무리 변했다 하더라도 그런 기대감을 지녀야지요. 그런데 이 엿은 직접 고아 빚은 것입니까?"

정연은 부름을 깨물듯 엿을 깨물었다. 먹을수록 찰지고 구수한가 하면 달착지근하고 입안이 환하였다.

"조상 대대로 전수되어 내 차례까지 이르렀구만이라우."

"삼층석탑 앞에서 도드라지게 엿을 올린 것을 보고 세월의 간극을 넘나들었을 거라는 느낌은 들었습니다만, 그 무언가가 입안에 가득합니다."

"윗대 조상께서 백제유민을 바다 멀리 떠나보내기에 앞서 몇날 몇 밤을 밝혀가며 엿을 만들었다고 하더이다. 뱃멀미에도 좋고, 허정한 뱃속을 달래기에도 좋고요. 조국의 향수를 입 안 가득 담아 오래오래 잊지 말고 간직하라는 염원까지 담아서요."

"그러한 염원을 기리기 위해 천년세월 누대를 이어 한결 같은 마음으로 엿을 빚어왔단 말인가요?"

정연은 경이로운 마음으로 혀끝을 감싸안는 엿의 맛을 새삼스레 음미하였다. 도자기라든가, 민속품 따위는 대물림으로 긴 세월을 뛰어넘는다고 하지만 간식거리에 지나지 않는 엿을 천년세월

14

대를 이어 빚어오다니…….

"뒤돌아보면 세월이 무상하지요. 우리 집안의 가풍이랄까, 비법을 올곧이 품 받아 이어왔으니 마당가에 뿌리내린 동백나무 같은 생각이 드요."

"엿을 만드는 데도 전래의 비법이 있는가요?"

"있다마다요. 지방마다 사용하는 재료가 다르고, 저마다 정성어린 손맛을 지니고 있제요. 무엇보다 정갈한 마음자세가 똑 뿌러지게 중요하요. 이마에 맺히는 땀방울만큼이나 공력이 깃들어야제요."

"그 마음속에 백제유민을 바다 멀리 떠나보낸 서럽고 한스러운 선조의 넋이 담겨 있겠군요."

정연은 만삭의 몸으로 몇 날을 지새우며 기도하는 마음으로 엿을 빚었을 여인네의 선조를 아슴한 신기루처럼 떠올렸다.

"선조의 마음을 올곧이 새기며 엿을 만들다보면 저절로 마음이 숙연해지요. 정성으로 전수되어 내려온 그 세월을 어느 누가 알기나 하겠소."

"말씀을 듣고 보니 엿 맛이 더욱 깊어집니다."

"위메, 습관처럼 몸에 익어서 그렇제, 처음에는 무던히도 토심스럽고 애를 먹었구만요."

"다음 며느리께서도 한결같은 마음으로 대를 이어나가야겠습니다."

"당연히 그래야 하는디, 시상이 어디 그렇소. 젊은 사람일수록 우리 것을 시뿌게 여긴 나머지 눈 아래로 내려다보지 않으요. 힘든 일, 돈 안 되는 일이라면 저저이 머리를 내두르고. 헌디 막내 며느리가 쪼깐 관심을 가지요. 기특한 생각도 들고, 어쨌거나 나로서는 천만다행으로 든든한 마음이 드요."

"우리의 것을 소중하게 생각하는 젊은이들도 있습니다."

"그런디, 어떤 인연으로 이곳에 오게 되었는가라우?"

"아, 저 말씀입니까? 도시생활을 정리하고 나서 어딘가에 모닥불처럼 향수를 온전히 피워줄 안온한 곳이 있지싶어 여러 곳을 기웃거리다 이곳 고인돌무지를 발견하고 마음을 내려놓기로 하였습니다."

"고인돌이사 몇 년 전만 하더라도 사방에 널려있었지라우. 우리들은 그게 옛사람들의 무덤인줄 모르고 장독대도 놓고, 개울목 넓적다리도 놓고, 마을 표지석도 했제요. 그 위에 한술 더 떠서 새마을 가꾸기야, 마을 안길 넓히기야, 마구잡이로 파뒤집어 훼손시켰구만이라우."

"그 점은 심히 유감스럽고 아쉽더군요. 아무튼 선사시대 때부터 주거혈거지(住居血居地)라는 점에서 옛 조상들의 숨결이 오롯이 잠들어 있을 거라고 생각했습니다. 예상한 대로 얼마나 산수 좋고 풍취 좋습니까. 풍요로운 들판과 바다가 열린 공간으로 다가와 마음을 시원하게 안아 줍니다."

"다들 한 마음으로 그런 생각을 지니고 있다면 누가 뭐라 하겠소. 그런디도 다들 도시로 떠나고 마을들이 고사 직전 아니요. 삼층석탑만 하더라도 백제유민의 정한이 깃들어 있는디 소 닭 보댓기 하지 않는개비요. 여력만 있으면 나라도 불끈 일어나 소실된 유실물을 다시금 일으켜 세우고 싶소만, 그저 부질없는 한낱 베갯머리 공상에 지나지 않으요."

"언젠가는 그 소원이 이루어질지 누가 압니까."

"하메, 그 시절이 언제 돌아올런지. 시아버님께서도 그 같은 염원을 한 평생 가슴에 지니다 가셨응께요."

여인네의 눈길이 벽면의 시아버지 사진에 머물렀다. 정연은 그 모습을 지켜보며 엉뚱한 생각을 하였다. 여인네의 다음 세대에 이르면 여인네의 시아버지가 가슴에 지녔던 간절한 염원을 얼마큼 새겨 담을까? 시절은 빠르게 변하고, 사람들의 의식은 옛것을 소홀히 하여 망각의 늪을 넓혀가지 않는가. 우리네 핍박한 환경이, 삶의 의식구조와 생리가 그렇지 않는가. 하지만 실낱 같은 희망의 불꽃이 망각의 늪지대에 도사리고 있을지도 모른다. 아주 조그마한 성냥개비 한 개가 크나큰 불씨를 일으키지 않는가.

"너무 비관하지 마십시오. 뿌리 찾기는 인간의 영원한 향수이자 근원입니다. 제가 보니까 백제유민의 넋을 기리기 위해 축제를 열더군요."

"여러 해 전부터 면민들이 한마음으로 축제마당을 걸판지게 하요만, 그것도 요즘은 전국방방곡곡 마구잡이로 유행하는 축제마당 같아서 내가 보기에는 어째 좀 그렇다는 느낌이 드요."

"시대상을 반영하는 것 아니겠어요. 점차 새로운 자각으로 축제마당을 발전적으로 이어간다면 가슴에 지닌 염원이 이루어질지 누가 압니까."

"그렇다면야 얼마나 좋겠소. 엿을 더 내올까 봐요."

여인네는 엿을 잘도 깨무는 정연을 의식하였다.

"됐습니다. 그만 가봐야겠습니다."

"그럼, 가실 때 쬐끔 싸 줄테니께 이물개로 드시게요."

"정말 엿을 맛보니 진득한 향수가 가슴에 가득 찹니다."

"우리 자식들도 미쳐 그런 마음을 지니지 못 했는디 참으로 기쁘요. 일어나실려고요? 잠깐 있어 보시오."

여인네는 엿을 봉지에 싸주고 나서 장롱 깊숙한 곳에서 낡고 퇴색한 고서를 꺼냈다.

"이건 뭡니까?"

"시아버님께서 소중하게 지니셨던 가보(家寶)지요. 백제유민에 얽힌 이야기와 엿을 만들어 온 내력이 적혀있을 것이오."

"그 귀중한 가보를 어찌 저에게……?"

정연은 흔감한 마음으로 몇 장을 떠들려 보았다. 각기 글씨체가 다른 누대로 이어온 필사본이었다.

"한문이 섞여 있어 우리 자식들은 제대로 음독하지 못하고, 그렇다고 언제까지 마냥 장롱 깊숙이 처박아 둘 수는 없지 않겠수. 수고스럽겠지만 해석을 곁들여 한번 봐주십사 하고요. 어쩐지 믿음이 가네요."

"저로서는 고맙기만 합니다. 기꺼운 마음으로 가슴에 새기고 나서 돌려 드리겠습니다."

정연은 여인네와 헤어져 삼층석탑 곁에 세워둔 자전거를 타고 집으로 돌아왔다. 밤하늘의 별빛이 유난히 밝았다. 간단히 샤워를 하고 나서 엿과 여인네 집안의 가보를 책상 위에 펼쳤다. 백제유민을 실은 배가 가뭇하게 포구를 벗어나자 만삭의 여인이 눈물을 훔치며 손짓해 보내고 있었다.

까마귀 떼

한 무리 사람들이 열가치를 넘어왔다. 몇 날을 걸어왔는지 지치고 굶주린 초라한 행색은 그야말로 아사직전이었다. 열가치는 까마귀 떼로 새까맣게 뒤덮여 있었다. 시신 썩어나는 냄새가 진동하였고, 죽어 널브러진 시신들은 차마 눈뜨고 볼 수 없었다. 며칠 전에 결사항쟁으로 최후를 마친 전사들이었다. 그 속에는 무참하게 죽어간 어린아이들과 부녀자들, 그리고 머리 허연 노인네들의 시신도 보였다. 참으로 처참한 전경이었다.

"너무나 장렬한 죽음들이오."

"피를 토하고 죽을 일이구려."

무리를 이끈 존장(尊長)은 하늘을 우러러보며 탄식하였다. 이들도 백제부흥의 깃발을 들고 나당연합군에게 항쟁하다 패색이 짙어 남으로 쫓겨내려온 터였다. 사백년 백제의 사직이 이렇게 허무하게 패망하게 되다니……. 위로는 임금이 충신의 직언을 멀리하였고, 아래로는 고을의 아전에 이르기까지 사치와 부정부패로 본분을 망각하였기 때문이었다. 어찌 통탄하지 않으랴.

백제부흥군도 마찬가지였다. 내부의 균열과 반목은 필패의 원인인데도 반목과 탐욕의 먹장구름을 드리웠다. 지방의 몇몇 무리들이 오직 나라 잃은 분노와 수모를 이기지 못하여 백제부흥의 기치를 드높였으나 지리멸렬 분루를 삼켜야 했다.

이들이 지치고 굶주린 모습으로 이곳에 이른 것은 그나마 이곳은 마지막 항쟁의 보루로 남아있을 것이라는 일말의 희망을 안고 있었던 것이다. 그런데 이곳도 피로 얼룩져 있지 않은가.

모든 기대를 저버린 참혹한 전경에 모두들 할 말을 잃은 채 피눈물을 흘렸다.

"이제는 어떻게 할까요?"

"……바다를 건널 수밖에!"

존장은 눈앞에 펼쳐진 바다를 바라보며 끊어치듯 결연하게 말하였다.

"바다를 건넌다면?"

"바다 건너 섬나라로 뱃길이 열려있을 게야."

존장은 섬나라 일본에 백제인들이 상당한 터전을 일구고 있다는 것을 알고 있었다. 백제와 일본과는 오래전부터 돈독한 우애를 맺어왔고, 문화교류가 활발하게 이루어졌으며, 백제가 나당연합군과 싸울 때도 구원병을 보내지 않았던가.

"바다를 건너자면 그에 대한 만반의 준비가 필요한데 쫓기는 상황에서 가능하겠습니까?"

"죽음의 기로에 서있지 않은가. 더 이상 선택의 여지가 없어.

아니면 이곳에서 계백장군의 오천 군사처럼 마지막 항쟁의 대미(大尾)를 장식하든지. 다행히 이곳은 지형이 협소하고 외진 곳이면서도 바다가 가없이 열려있고, 한 차례 전화(戰火)로 당분간 피폐하고 버려진 땅으로 인지되어 안전할 거야. 그 기회를 이용하면 될 걸세."

존장은 무리를 이끌고 마을로 들어섰다. 마을은 그야말로 쑥대밭이었다. 불타고 망가진 집들은 형체뿐이었다.

"이곳은 신성한 소도(蘇塗)부락입니다."

마을을 둘러본 사람이 말하였다.

"그러게나. 백제 이전 부족국가 시절 자생한 유구한 소도부락이구려. 이 신성한 부락을 이렇게 훼절시키고 피바다를 이루었다니 통분할 수밖에 없네."

존장은 다시 한 번 분노의 눈물을 흘렸다. 소도는 비록 살인을 한 자라도 그곳에 숨어들면 형벌을 내릴 수 없는 지극히 신성한 곳이었다. 그렇다면 이곳은 백제 이전 부족국가 때부터 형성되어 자율적으로 살아온 공동체이다. 지금까지 그 같은 공동체 부락을 지켜 내려올 수 있었던 것은 지리적으로 형성된 천혜의 고장이기에 가능하였을 것이다.

"선대의 역사의식과 전통이 피로 얼룩졌습니다."

"이로써 백제의 혼은 지하에 묻힌 거나 다름없네. 소도 샘 주위에 움막이라도 짓고 나서 장렬하게 죽어간 넋들을 고이 묻어 주세나."

무리들은 존장의 지시에 따라 소도 샘 주위에 임시 거처를 마련한 다음 여기 저기 널브러진 시신들을 한곳에 모아 장례를 치렀다. 새삼 나라 잃은 서러움을 깨물었다.

　"저기, 바닷가에 버려진 어선이 몇 척 있습니다."

　먹을거리를 찾아 바닷가에 나갔던 사람들이 반가운 소리를 하였다. 고맙게도 이곳 바닷가는 먹을거리가 풍부하였다. 꼬막, 조개, 굴을 비롯하여 숭어, 문저리, 장어, 낙지, 양태, 서대, 농어, 전어, 문어 등 종류도 다양한 어패류들이 그물에 걸리거나 호미 끝에 묻어났다. 이렇게 풍족한 곳이기에 선사시대 이래로 그들만의 소도부락을 이어올 수 있었을 것이다.

　"하늘이 우리를 도우는가 보네."

　존장은 방향도 가늠하지 못하고 이곳에 이른 것부터가 하늘의 도움이었다고 생각하며 바닷가로 나갔다. 드넓은 호수를 연상케 하는 바다는 천혜의 요새지로 다가왔다. 그만큼 풍족한 어족자원이 숨 쉬고 있을 듯하였다. 주인 잃은 고깃배는 쓸쓸히 파도에 깝죽거렸다. 버려진 배. 존장은 잠시 생각에 잠겨 있다가 그 가운데 쓸만한 배 서너 척을 뭍으로 끌어올렸다.

　"누가 목수 일을 해 보았는가?"

　"두치 아범과 용바우 노인이 먹줄깨나 튕겼습니다."

　"집 목수 아니던가?"

　"뭍에 사는 사람이 집 짓는 것밖에 더해 봤겠습니까요."

　"아무튼 데려오게. 궁즉통이라고 했느니."

존장의 말이 떨어지기가 무섭게 두치 아범과 용바우 노인이 불려왔다.

"저들은 집 목수인뎁쇼."

두릿하게 모래밭에 끌어올린 고깃배를 살펴보던 두 사람은 존장의 설명을 듣고 난색을 드러냈다.

"알고 있네. 이 배들의 모형을 잘 보게나. 이 배들을 해체하여 두 폭짜리 돛단배를 만들었으면 하네. 가능하겠는가?"

"금메요. 뜯어 맞추는 거야 어렵지 않겠습니다만, 똑 부러지게 자신할 수는 없네요."

"자네들 손에 우리의 목숨이 달려있네. 저 드넓은 바다를 건너 갈수 있느냐 없느냐, 생사의 갈림길에 놓여있단 말일세. 내 말 알겠는가?"

"알고말고요. 해보는 데까지 해보지요."

"그럼, 당장 시작하게."

존장의 명령과 함께 두치 아범과 용바우 노인은 힘깨나 쓰는 장정들을 뽑아 조심성 있게 해체작업을 시작하였다.

"조심히 다루어. 갑판 하나라도 부서져 나가면 낭패니께."

"마누라 젖가슴 만지댓기 하요."

"헌디, 두치 아범 말일세. 연장이 제대로 있어야 배를 모양새 있게 지을 게 아닌가."

"가난한 집에서 금수저를 찾겠다는 거요? 없으면 없는 대로 챙겨야지요."

"말이사 쉽제. 대충대충 뚜드려 건조시킬 수도 없고, 허참. 진 땀이 절로 나네. 어이, 이것 좀 붙들어 달드라고."

초겨울 맵싸한 찬바람을 맞으며 연일 배를 건조하였다. 그들은 배가 완성되어가는 과정을 지켜보며 처음과는 달리 슬프고 처참한 분위기에서 벗어나 한 가닥 희망을 안았다. 그 바라는 바가 고국산천을 뒤로 하고 바다 멀리 낯설고 물설은 곳이었다. 더구나 앞날을 예측하거나 보장할 수 없어 크나큰 모험이었다. 만에하나 바다 가운데에서 풍랑이라도 만나 생사의 기로에 처한다면 모든 희망이 물거품처럼 스러질지도 모를 일이었다. 그리고 천행으로 일본 땅에 무사히 도착한다 해도 반겨줄 사람 하나 없는 낯선 곳에서 어떻게 뿌리를 내릴 것인지 생각만 해도 암담하고 아득한 기분이었다. 그렇다고 단념하거나 포기할 수는 없는 일이었다. 바다를 건너가는 길만이 유일한 희망이요, 도피처였다.

그들이 배를 짓고, 바다를 건너 갈 구체적인 계획을 세우고 있을 즈음, 소도부락에서 조금 떨어진 용두포구에 또 다른 무리들이 무넘이재를 넘어 도착하였다. 그들 또한 헐벗고 굶주려 피골이 상접한 모습들이었는데, 열가치를 넘어와 소도부락에 도착한 사람들과는 다소 달랐다. 그들은 본디 이곳 소도부락을 중심으로 용두포구 주변에서 살고 있던 토박이들로, 백제부흥군과 나당연합군의 마지막 전투가 벌어지던 날 몸을 피신한 무리들이었다. 그래서 대부분 연약한 아녀자들과 노인들과 병약한 장정들이었다.

그들은 용두포구에 도착한 날로 그 주변 산속에 숨어 지내던 사람들과 재회하였다. 미처 몸을 피하지 못하고 근처 산속에 숨어 지내던 사람들 또한 참담하기는 마찬가지였다. 뒷산 바위굴에 숨어 지내거나, 급한 대로 주위에 널려있는 고인돌더미 밑에 땅굴을 파고 목숨을 부지하였다. 그들은 아직도 전쟁의 공포에서 벗어나지 못한 채 밝은 곳으로 나오지 못하였다.

　"산 사람들은 이렇게 만나는구려!"

　"그렇긴 하오만, 나라 잃은 백성으로서 살아있다 한들 죽은 목숨이나 진배없지요."

　"그래도 산목숨은 살아가기 마련이오. 소도부락 열가치전투에서 죽어간 넋들은 어찌 되었소?"

　"아직도 감히 가볼 용기가 나지 않아 쭈볏거리며 한숨으로 바라보고만 있소. 얼마 전부터 그쪽에서 연기가 피어오르고, 밤이면 불빛이 보이던디, 적군인지도 몰라 동정만 살피고 있소. 시신이라도 온전히 묻어주어야 할디, 가슴이 천 갈래 만 갈래로 찢어지오."

　용두포구 사람들은 목이 메었다. 장렬하게 죽어간 넋들 대부분이 그들의 아들이요, 조카요, 이웃 장정들이었다. 의분 하나로 분연히 일어나 맞서 싸운 넋들이었다.

　"언제까지 넋 놓고 있을 수 없는 일이오. 동정을 살펴가며 장렬하게 죽어간 시신들을 거두어야지요. 구천을 떠돌게 할 수는 없지요."

용두포구 사람들은 그렇게 의견이 모아지자 신경을 곤두세우며 소도부락을 정탐하였다.

"우리처럼 행색이 초라하고 볼품없는 사람들입디다. 어디서 흘러왔는지 모르겠으나 큰 배를 짓고 있드만요."

"배를? 어디다 쓰려고?"

용두포구 사람들은 적이 마음을 내려놓으면서도 잔뜩 의구심을 가졌다. 이곳 바닷가에서 고기를 잡자면 굳이 큰 배를 필요로 하지 않았다. 조그마한 고깃배면 얼마든지 고기를 잡을 수 있었다.

"그걸 어떻게 알겠습니까요. 우리와 같은 나라 잃은 사람들이라면 직접 만나 궁금증을 풀어볼 수밖에요."

"당연히 그래야겠제. 어여, 앞장서더라고."

용두포구 사람들은 고깃배를 나누어 타고 안파포구(石鳧=돌오리=東兆포구)에서 내렸다. 듣던 대로 제법 규모가 큰 배를 짓고 있었다. 한눈에 보아도 배 짓는 솜씨가 영글지 못하였다. 그들은 안파포구를 지나 소도부락을 들어섰다. 전쟁의 참화는 그들이 생각했던 것보다 더 처참하였다. 마을 전체가 방화로 소실되었고, 뒷산 허리에 까마귀 떼만 새까맣게 내려앉아 있었다. 그들은 할 말을 잊은 채 눈물을 흘렸다.

"어디서들 오시는지요?"

무언가를 의논하던 무리 가운데 존장이 경계의 빛을 드리운 채 뜨막한 얼굴로 그들의 행색을 살폈다.

"우리는 저 건너 용두포구에서 바다를 의지하고 살던 사람들이오. 전쟁의 화마 속에서 죽지 못해 간신히 살아났소. 댁들은 어디서 온 게요?"

"우리들보다 더 마음이 참담하겠소. 우리들은 주류성(금강 하류 한산촌)에서 후퇴한 백제 부흥군의 한 무리요. 패배의 쓴잔을 마시고서 줄곧 여기까지 쫓기는 신세올시다."

"먼 길을 내려오셨구려. 이게 다 나라 잃은 설움 아니겠소. 그런데 저리 큰 배는 어디다 쓰실려고 짓는 게요?"

"바다를 건너갈까 하고요. 우리로서는 그게 마지막 탈출구요."

"그럼, 바다 건너 일본으로 가시겠다는 거요?"

"그렇소. 거기에도 우리 백제 사람들이 터전을 일구고 있지 않소."

"이해는 가오만, 그건 모험이오."

"생사를 넘나든 우리들이오. 희망을 잃지 않는 한 미래가 열릴 것이오. 그곳에서 새롭게 백제의 혼을 심을까 하오."

"그 마음이 장하기만 하오."

"그쪽도 바다를 건너고 싶은 사람들이 있으면 우리와 함께 갑시다."

"마음이 움직이는 사람들이 있겠지요. 그러자면 배 한척으로는 어림없을 게요."

"배 한척을 더 묻으면 될게 아니오. 그쪽은 바닷가 사람들이라 배 짓는 데는 일가견이 있을 게고……."

"좋은 쪽으로 의논을 모아 보겠소. 헌디, 장렬하게 죽어간 시신들은 어찌된 거요?"

"저희들이 다급한 대로 한데 모아 저 산구릉지에 합장을 하였소. 정성이 모자란 탓인지 까마귀 떼가 아직도 저 모양이오."

"그렇게라도 장례를 치러주었으니 고마울 수밖에요."

용두포구 사람들은 존장이 가리키는 산구릉지를 바라보며 가슴을 모두었다. 나라를 잃게 되면 저렇듯 처참하게 땅속에 묻히는가.

"자, 들어갑시다. 안에 드셔서 따끈한 차라도 들며 이야기를 나눕시다."

존장은 그들을 천막 안으로 모셨다. 본디 이곳 토박이들이 손님으로 대접 받다니. 그 또한 목이 메었다. 그들은 밤늦도록 둘레둘레 앉아 나라 잃은 설움과 살아온 여정과 앞으로 살아갈 걱정과 인생무상을 나누어 가졌다.

용두포구로 돌아온 그들은 머리를 맞대고 의논한 결과 남는 자는 남더라도 존장의 무리들과 바다를 건너기로 하였다. 다행히 경험 많은 목수가 있어 쉽게 배를 지을 수 있었다. 용두포구의 목수는 틈틈이 소도부락으로 건너가 그들이 잘못 재단하고 못질하고 설계한 부분을 바로 잡아 주었다.

그 사이 진눈깨비가 흩날리고 동지가 지나고, 눈보라가 휘날렸다. 엄동설한이어서일까, 나당연합군은 존장의 예상대로 더 이상 이곳을 기웃거리지 않았다. 워낙 고립된 지역이어서 그랬겠지만 더는 소요가 없을 것이라는 확신 때문이었는지도 몰랐다. 그러나 그들은 한시도 긴장을 늦추지 않는 가운데 새봄이 오면 바다를 건너가리라, 만반의 준비를 게을리 하지 않았다. 다행인 것은 바닷가에서 무진장 잡히는 어획물과 조개류를 비상식량으로 말리고 소금에 절일 수 있었다.

눈이 무릎까지 쌓인 혹한에도 어김없이 설이 돌아왔다. 존장의 무리들과 용두포구 사람들은 한마음으로 정갈하게 음식을 장만하여 설을 지냈다. 먼저 소도에서 잠든 조상들과 전사한 넋들을 위해 경건하게 제를 올렸다. 모두가 눈시울을 적시는 가운데 한 해의 무사를 기원하였다. 제가 끝나자 용두포구 사람들은 뒷산 구릉지에 묻힌 넋들을 찾아 한바탕 눈물을 쏟아냈다. 머지않아 바다 멀리 떠난다고 생각하니 지하에 묻힌 넋들과는 마지막 이별일 수밖에 없었다.

그러한 애통함을 아는지 설 전날부터 내리기 시작한 눈은 꼬박 열흘 내렸다. 나뭇가지가 눈꽃을 못 이겨 부러져 나가고 더러는 움막이 내려앉아 밤새워 추위에 떨었다. 몇날 며칠 눈 속에 파묻혀 지낼 수밖에 없었다.

"내 조국에서 마지막으로 맞아보는 눈사태구나!"

존장은 화롯가에 앉아 회한이 깃든 얼굴로 새하얗게 뒤덮인 산천을 바라보았다. 살아온 여정이 눈에 밟히면서 만 가지 상념이 뒤얽혔다.

"이 눈송이와 고드름까지도 가슴에 담아 가야지요."

"사계절의 변화가 뚜렷한 조국산천이야말로 어디에도 비길데

없는 아름다운 경관인디, 생각할수록 나라 잃은 설움이 목을 메이게 하는구려."

하릴없이 눈으로 뒤덮인 은세계를 바라보며 한숨을 지었다. 그러는 사이 정월대보름이 돌아왔다. 지난 시절 같으면 풍물을 앞세우고 마을의 수호신을 비롯하여 공동우물, 서낭당에 제를 올리고 집집마다 돌아다니면서 밤새워 지신밟기를 할 것인데 한 시절 풍전등화처럼 시야에서 가물거렸다. 정월대보름이 지나자 소리 없이 봄기운이 다가왔다. 쌓였던 눈이 녹아내리고 봄을 시샘하는 영등할미의 치맛바람이 물러가고, 눈 속에 피어난 동백꽃과 매화가 선비의 기상을 나타냈다.

아녀자들은 기다렸다는 듯이 산과 들로 나가 쑥이며, 고사리며, 냉이며 온갖 산나물을 캐다 말리고 비장하였다. 남정네들은 바다에 나가 고기를 잡아 비상식량으로 비축하였고, 허리 굽은 노인네와 아이들도 뒤질세라 갯벌이 드러난 바닷가에 나가 조개류를 캐 담았다. 그들은 그렇게 만반의 준비를 하며 떠날 날만을 기다렸다.

"이제 모든 준비가 끝났는가 본디, 떠날 날을 언제로 정할까요?"

존장의 무리들과 용두포구 사람들은 머리를 맞대고 의논하였다. 튼실하게 묻은 배는 누가 보아도 드넓은 바다를 헤쳐 나갈 위용을 갖추고 있었다.

"우리야 뭍에서 살았는지라 바닷길은 잘 모르지 않소. 그쪽은 말하지 않아도 바닷길을 훤히 알 것인즉 그쪽에서 날을 정하시는 게 좋겠구려."

썰물과 밀물의 조류변화를 잘 모르는 존장으로서는 용두포구 사람들의 고견을 따르는 게 도리였다.

"허면, 우리들이 천기를 보고 날을 정할 테니 미리 배에 실을 물량을 점검하시오."

"염려 마시오. 만에 하나라도 착오가 없도록 하겠소."

그들은 날짜가 정해지기를 기다렸다. 그 사이 강남의 제비가 찾아왔다. 무주공산이나 다름없는 피폐로운 마을에 제비가 잊지 않고 찾아들다니……. 새로운 감회가 들면서 마음을 더욱 비감어리게 하였다. 강남의 제비도 봄이 돌아오면 제 살던 곳을 찾아오는데, 고향산천을 뒤로하고 바다 멀리 떠나야 하다니! 어디 그뿐이랴. 제비꽃을 비롯하여 진달래꽃, 배추꽃, 할미꽃들이 피어나고, 온갖 잡초들이 나날이 푸르게 자라났다.

"산천경계는 여전한디 우리의 갈 곳은 따로 있다니 얄궂은 운명일세."

존장은 왕성하게 뿌리내린 잡초를 어루만지며 가슴 깊이 오열하였다. 하찮게 발밑에 밟히는 잡초가 천근 무게의 질량으로 다가오며 애잔하게 마음을 붙들었다.

"용두포구에서 날을 받아온 모양입니다."

"그래? 안으로 모셔라. 아니다. 따사로운 햇살이 더없이 감미롭구나. 이쪽으로 오시라 해라."

존장은 숙연한 얼굴로 그들을 맞았다. 용두포구 사람들도 얼굴 한켠에 비장한 빛이 감돌았다.

"드디어 떠날 날을 잡았소이다. 더 미적거리기도 무엇하고 해서요."

"그렇지요. 봄기운에 편승하여 신라관군들이 언제 불시에 들이닥칠지도 모르고요. 속도감 있게 떠나는 게 상책이지요."

"이번 보름날로 날을 정하였소. 그때쯤이면 해류를 타고 빠른 속도로 바다를 항해할 수 있을 것이오."

"휘영청 밝은 보름달을 안고 가노라면 방향도 제대로 잡히겠구려."

존장은 떠날 날짜가 정해지자 착잡한 심사로 뒤엉켰다. 주위의 나무 한 그루, 풀 한포기가 눈앞을 흐리게 하였다. 존장은 뒤엉킨 감정을 애써 추스르고 나서 무리들을 불러 모았다. 존장의 엄숙한 모습에서 무리들은 긴장하였다.

"이번 보름달이 뜨면 떠나기로 하였소. 모두가 단단히 떠날 준비를 하시오. 되도록 가벼운 마음가짐으로 배에 오르도록 하시오."

"무거운 마음이 어디 있습니까. 모두가 설 땅이 없는 신세들인디……."

"내가 염려스러운 것은 노약자나 몸이 아픈 사람들이오. 몇 날 며칠 파도와 싸워가며 바닷길을 가자면 무슨 불상사나 안 일어날까 걱정이오."

"그렇다고 매정하게 버리고 갈 수는 없지 않겠소."

"그래서 말인데 병고를 무릅쓰고 가기를 원한다면 할 수 없소만, 자신이 없는 사람은 미리 말해 주시오."

"나는 바다귀신이 될지라도 배를 타야겠소. 이곳에 남아 온갖 수모를 받으며 외롭고 고통스럽게 사느니 가슴에 한 가닥 희망을 안고 가야겠소."

"나는 아무래도 자신이 없소이다. 한바다에서 불귀의 몸이 되느니 그래도 고국 땅에 묻히고 싶소."

분분한 의견이 오고가는 가운데 남는 자와 떠나는 자가 나뉘어졌다. 남기로 한 사람들은 대부분 머나먼 항해에 자신이 없는 자와 노약자들이었다. 그 속에 우천소(虞薦蘇)가 있었다. 그가 남는다고 하자 모두들 의외의 눈길로 바라보았다. 정말 예상하지 못하였던 결정이었다. 우천소 역시 그 같은 결정을 내리기까지는 심한 갈등과 고뇌에 빠졌다. 혈기 넘치는 젊은이로서 누구보다도 앞장서 바다를 건너가기를 열망하였다. 그런데 뜻밖에 문제가 발생한 것이다. 아내의 산달이 장애물로 다가온 것이다. 아내의 해산과 맞물린 출발 날짜는 우천소를 황망하게 하였다.

"당신, 나 때문에 고민과 갈등이 생긴 거요? 나와 어린 생명은 염려마시고 떠납시다. 한바다에서 애를 낳는다 해서 어찌될 것 같으요?"

아내는 남산만한 배를 부둥켜안고서 남편의 마음을 다독였다. 피비린내로 얼룩진 참혹한 주류성싸움에서부터 헐벗고 굶주려가며 몇 번의 생사를 넘나들면서 이곳까지 오는 동안 뱃속의 생명은 모질게도 자랐다.

"언제 생명을 내지를지 모르는 당신을 걱정하지 않게 되었소. 뱃길은 생각보다 관용을 베풀지 않소. 아무래도……."

"안 돼요. 새 생명을 위해서라도 미래가 열려있는 곳으로 가야 해요."

"난, 그리 못하겠소. 지금도 힘겨워하는 당신을 보노라면 마음이 천근 무게로 내려앉으오. 다음 기회가 또 있을 게요. 먼저 간 사람들이 자리를 잡고 손짓해 부르면 얼마든지 바닷길을 내달려 갈 수 있을 것이오."

"저는 결사반대예요. 두 번 다시 기회는 오지 않을 것이오. 내 하나 안전을 위해 우리의 앞날을 그르칠 수 없어요."

"어찌 당신 혼자 몸이오. 뱃속의 새 생명이 숨 쉬고 있잖소."

"그럼, 당신만이라도 먼저 가시게요."

"그건 더욱 안 될 말이오. 나는 당신을 지켜줄 의무가 있소. 당신은 사랑하는 아내요, 나는 지아비요. 좀 더 시간을 두고 마음을 삭힙시다. 냉정한 판단이 필요하지 않겠소."

우천소는 아내의 마음을 어루며 자신을 다스렸다. 그리고 자신의 결심을 존장을 비롯하여 여러 사람들에게 말하였다.

"뭐라고? 바다 멀리 가자면 자네 같은 사람을 필요로 하는디. 허허, 낭패로군, 낭패."

존장은 우천소의 현재 상황을 이해하면서도 마음이 얼룩졌다. 그만큼 우천소는 무리 가운데 없어서는 안 될 사람이었다.

"넓은 마음으로 이해해 주시게요. 한바다에서 산통으로 사투를 벌일 아내를 생각하면 어쩔 도리가 없습니다."

"생명은 귀중하고 소중한 것이지. 정이 그렇다면 자네 말처럼 우리가 먼저 가서 자리를 잡으면 지체 없이 소식을 전하겠네. 그 때는 새 생명을 안고 바다를 건너오게나."

"고맙습니다. 언제든 소식이 오면 뒤따라가겠습니다."

우천소는 움막으로 돌아와 아내에게 최후의 결심을 가슴에 심어 주었다. 아내는 한동안 그렁한 눈물로 말이 없었다. 아내를 사랑하는 남편의 마음을 애써 헤아리면서도 얄궂게 돌아가는 운명이 원망스러웠다.

"당신의 마음이 정 그러시다면 따를 수밖에요."

"운명은 하늘에 맡기고 새 생명을 위해서라도 넉넉한 마음을 가지시오."

"알았어요. 헌디, 남아있는 우리들이 떠나는 사람들을 그냥 보낼 수는 없고, 어떻게 했으면 좋겠어요?"

"좋은 생각이오. 몇 날 며칠이 걸릴지 모르는 바닷길을 이겨나갈 수 있는 무언가가 필요하지 않겠소? 하다못해 신선한 먹을거리라도……."

"먹을거리야 겨우내 단단히 준비하지 않았어요."

"그래도 우리의 성의가 깃들어 있는 소담한 무언가가 있지 않겠소."

"생각해 보겠어요."

우천소의 아내는 떠나기를 단념하자 석별의 정을 담아주기 위해 무엇이 좋을까 머리를 싸맸다. 이미 떠나기를 접어버린 노인네들에게 가만가만 자문을 구하기도 하였다.

　"내 생각에는 꿀이라도 한가슴 안겨주고 싶네만 그럴 처지는 못 되고, 엿이라도 만들어 보내면 좋을 듯싶으이."

　노인네 하나가 가랑한 목소리로 의외의 의견을 내놓았다. 참으로 엉뚱한 발상이었다.

　"엿이라니요?"

　"그려. 바다 멀리 가자면 그게 좋을 듯싶으이. 지루하고 갑갑하고 가슴 애타는 뱃길에서 뱃멀미에도 도움이 될 걸세."

　"듣고 보니 귀가 솔깃하네요. 당장 엿을 고아 만들 테니 그 방법을 일러주시게요."

　우천소의 아내는 다소 때늦은 철이었지만 산달의 무거운 몸으로 엿을 고아 만들기 시작하였다. 우천소도 처음에는 다소 엉뚱하다 싶었으나 뱃길에 도움이 될 것이라는 말에 기꺼이 도왔다. 병약하고 불편한 몸으로 일거리를 알아서 도와주는 노인네들의 모습이 가슴을 벅차오르게 하였다.

　우천소가 거들어 주는데도 노인네들에게는 엿 만드는 일이 쉽지만은 않았다. 아이들도 초롱한 눈망울로 엿을 얻어먹기 위해 아궁이 앞에서 불을 지피며 한몫 거들어 주었다.

　"엇따, 맛이나 한번 보거라. 느그놈들이 배를 타고 무사히 바다를 건너자면 무엇보다 뱃멀미를 하지 말아야 할디 그게 걱정이다."

노인네들은 아이들이 그저 짜안하기만 하였다. 나라를 잃지 않았더라면 이 서러움과 고통을 겪지 않았을 것이고, 장차 나라의 동량으로 쓰임새가 많을 것이다. 그리고 장차 한 가정을 짊어지고 나갈 가장이 될 터인데 망국인의 한을 품고 물설고 낯선 곳에 가서 제대로 뿌리를 내릴 수 있을 것인지 생각할수록 마음 아팠다.

"이 엿이 정말 뱃멀미를 잠재워 줄까요?"

"그러기를 비는 마음이다. 아무튼 건강하게 무럭무럭 자라 백제인의 긍지를 잃지 말거라."

노인네들은 따북한 눈길로 아이들을 쓰다듬었다. 그렇게 엿을 고아 만드는 동안 하루하루가 지났다. 받아놓은 밥상처럼 시간은 빠르기만 하여 발밑에 파도가 철썩이듯 가슴께로 다가왔다. 떠나야 할 사람들은 주위의 산천을, 밤하늘의 별과 달을, 고국의 정기를 가슴에 담아가기 위해 저마다 경건한 마음으로 동트는 아침과 저녁을 맞이하였다.

흔적

봄비가 내린 뒷날은 청명하기 그지없었다. 봄기운이 무르익은 화창한 날씨였다. 산천초목이 싱그러웠다. 매화가 절정을 이루더니 먼빛으로 진달래가 주위의 산을 수줍은 연분홍 자태로 물들였다. 여린 찻잎을 따서 햇차를 만들고 나자 꾸지뽕잎차가 생각났다. 이런 날 산에 오르는 것도 좋으리라. 정연은 올곧이 고향지킴이로 자리한 김형에게 전화를 걸었다. 아무래도 이곳 지리에 밝은 김형과 동행하는 것이 좋을 듯싶었다. 김형과는 이곳에 터전을 잡고 나서부터 부담 없이 인정을 나누는 사이였다.

"꾸지뽕요? 군락지를 알다마다요."

김형은 흔쾌히 동행하기로 하였다. 금방 차를 몰고 왔다. 정연은 기대감을 안고 지나치는 전경을 감상하였다. 매일같이 자전거 페달을 밟으며 가까운 들판과 주위를 산책하는데도 그날그날 새로운 색상으로 펼쳐졌다. 햇살에 실려 오는 봄바람에 파닥이는 생선비늘 같은 생동감. 일 년 열두 달 정체된 듯 세월의 무게에 짓눌려 있는데도 주위의 전경은 매일 새롭게 다가왔다.

"봄날의 색채는 여린 듯하면서도 강인한 생명력이 느껴져."

"마음작용에서 파생되는 색채감 아니겠어요?"

"심상(心象)은 자연과 하나가 되었을 때 분별심이 일어나지."

"그 분별심 말인데, 사물과 너무 친숙해도 무심한 상태에 이릅니다. 친숙할수록 낯설게 어루만지고 다가서야 하는데 어디 그렇습니까."

"옳은 말이야. 너무 가깝게 다가서거나 친숙하게 되면 감정이 무디어지지. 그걸 에둘러 평상심이라 해야 할지……."

정연은 김형의 말에 어느 정도 공감하였다. 처음 이곳에 왔을 때 정겨우면서도 낯선 주위의 전경에 얼마나 매료되었던가. 미세한 자연의 색상까지도 가슴 벅차게 하였다. 그러던 것이 어느 사이 충만한 감정이 자신도 모르게 가슴속에 녹아들어 응고되면서 일상의 잣대로 매김하였다. 친숙함에서 비롯된 감정의 음영이었다.

"부부의 사랑도 그렇지 않습디까. 세월이 흐르다보면 권태기가 오고, 사랑의 질량이랄까, 감성과 열정이 빛바래지 않던가요?"

"그렇지. 항상 변함없이 처음 만났을 때의 마음으로 다가서야 하는데 그게 쉬워야 말이지."

"타성에 젖어버린 불감증이랄까요. 이 산길만 하더라도 자주 온 탓인지 산의 정기를 무심하게 망각해 버려요. 세심한 눈으로 바라볼수록 나무랄 데 없는 절경인데요."

"자주 오는가봐."

"저 건너에 선산이 있어서요."

김형은 산길을 휘돌아 오르더니 차를 세웠다. 더덕향 같은 봄날의 향기가 폐부에 스며들었다.

"계곡이 생각보다 깊게 다가오는구만."

"이 산 고개가 사지골로 넘어가는 길이지요. 길이 포장되기 전에는 고인돌무지가 널려 있었는데 어디로 사라졌는지 흔적도 없어요."

"안타까운 일이군. 곱다시 보존하였더라면 좋았을 걸."

"그러게요. 사지골에서 빗기재를 넘어가면 어마어마하게 큰 고인돌 한 기가 버려진 듯 외롭게 세월을 이고 있어요. 예사 고인돌이 아니에요."

"한번 실측하고 싶군."

"나중에 가봅시다."

김형은 앞장서 꾸지뽕나무 군락지를 찾아 나섰다. 잡목들이 어우러져 길을 헤쳐 나가기가 곤혹스러웠다.

"꾸지뽕나무들이 보통 아니야."

"우리 어려서는 아름드리나무도 있었어요. 몸에 좋다니까 해마다 그 숫자가 눈에 띄게 줄어드네요."

김형의 말을 듣고 보니 군데군데 벌목을 하듯 베어낸 그루터기가 있었다. 인간의 분별없는 욕심이랄지, 이기주의의 한 단면을 보는 듯하였다. 이제 갓 여린 순을 게워낸 꾸지뽕잎은 신선하였다. 두 사람은 잠시 시간을 잊고 정성스레 꾸지뽕잎을 채취하였다. 너무 욕심을 부려서는 안 된다는 자연의 섭리를 어느 틈에 몸에 익힌 터여서 적당한 수고로 마무리하였다.

"이만하면 충분하겠어. 한숨 돌리고 한가한 마음으로 주위를 돌아볼까?"

"그러니까 임도 보고 뽕도 따는 심정으로 답사를 하자, 그 말인가요?"

김형은 미리 준비해온 음료수를 꺼냈다. 컬컬한 목을 축이기에는 더 이상 바랄 게 없었다. 시원스럽게 한잔을 들이켰다.

"백제유민이 이곳에서 배를 타고 바다를 건너갔다는 기록을 확인하자면 아무래도 실지답사가 필수요건 아닌가?"

"이곳은 백제 때는 동로현(冬老縣)이었다가 통일신라와 고려 때에는 사지(斜只)였어요. 조선조에 이르러서는 빗기로 불리다가 한일합방이 된 뒤에는 행정구역 재조정으로 은림(隱林)이라 하지요."

"고인돌무지가 있었다면 선사시대 때부터 부락이 형성되었을 게 아닌가?"

"그건 부정할 수 없겠지요. 잘 알겠지만 삼한시대(三韓時代)의 마한은 부족공동체 아니었습니까. 전라도지방만 해도 오십여 개의 부족국가를 두고 맹주를 진왕(辰王)이라 하였잖아요. 국읍(國邑)마다 소도(蘇塗=솟대)를 설치하고 하늘임금께 제사를 지내지 않았습니까. 어떠한 죄인이라도 신성한 소도에 숨어들면 함부로 잡아들여 죄를 묻지 않았다고 하지 않던가요."

"신성한 소도에 숨어든 만큼 참회할 수밖에 없다고 믿은 게지."

42

"이곳에 하늘임금께 제사 지내던 소도거리라는 지명이 있어요. 바로 그 옆에 제사 때 사용한 샘이라고 전해지는 돌종지샘(石宗址泉)과 우람한 고인돌이 있고요. 그로 미루어 보건대 부족국가의 국읍이었을 가능성이 높지요."

"그렇던 소도부락이 백제시대로 내려오면서 동로현이 되었단 말이지?"

"몇 년 전만 하더라도 백제시대의 기와조각들이 출토되었고, 마을 앞 농지 정리를 할 때 초소 모양의 석실과 말안장, 화살촉이 발견되었어요. 백제시대의 깨어진 옹관묘 조각들이 나왔고요. 그리고 여기 봉두산 능선을 따라 흙으로 쌓은 토성(土城) 축조양식도 백제시대의 것으로 확인되었어요."

"그밖에도 백제시대의 유물이라든지, 족적이 남아 있겠구랴."

"진등(陣嶝)이라든가, 초대봉(哨坮峯), 북뫼봉수대 등 지명이 말해주듯 군사적 요충지였다는 것을 증명해 주지요. 이는 정치적 중심지였음을 말해 주고요."

"그렇다면 동로현의 지명은 순수한 백제 언어일까?"

"글쎄요. 구전(口傳)에 따르면 동로성이 있는 반곡마을의 옛 이름이 서리골(雪谷)이었답니다. 뒷산 계곡에 큰 얼음바위가 있어 서리와 얼음을 저장할 수 있는 것은 겨울(冬)이고, 노(老)는 오래된 성(城)이라는 뜻을 지니고 있다는데, 어쩌면 백제 고유의 언어인지도 모르지요."

"군사적 요충지였다면 백제군과 나당연합군의 마지막 전투가 치열했을 게 아닌가."

"물론이지요. 저기 철로가 뚫린 터널 위의 고개를 송장고개라고 하는데, 백제군과 나당연합군과의 싸움에서 죽은 시체가 쌓여 생긴 이름이라 하고, 시체더미를 한곳에 합장한 곳을 무덤등이라 불러요. 그밖에 잘린 사람의 머리를 쌓아 가매장한 가장골(假葬谷) 아래의 들판을 백두거리라 하고요."

"처참하였던 광경이 눈앞에 그려지네."

정연은 삼층석탑 앞에서 만났던 여인네가 건네준 가보의 기록물 내용과 버긋지지 않는 데에 새삼 전율을 느꼈다.

"그리고 백제유민이 배를 타고 바다를 건너가며 작별을 하였던 작별등(作別燈)이 있고, 백제유민을 싣고 떠난 안파포구가 그 아래에 있어요. 백제가 망하자 통일신라는 동로현을 폐현(廢縣)시키고 마을에서 사람이 살 수 없도록 하여 고려조에 이르기까지 버려진 마을이 되었고, 사람들은 사지(斜只)라고 불렀어요. 통일신라는 동로현을 조양현(朝陽縣)으로 바꿈과 동시에 현의 읍지(邑地)도 시오리 거리의 고내(庫內)로 옮겨 버렸어요."

"그럼, 빗기재라고 했던가? 그 너머에 있다는 고인돌을 보러 가자구."

정연은 시간을 일깨웠다. 천년 너머의 시공 속에서 깨어난 기분이었다. 김형은 차를 몰아 고갯마루를 휘돌아 올랐다. 김형이 말한 사지골을 조금 내려가자 조그마한 농경지가 웅숭깊게 자리 잡고 있고, 그 위에 서너 채의 인가가 엎드려 있었다.

"저곳을 마당(馬堂)고개라고 부르기도 하는데, 말을 기르고 관리하는 마사(馬舍)가 있었던 곳이지요. 마치마을로 넘어가는 중요한 교통로여서 옛날 장승이 서있던 곳에 군대초소가 있었다고 하더군요."

김형은 빗기재를 구불구불 내려오더니 바로 눈 아래 봄빛을 담은 저수지 위에 차를 세웠다. 바로 길옆에 감탄사가 절로 나오는 우람한 고인돌이 세월의 무게를 품 안고 있었다. 정연은 그 위용에 숨이 막혔다. 이럴 수가! 장검을 비껴 쥔 채 장판대교에 우뚝 서있는 장비의 형상은 비할 바가 못 되었다.

"대단하지요?"

김형은 어느 사이에 카메라 셔터를 눌렀다.

"이건 제왕의 혼백을 지니고 있어."

"주위를 호령하였을 족장의 무덤이 분명해요. 그런데 이렇게 무심하게 방치되어 오다니 개탄할 일입니다. 주위에도 여러 기의 고인돌이 있었는데 보다시피 묘지를 조성하면서 없어졌어요. 우리의 무지스러움이 부끄럽습니다."

"누구를 질타할 것인가. 우리 스스로 반성해야겠지."

"그래도 이 고인돌은 원형이나마 온전히 남아 있습니다. 소도 거리에 있는 고인돌을 보시면 낙담하실 겁니다."

김형은 울적한 마음을 추스리지 못하는 정연을 차에 오르게 하고 왔던 길을 되돌아 올랐다. 빗기재를 넘어 소도거리의 돌종지 샘(石鐘址泉) 앞에 차를 세웠다. 소도 가운데 자리 잡은 고인돌 앞에 정한수를 떠놓고 하늘임금께 제사를 올렸다는 돌종지샘은 집 두 채가 마주하는 곳에 있었다. 돌층계를 한참 내려가서야 웅숭 깊은 샘에 이르렀는데, 지난날에는 신성한 식수로 사용하였지 싶 었다. 보존상태가 아쉬운 만큼 요즘은 허드렛물로 담금질하는가 보았다. 고인돌은 더욱 가관이었다. 한 뼘 땅을 경작하기 위해서 였는지, 아니면 다른 용도로 쓰기 위해서였는지, 삼분의 일 이상 을 깨뜨린 몰골 사나운 모습이었다.

"이게 오늘의 실상입니다."

김형도 마음이 아릿한가 보았다. 정연은 말없이 차에 올랐다. 김형은 정연의 그 마음을 아는지 바닷가로 차를 몰았다. 정연은 수많은 세월 한결같이 파도가 뒤채는 살아 숨 쉬는 바다를 보자 바닷물을 다 들이키고 싶은 충동을 느꼈다.

떠나는 자와 남는 자

우천소의 아내는 백제유민이 떠나기 전날까지 노인네들과 엿을 고아 만들었다. 떠나는 사람들은 아침 일찍부터 일어나 상기된 얼굴로 음식을 장만한다, 물건을 싣는다, 부산 하였다. 고국에서의 마지막 밤. 생각만 해도 가슴이 울렁거리고 온갖 감회가 서리었다. 살아온 뒤안길이 실타래처럼 뒤엉켜 눈물로 얼룩졌다. 우천소 아내는 엿을 빚느라 피로가 중첩되어 육신이 폭삭 내려앉았다. 앞산만한 배를 안고 정성을 기울인 만큼 말할 기력도 없었다.

"정말 큰일을 하였소."

우천소는 뿌듯한 마음으로 아내의 노고를 치하하였다. 홀몸도 아닌데 그 정성이 눈물겹기만 하였다.

"저 혼자의 일이었는가요. 노인네들의 수고가 더 컸지요."

우천소 아내는 더는 몸을 움직일 수가 없어 문에 기대어 음식 장만하는 모습을 지켜보았다. 나른한 봄 햇살이 치맛자락을 헤집었다. 어제부터 뱃속의 생명이 세상 밖으로 나오려는지 이따금 가벼운 통증이 왔다.

47

"편히 쉬고 있으시오. 달이 뜨면 고별 제사를 지낼 것이니 그 때까지 한숨 자는 게 좋겠소."

우천소는 아내를 위로하고 나서 부산하게 움직이는 무리 속에 섞여들었다. 남녀노소 할 것 없이 존장의 진두지휘 아래 각자 맡은 일을 하였다. 장정들은 지금까지 준비해 두었던 물목들을 배에 옮겨 실었다. 식량을 비롯하여 옷가지, 덮고 잘 수 있는 이부자리, 식수, 땔감에 이르기까지 땀 흘려 배에 실었다. 나머지 사람들은 하늘임금과 땅의 신과 조상신에게 올릴 제물을 장만하였다. 그들의 얼굴에는 고국을 떠나는 슬픔과 바다를 건너야 하는 불안감과 두려움이 젖어 있었다. 남는 자들도 마찬가지였다. 정든 사람들을 바다 멀리 떠나보내야 한다는 이별의 아픔이 가슴을 짓눌렀다.

그러는 사이 한낮이 기울고 서산마루로 해가 넘어가자 동녘하늘에 둥근달이 떠올랐다. 존장을 앞세운 사람들은 낮에 장만한 제물을 이고지고 가서 나무숲으로 둘러싸인 거대한 고인돌 앞에 진설하였다. 비록 소 돼지는 잡을 수 없었으나 눈앞에 내려다보이는 바다에서 잡아 올린 생선류와 조개류, 그리고 주위의 산과 들에서 채취한 나물 종류를 정성으로 차려 올렸다. 돌종지샘(石宗址泉)에서 길어온 정한수를 올리고, 우천소 아내와 노인네들이 빚은 엿도 정성스레 차려 올렸다.

엄숙한 가운데 마지막 고별의 정한을 담아낸 축문은 사람들의 마음을 더욱 비감어리게 하였다. 존장을 비롯하여 차례차례로 하늘임금과 땅의 신과 조상신과 이곳에서 장렬하게 죽어간 영령들에게 술을 쳐올렸다. 엄숙하고 침참한 분위기는 자정을 넘어섰다. 제를 다 올린 그들은 비로소 음식을 나누어 먹으며 고국에서의 마지막 밤을 지새웠다. 우천소 아내도 무거운 몸으로 자리를 함께 하였다.

"자네와 노인네들의 정성은 먼 뱃길을 가면서 우리 모두가 가슴 깊이 새겨 넣을 걸세."

존장이 모두를 대신하여 우천소 아내와 노인네들에게 고마움을 드렸다.

"암만. 무엇보다 아이들이 좋아할 거여. 함께 떠나지 못해 섭섭하고 마음 아프네만 떡대 같은 아들을 쑥 뽑아 이 땅에 백제인의 긍지로 새 삶을 뿌리내리게나."

"함께 떠나지 못한 한을 가슴에 다져 넣으며 오늘을 대대손손 기릴라요."

"고마우이. 우리의 육신은 비록 멀리 바다를 건너갈지라도 마음은 언제나 고국산천을 품 안고 살 걸세."

그들은 새벽이 다가오는데도 작별의 정을 나누며 아쉬워하였다. 이제 바다를 건너면 다시는 돌아올 수 없을 것이다. 그 한스러움을 남아있는 사람들이 가슴에 대신 지니고서 오늘을 기억해 주고 그리움으로 손짓해 준다면 더없이 고마우리라. 어느 결에 달은 서녘하늘에 잠겨들고 먼동이 터왔다. 꼬박 밤을 지새운 그들은 무거운 마음으로 소도부락을 뒤로 하였다. 마을 앞 작별등에서 작별 인사를 나누었다.

"우리는 함께 배에 올라 용두포구까지 전송합시다. 그곳에서 기다리고 있을 사람들과도 작별 인사를 나누고요."

우천소의 말에 차마 그냥 보내기가 아쉬운 사람들은 배에 올랐다. 우천소의 아내도 무거운 몸으로 용두포구에서 떠날 사람들 몫의 엿을 안고 우천소의 부축을 받았다. 바닷물은 밀물 때라서 안파포구는 잔잔한 파도로 넘실거렸다. 백제유민을 실은 배는 천천히 용두포구로 향하였다. 용두포구에서는 이미 만반의 떠날 준비를 하고 기다리고 있었다. 배가 서서히 멀어지는데도 작별등에서 그들을 떠나보낸 사람들은 장승처럼 서서 눈물로 배웅하였다. 그들의 목 메인 울음소리가 배에 탄 사람들의 애간장을 문드러지게 하였다. 울어도울어도 씻겨지지 않는 별리의 아픔. 그 서러움을 눈물로 뿌렸다. 잘 가시오. 잘 있으시오. 끝내는 그 애절한 목소리마저도 가슴 깊이로 잠기었다.

배는 이별의 서러움을 잔잔한 파도에 묻으며 용두포구에 닿았다. 그곳도 눈물바다였다. 서로 얼싸안고 헤어질 줄 몰랐다. 우천소는 그들 몫의 엿을 옮겨 실어 주고 아내와 배에서 내렸다. 막상 기약 없는 작별이라 생각하니 만감이 서리면서 통증과도 같은 아픔이 눈물로 얼룩지게 하였다. 더 이상 미적거리고 망설일 수 없다는 존장의 명령에 두 척의 배는 백제유민을 싣고 용두포구를 벗어났다. 용두포구는 울음바다가 되었다. 더러는 손짓해 보내며 용해등까지 배를 따라갔다.

"여보, 나 좀 잡아줘요!"

그 서러운 이별의 포구에서 우천소의 아내는 갑자기 몸의 중심을 잃었다. 산통이 온 것이다. 우천소는 아내를 끌어안으며 어찌할 바를 몰랐다.

"당황하지 말고 어서 부인을 집으로 모셔요."

곁에서 지켜보고 있던 노인네가 산통임을 직감적으로 알아챘다.

"집이라면……. 저는 소도부락에서 건너왔어요."

우천소는 난감한 표정을 지었다. 다급한 상황에서 소도부락까지 가는 것은 어려울 듯싶었다.

"가만있자, 엿을 배에 실어 주었던 사람이구려. 이런 상황에서 염치 차릴 게 어디 있소. 급한 대로 우리 집으로 갑시다. 산모를 생각해야제요."

삼십대로 보이는 장정이 우천소를 알아보았다. 우천소는 촌각을 다투는 일이어서 염치불고하고 아내를 부축하고서 장정의 뒤를 따랐다. 포구에서 멀지 않은 곳에 있는 장정의 집은 그나마 형체가 반듯하였다. 장정은 까대기를 내단 방으로 들게 하였다. 우천소는 고맙기만 하였다. 소도부락이었다면 거적대기 움막에서 산고를 치를 것이었다.

우천소 아내의 산고는 시간이 흐를수록 더하였다. 우천소가 할 수 있는 일이란 기도하는 마음으로 군불을 때는 일이었다. 고맙게도 주인아낙이 아내 곁에서 산고의 고통을 함께하였다. 우천소의 아내는 하룻밤을 꼬박 산고로 뒤채더니 동트는 아침 마지막

사력을 다하여 핏덩이를 쏟아냈다. 아들이었다. 우천소의 아내는
아들을 분만함과 동시에 의식을 잃었다.

"너무 걱정 말아요. 곧 깨어날게요."

주인아낙은 흐뭇한 눈으로 갓난아기를 목욕시킨 다음 산모를
위해 미역국을 끓였다. 포구여서 조개라든가, 생선을 쉽게 구할
수 있어 산모의 조리에는 별반 어려움이 없었다. 우천소의 아내는
얼마의 시간이 흐르자 탈진상태에서 깨어났다. 포대에 싸인 사내
아이를 보자 기쁨의 눈물을 흘렸다. 아기에게 수줍게 젖을 물렸다.
우천소는 그 모습을 바라보며 비로소 마음을 놓았다. 천지신명께
감사를 드렸다. 부득부득 고집을 세우고 백제유민이 탄 배에 올라
한바다에서 출산을 하였다면 얼마나 낭패스러웠을까.

"서러운 이 마당에 새 생명이 태어난 것은 하늘이 점지해 주신
게요. 아이를 위해서라도 굳건히 살아야제요."

"여러모로 고맙습니다. 이 녀석은 이곳이 안태고향입니다. 산
사람은 어떻게든 살아가기 마련입니다."

우천소는 진심으로 집주인 부부에게 감사를 드렸다. 평생 은혜
를 입은 것이다. 두 사람은 가볍게 술잔을 들며 비로소 통성명을
나누었다. 주인장은 고다라(古多羅)라고 하였는데 우천소보다 연장
자였다.

"득남을 축하드리오. 앞으로 우리가 살아가자면 많은 고통과
시련이 따를 것이오. 나라 잃은 한스러움은 곧바로 현실로 다가
올 것인즉 서로 의지하며 땀 흘려 살아가노라면 아이들이 건강하

게 자랄 것이오."

"여러모로 도움을 입겠습니다. 저희들은 유랑걸식하다시피 하며 마지막 거점지로 생각하고 이곳에 이르렀습니다. 비록 피치못할 사정으로 이곳에 눌러앉게 되었습니다만, 배를 타고 바다를 건너가는 사람들이 아무 탈 없이 목적지에 도착하였으면 하는 바램입니다."

"하늘과 땅의 신과 조상님들이 돌보실 거요. 나도 함께 가고 싶었소만 이곳에 대대로 뿌리를 내려온 터라 선뜻 결행을 못하였소."

"무사히 바다를 건너 목적지에 도착하더라도 시련과 고통이 우리 못지않을 것이어서 걱정스럽습니다."

"들자니 이미 그곳에 뿌리를 내린 우리 백제사람들이 살고 있다니께 마음고생은 할지라도 어렵사리 정착할 게요. 그보다 이곳에 남은 우리들이 문제요. 반드시 무슨 조치가 있을 것이오. 더구나 소도부락은 군사적 요충지여서 가만히 내버려 두지 않을 게요. 마지막 전투가 너무나 처절하였소. 내 아우도 그곳 싸움에서 전사하였소. 시체조차 선산 아래에 묻어 줄 수 없는 처참한 참극이었소."

"저희들도 그 점을 잘 압니다. 산더미처럼 쌓인 시신들을 한곳에 묻어 주었으니까요."

"그건 참으로 고마웠소. 다들 피난을 가거나 숨어 지내느라 몇 사람 남지 않은 우리들로서는 감히 엄두를 내지 못하였지요. 무엇보다 보복이 두려운 나머지 근처에 접근을 못하였소."

"그 마음을 왜 모르겠습니까."

우천소와 고다라는 밤늦도록 술잔을 나누며 형 아우 사이로 발전하였다. 연상인 고다라가 형이었다. 고다라의 아낙이 지극정성으로 우천소의 아내를 돌보아 우천소의 아내는 염치불고하고 세이레 동안 고다라 집에서 산후조리를 하였다. 그동안 우천소는 고다라를 따라 바다에 나가 고기도 잡고 산에 올라 뗄감도 해 날랐다. 고다라 부부가 산모를 위해 흔연하게 대할수록 고맙고 면목 없었다.

"이제 산모와 아기가 건강하니 소도마을로 가봐야겠습니다."

"무슨 소리여? 그곳에 가봤자 움막밖에 더 있는가. 우리 집 터밭에 흙담집이라도 짓고 나와 같이 바다에 나가 고기도 잡고, 이웃하며 살세나."

"아닙니다. 그곳에서 기다리는 분들이 있어서요."

우천소는 백제유민이 배를 타고 떠나는 날, 남는 사람들을 잘 보살피라는 존장의 부탁을 가슴에 담았다.

"그 마음을 모르는 바 아니지만 내 예감으로는 그곳에 오래 머물 수 없을 걸세. 신라 쪽에서 내버려두지 않을 거여."

"앞으로 어떤 시련이 닥칠지 모르겠으나 당장은 그곳에 남은 사람들과 행동을 함께해야겠습니다."

우천소는 고다라의 우정 어린 만류를 가만스레 물리쳤다.

"정 그렇다면 그 마음을 굳이 붙들지는 않겠네만 만에 하나 무슨 일이 일어나면 내게로 오시게. 언제든지 반갑게 맞겠네."

"고맙습니다. 제가 고깃배라도 장만하면 수시로 드나들며 많은 도움을 힘입겠습니다."

"그럼, 내가 안파포구까지 배로 모셔다 드림세."

고다라는 기꺼운 마음으로 앞장을 섰다. 우천소는 아내와 갓난 아기를 데리고 고다라 집을 나섰다. 밀물로 들어찬 용두포구는 잔잔한 파도가 넘실거렸다. 눈앞에 가득 들어온 바다가 호수만 같았다. 뱃전에 새우 떼들이 부딪치고 숭어가 포물선을 그리며 공중잽이를 하였다.

"치어 떼들이 마구 따라 오네요."

우천소 아내가 품안의 아기를 어르다말고 웃음을 깨물었다. 산고의 고통에서 벗어나고 보니 새 세상만 같았다. 아기는 그녀의 품에서 새근새근 잠들어 있었다. 오랜만에 햇빛 영근 봄바람을 가슴 가득 들이마신 탓인지 그녀의 얼굴에 화기가 감돌았다.

"당신 품에 안긴 아기도 치어 떼들처럼 생기발랄하게 자라야 할 텐디……."

우천소는 새삼 자식의 장래를 생각하자 마음이 무거웠다. 백제인이라는 이유로 멸시와 천대를 받을 것을 생각하니 앞날이 심난하였다.

"우리들이야 그렇다지만 저 애들까지 차별을 받겠는가. 어찌됐든 세상을 보다 좋은 쪽으로 여미세나."

"옳으신 말씀이시오. 세상이 아무리 고달프고 힘겨울지라도 근심걱정을 미리 당겨다 할 필요는 없지 싶습니다. 가진 것 없는 우리네 가난한 민초들은 그렇게 살아왔어요."

"왜, 아닌가. 서러우면 서러운 대로 자족하며 고단하게 살아오지 않았는가. 비록 나라는 잃었을망정 강토는 변함이 없제."

고다라는 천천히 노를 저어나가며 주위의 자연경개를 쓸어 보았다. 조상대대로 일구어 온 땅. 그리고 천혜의 바닷가. 욕심 부리지 않는 한 풍족한 마음으로 살아갈 수 있다. 나라를 잃은 망국의 한을 가슴에 품었을지라도 여전히 삶의 터전은 내일을 여미게 하지 않는가.

"하지만 마지막 항쟁으로 목숨을 잃은 넋들을 생각하면 잠을 제대로 이루지 못할 것 같습니다."

우천소는 까마귀 떼가 새까맣게 내려앉은 열가치에 산더미처럼 쌓인 시신들을 떠올릴라치면 뭉싯한 피비린내와 함께 가슴을 에는 비통함을 떨쳐버릴 수 없었다. 승자와 패자. 그 극명한 갈림길. 목숨을 부지한 사람일지라도 무어 다를 게 있겠는가.

"우리들 민초들은 죽은댓기 사는 거네. 자네, 어제의 신분은 잊어버리게. 체념의 얼룩진 핏자국을 가슴속에 멍울로 지닌 채 자연과 더불어 숨 쉬고 살아야 하네. 현실을 올곧이 받아들여야 하네. 지난날의 신분 따위는 부질없는 허상 아니겠는가."

"그래요. 이미 엎질러진 물. 세상을 한탄한들 무슨 소용이 있겠습니까."

우천소는 체념과는 다른 자신만의 세계를 꿈꾸고 싶었다. 벼랑

끝 바위틈에서 피어난 한 떨기 난처럼. 세상의 법과 질서가 미치지 않는 그런 곳으로 나아가고 싶었다. 그 같은 염원은 오래전 아내를 알고부터 가슴에 일어난 해조음이었다. 자만과 향락으로 나라를 도탄에 빠뜨린 임금과 그 주위에서 충신을 밀어내고 기생충처럼 자생한 부패한 간신들의 탐욕은 나라의 기둥뿌리를 좀먹게 하였다. 다 쓰러져가는 나라꼴을 바라본 혈기 넘치는 우천소가 할 수 있는 일은 부패한 간신들을 몰아내고 나라의 기강을 바로세우는 일이었다. 그러나 우천소의 힘으로는 어림없는 일이었다. 썩은 호박에 칼을 꽂는 것과 다를 바 없었다. 절망의 낭떠러지 위에 서 있었다.

그때 지금의 아내가 나타났다. 사랑할 수밖에 없었고, 사랑의 온전한 피안처는 세상을 등지는 일이었다. 오붓이 사랑을 키우며 은자의 마음으로 세상을 달관하자고 하였다. 그러나 그마저 뜻대로 되지 않았다. 사나운 비바람 앞에 꺼져간 등불처럼 나라가 쓰러지자 그 파고는 쓰나미 현상으로 다가와 목물로 잠겼다. 세상을 등지고 주류산 깊은 골에서 아내와 자연과 벗하며 자족하며 살던 우천소는 분연히 일어나 백제부흥군에 합류하였다. 잃어버린 백제를 되찾자는 염원은 의기충천하여 승리의 함성소리가 드높았다. 하지만 승리의 함성소리는 얼마가지 못하였다. 두어 차례 승리에 도취되자 내분이 일어나고, 적의 교묘한 교란작전에 휘말려 사분오열되었다. 주류산성에서의 마지막 전투는 이미 승패가 불을 보듯 뻔하였다. 전열을 채 가다듬지 못한 상태에서 적과의 싸움은 분노의 함성소리만큼 처절하였다. 우천소는 존장의 지휘 아래 혈로를 찾아 남은 무리들과 남으로남으로 쫓겨 내려왔다.

"그나저나 파도를 타고 바다를 건너간 분들은 무사히 목적지에 도착하였는지 모르겠네요."

우천소의 아내는 아기를 다독이며 한바다를 바라보았다. 산달만 아니었더라면 남편과 바다를 건넜을 것이다. 남편이 꿈꾸었던 삶의 경계가 어쩌면 그곳에 있을지도 몰랐다.

"지금쯤 무사히 도착하였겠지요. 용두포구에서 배를 탄 사람들 가운데 항해술이 노련한 어르신이 계시니까요."

"기도하는 마음으로 그들의 무사를 빌어야지요. 나라 잃은 유민(流民)의 신세가 될 줄 누가 알았습니까."

"그래서 사람의 운명은 한치 앞을 내다볼 수 없다고 했지. 잠깐 고기라도 몇 마리 잡아 가세나. 기다리고 있을 사람들에게 인사는 해야제."

고다라는 그물을 쳐 놓은 곳으로 뱃머리를 돌렸다. 우천소는 그 마음씀이 고마웠다. 그물을 걷어 올리자 제법 많은 고기들이 파닥거렸다.

"역시 고기들이 많이 삽니다."

"자네도 배를 한척 마련하여 어부로 나서게. 가장 확실한 식량 자원인께."

"그래야겠습니다. 이곳이 무릉도원일수도 있으니까요."

"무릉도원경이야 될 수 있겠는가마는 생각 나름 아니겠는가.

뱃창의 고기들이나 선별하게나. 자잘한 씨알들은 다시 바다에 놓아주고."

우천소는 밝은 얼굴로 고기들을 선별하였다. 네놈들은 하늘구경, 육지구경, 사람구경 잘하고 다시 바다로 돌아가는구나. 허, 요놈은 무얼 먹고 이렇게 배불뚝이가 되었나. 우천소의 손길은 생선비늘로 반짝였다.

"그런디, 저기 보이는 곳은 예사롭게 보이지 않네요."

우천소의 아내가 돌아앉아 아기에게 젖을 물리고 나서 맞은편 산구릉지를 가리켰다. 산세가 웅장하면서도 안온하게 다가왔다.

"아, 저기요. 소가 물을 묵는 형상이라 해서 우천골(牛泉谷)이라 하요."

"쪼깐 기이한 지형(地形)이네요. 지명이 우리 집 양반 이름과 흡사하네요. 뜻은 다르지만……."

우천소 아내는 우천골을 예사롭게 받아들이지 않았다. 더듬어볼수록 가슴에 파고들었다.

"그렇구만요. 어이, 동생. 저기서 살 마음 없는가? 우천골이라는 지명도 자네 이름과 흡사하고, 나와도 보다 가까운 거리 아니겠는가."

"생각해 보지요. 저도 정감이 갑니다만……."

우천소는 우천골을 눈여겨보면서 말끝을 흐렸다. 우선은 소도마을에서 장렬하게 죽어간 넋들을 기리고, 배를 타고 바다를 건너간 백제유민들의 무사와 평안을 기원하고 싶었다. 그게 자신에게 주어진 책무라고 생각하였다. 피로 얼룩진 소도마을을 깨끗이 정화시키고 영원한 신전으로 가꾸자. 우천소는 입술을 깨물며 두 손을 말아 쥐었다.

"당신, 어째 말이 건 듯 하요."

"지금은 마음의 여유가 거기까지 미치지 않구려."

우천소는 간단하게 아내의 말을 받아넘겼다. 배는 어느 사이에 안파포구에 닿았다.

"소도마을까지 가자면 제법 걸어 올라가야겠네."

"쉬엄쉬엄 올라가야지요. 형제 이상으로 돌봐주시어 그 은혜는 두고두고 갚겠습니다."

"뭘, 그깟 인정 가지고 새삼스럽게 그러는가. 더구나 지척에서 얼굴 맞대고 살 것인디."

"정말이에요. 두고두고 은혜를 보답할게요. 아가, 니도 가슴에 깊이 새겨야 한다. 알았지야?"

"요녀석은 태어난 안태고향을 잊을 리 없겠지요."

"아직 이름을 짓지 못하였는디, 이참에 지어 주시게요."

"허허, 내가요?"

"그래 주셔요."

"이거, 참. 우리 공동으로 지어봅시다. 무어라 한다? 자네 이름이 우천소니께 우내가(虞奈家)라 하면 어떻겠는가?"

"어쩜 그리 반듯한 이름이 떠올랐지요."

우천소의 아내는 우내가, 우내가, 몇 번을 부르며 아기를 얼렀다.

"자, 그럼. 나는 가네."

"틈나는 대로 자주 찾아뵙겠습니다."

우천소와 그의 아내는 배가 저만큼 멀어질 때까지 손을 흔들었다. 아기의 이름까지 지어주고, 바다 같은 사람이었다. 두 사람은 발길을 돌렸다. 쉬엄쉬엄 걷다보니 발길이 더디었다. 작별등에 이르러 심호흡을 하였다. 우천소의 아내는 아기에게 젖을 물리고, 우천소는 망연히 먼 바다를 바라보았다. 손짓해 보내던 백제유민이 탄 배가 시야 가득 들어왔다. 지금쯤 무사히 목적지에 도착하였을까? 아니면 풍랑이라도 만나 표류하지는 않았을까? 아니다. 그들은 아무 탈없이 목적지에 도착하였을 것이다.

"가봅시다. 망부석이 되기에는 아직 이르요."

우천소의 아내가 상념을 일깨웠다. 두 사람은 당산나무께를 휘돌아 소도마을로 들어섰다. 조용하였다. 우천소의 움막은 그동안 비어 있었는지라 냉기가 훅 끼쳤다. 쥐똥이 널브러져 있었다. 두 사람은 움막을 청소하고 나서 주위를 쓸고 정돈하였다. 그때서야 인기척소리가 나며 거동이 불편한 노인네들이 기신기신 모여들었다.

"우리는 자네마저 떠난 줄 알았네. 이제 보니 떡대 같은 아들을 낳았구랴. 어이구나, 고녀석. 또렷하게도 생겼다."

노인네들은 우천소의 출현으로 생기를 되찾은 듯하였다. 그나마 육신이 온전한 사람들은 들과 갯가에 나갔다고 하였다. 우천소는 용두포구 고다라 내외의 극진한 정성으로 아기를 낳게 된 전후사정을 들려주었다.

"고마운 분들이구랴. 여기서 애를 낳은 것보다 백 번 나았네. 보다시피 이곳에서 출산을 하였다면 산후조리를 제대로 했겠는가."

노인네들은 오히려 다행으로 받아들였다. 우천소는 그런 노인네들을 위해 잡아온 생선을 골고루 나누어 주었다. 우천소는 뜸들이지 않고 소도마을을 정비하였다. 숲으로 둘러싸인 고인돌 주위를 말끔히 단장하고 돌종지샘을 깨끗이 청소하였다. 솟대도 새로 세우고, 누가 보아도 가슴을 여미게 하였다. 그리고 매일 새벽같이 일어나 정화수를 떠놓고 장렬하게 전사한 넋들을 기렸고, 바다 멀리 떠나간 백제유민들의 안녕을 기원하였다.

사라진 포구

삼백오십년 전, 선조가 입촌하였다는 가보를 들먹이는 노인장을 만난 것은 김형의 덕분이었다. 노인장은 용두포구(龍頭浦口)의 고택(古宅)에 살고 있었다. 용두포구는 지형이 용머리 형상이라는데 세월의 변화로 가슴에 와 닿지는 않았다.

"이곳이 그 옛날 포구였단 말이지요?"

정연은 잠시 세월의 무상함을 잘근 깨물었다. 광활한 바다가 드넓은 들판으로 변할 줄이야. 간척지 제방공사로 용두포구는 세월과 더불어 기억 저 너머로 사라진 것이다.

"백제 때는 동로현을 두어 군사적 요충지로 바다와 육지의 관문이었는디, 통일신라는 동로현을 폐현시키고 저 위쪽 고내(庫內)에 조양현(朝陽縣)을 새로 조성하였어. 임진왜란과 정유재란 때만해도 바다로 통하는 중요한 군사 거점지역이었는디, 무상한 세월이여."

"바다의 진펄이 옥토로 변하는 사례는 지방마다 많지요."

정연은 잠시 파도가 넘실거리는 정겨운 포구를 떠올렸다. 백제유민의 한 무리가 이곳에서 배를 타고 바다를 건너 일본으로 향하였다. 그러한 역사적 사실을 어느 누가 실감할 수 있을까.

"간척지 제방공사를 하기 전에는 바다가 풍요로웠는디 이제는 발밑에 묻힌 전설이 되었구만. 지금도 그러한 흔적들이 논배미마다 묻혀 있지러. 조금만 깊이 논을 갈면 굴껍질이며 조개껍질이 나와요. 일제가 식량수탈의 일환으로 간척지사업을 하지 않았더라면 오늘날도 바다의 풍요가 파도말로 일어설 것인디……."

노인장은 눈을 가느스름하게 뜨고서 상념에 젖었다. 그 사이 김형이 연락을 받고 왔다. 넉넉하게 술과 안주를 준비하였다. 김형이 노인장에게 인사를 하자 노인장의 입매가 번연하게 열렸다.

"지금 우리가 서있는 이곳이 용두포구였습니까?"

"맞소이다. 바로 이 샘이 곽샘이고. 숫샘은 저 위쪽에 있고, 까끔샘은 저 건너 등성이 아래에 있소. 그 옛날 백제유민이 바다를 건너가면서 이 샘물을 식수로 길러 갔다는디, 지금도 마을 식수로 모자람이 없어요."

"그러고 보니 포구의 자태도 눈앞에 그려지고요."

"암만. 간척지공사를 하느라 이쪽 용해등이며, 까끔샘 등성이며, 숫샘 동산을 무작시리 깎아버린 바람에 지형이 변하였지만 아련하게 옛 모습을 지니고 있지러……."

"그런데 사백년 전후로 마을에 사람이 들어왔다고 하셨는데, 그 전에는 사람이 살지 않았다는 겁니까?"

이번에는 김형이 의문을 내비쳤다. 김형의 조상도 그즈음 이곳으로 들어와 정착하였다고 하였다. 분명 시대를 거슬러 올라가자면 선사시대 고인돌무지로부터 마한, 진한의 부족국가, 백제, 통일신라, 고려, 조선조에 이르기까지 사람들이 삶을 일구어오지 않았는가.

"그건 나도 잘 모르겠어. 어떻게 한 순간 공동현상이 빚어졌는지. 임진왜란과 정유재란을 겪으면서 사람들이 산지사방으로 흩어져 고을 전체가 공동화되어 한동안 버려졌을 거라는 말을 듣긴 했지만……."

"그 말씀이 신빙성이 있을 듯합니다. 그렇지 않고서야 유구한 역사를 지니고 살아온 마을이 갑자기 공중분해 되다시피 하고 뒤늦게 사람들이 입촌(入村)한 사실을 설명할 길이 없겠지요."

임진왜란 때는 그런대로 의병들의 활동과 이순신장군의 수군에 의해 호남 지방은 왜군들이 짓밟지 못하였는데, 정유재란 때는 조선 수군이 와해되어 무차별 유린당하였다. 특히 순천 지방에 주둔한 왜군은 인근 지역에 막대한 피해를 입혀 공동화 현상을 불러왔다.

"그러고 보니 선조(先祖)가 입촌한 연대가 정유재란 후가 아닌가 싶습니다. 이 마을뿐만 아니라 이 고을 전체가 비슷한 연대에 마을이 새롭게 형성되었어요."

김형은 결론을 내리듯 말하며 노인장에게 따북하게 술잔을 쳐올렸다. 어쨌거나, 저 옛날의 지명(地名)들이 전래되어 내려와 바다를 건너야 했던 백제유민의 한스러움이 들판 가득 떠돌고 있음에랴.

"갑시다. 바닷바람 들이치는 곳에서 파도소리나 듣게요."

김형은 자리에서 일어났다. 노인장은 게슴츠레한 눈으로 두 사람을 일별하였다. 차는 용두포구를 뒤로 하고 들판을 가로 질렀다. 파도가 넘실거릴 질편한 갯벌이 드넓은 들판으로 변하여 이제 막 모내기가 끝나 파릇한 생기가 감돌았다. 차는 십리 간척방조제를 따라 달렸다. 끝과 끝이 아슴하였다.

"일제의 수탈정책은 놀라움 그 자체야."

정연은 십리 방조제의 위용에 혀를 찼다. 드넓은 바다를 막아 곡창지대로 만들고 거기에서 수확한 곡물을 일본으로 실어갔다. 철로까지 놓아가면서.

"방조제를 쌓은 공법을 보세요. 얼마나 정밀하고 튼실한가. 지금까지 숱한 태풍에도 끄떡없었어요."

"얼마나 많은 우리네 민초들이 혹사를 당했겠나."

"이곳 주민들은 말할 것 없고, 객지에 떠도는 부랑자들과 심지어는 죄수들까지 동원하였다더군요. 사상자도 부지기수였고요."

"이런 큰 공사에 사상자가 많이 날 수밖에. 왜놈들의 가혹하고 악랄한 매질이 눈에 밟히는군."

"그러게 말입니다. 그렇게 죽어간 넋들을 위해 위령비라도 세워줄 법한데 인색하기 짝이 없는 왜놈들의 심사가 분노를 자아내게 합니다."

김형은 늘 이곳을 지나치면 갈대 서걱이는 소리에서 일제의 가혹한 매질 앞에 죽어간 넋들의 신음소리가 묻어났다. 방조제를 끼고 자생한 갈대밭은 가히 장관을 이루었다. 가을이 돌아오면 갈대꽃이 눈송이처럼 흩날렸다. 차는 방조제를 지나 장생포 바닷가 모래밭에 이르렀다. 김형은 모래밭을 지나 널찍한 암반 위에 자리를 잡았다. 한눈에 바다가 한없이 열려 있었다.

"암반 생김생김이 태고의 전설을 불러오는군."

"이게 공룡 알 화석으로 보이지 않아요?"

김형은 타조 알 세 곱은 됨직한 둥글한 바윗돌 하나를 들어보였다. 장난기가 다분하였다.

"공룡 알 화석이라고?"

정연은 가볍게 흘려들었다. 오랜 세월 비바람과 바닷물에 씻기고 닳아진 것들이 아니겠는가.

"저기 보이는 저곳에 가면 공룡 알 화석지가 있잖아요."

김형은 오봉산 자락 아래의 바닷가를 가리켰다.

"나도 지나치다 신기한 생각이 들어 구경하였지."

"그럼, 이게 공룡 알 화석이 아니라고 부정할 수는 없겠네요."

"글쎄. 그 방면에 전문가가 아니라서……."

정연은 어디까지나 농담으로 받아들였다.

"제 추측이고 상상입니다만, 이 드넓은 바다가 공룡이 살았던 시대에는 푸른 초원이었으리라 생각해요. 상상만 해도 가슴 벅차지 않아요? 이 푸른 초원에서 공룡들이 뛰어 놀았다고 상상해 봐요."

"그건 어디까지나 상상일 수밖에……."

정연은 공룡들이 파도말에 뒤채며 일어서는 환상을 붙들었다. 공룡 알 화석이 나왔다 해서 공룡이 뛰어 놀던 초원지대로 단정할 수는 없겠으나, 충분히 그럴 가능성을 배제할 수 없을 터였다. 비근한 예로 간척지 십리 방조제를 막기 전에는 용두포구도 바다가 아니었던가. 그때를 살았던 선조들이 드넓은 들판으로 변한 갯벌을 보고 무어라 할 것인가? 간척지 방조제로 인하여 바다가 들판으로 변한 것이 인위적이라면 푸른 초원이 바다가 된 것은 천재지변의 지각운동이 아니겠는가.

정연의 눈앞에 공룡의 한 무리가 다가왔다. 뒷다리로 몸의 균형을 잡은 호기심 많은 아기공룡의 눈은 더없이 맑고 순수하였다. 천지조화. 지각변동은 얼마든지 가능하다. 어느 날 갑자기 푸른 초원이 한바다가 되어 삶의 터전을 잃어버린 공룡. 그 처절한 비명소리가 해조음으로 들리지는 않는가.

"용두포구 샘에 관한 전설 말이야. 곽샘이라든가, 숫샘, 까끔샘은 아직도 천년 세월 변함없이 마르지 않고 생명을 키워온 만큼 노인장의 이야기가 현실로 다가와."

정연은 바다 밑에 화석이 되어버린 공룡을 생각하다가 용두포구 마을 앞 개간답을 갈면 조개껍질이 나온다는 노인장의 말을 빗김으로 떠올렸다. 논두렁 깊이 묻힌 조개무지와 바다에 묻힌 공룡화석.

"노인장의 말에 의하면 위쪽의 숫샘은 남자들의 전유물이었고,

그 아래 까끔샘은 아낙네들이 전용으로 사용하였다고 하지 않던 가요. 그 가운데 위치한 곽샘은 마을의 공동샘으로 기우제라든가, 고기잡이 나갈 때 식수였고요."

"그러니까 숫샘은 말 그대로 사내샘이고, 까끔샘은 낮은 산 숲으로 뒤덮여 있어 은밀한 분위기를 풍기고, 곽샘은 포구 안의 중심 샘이라 할 수 있고……."

"보름달이 뜰 때나 한여름이면 아무래도 까끔샘은 은밀하고 황홀한 분위기를 보여 주었으리라 생각되고요."

"그래서 상열지정의 이야기가 긴 겨울밤을 이겨냈을지도 모르지. 지금은 그마저도 곰삭아 담배연기처럼 증발해 버린 지 오래되었을 것이고."

"노인장이 들려주었던 이야기는 아련한 슬픔으로 비감어리게 하더군요."

"그러게……."

정연은 노인장이 들려주던 이야기를 되새겨 보았다.

어느날, 어부의 딸이 아버지가 바다에서 돌아오기 전에 밥을 짓기 위해 까끔샘으로 물을 길러갔다. 물을 긷고 막 일어나려는데 물귀신 형상을 한 사내가 바닷가에서 기어오르고 있었다. 만신창이가 된 모습이었다 처녀는 기겁을 하였다.

"무, 물 좀……."

사내는 샘가에 이르러 그녀의 치마말기라도 붙잡으려는 듯 허공에 손을 내두르다 정신을 잃었다. 그녀는 어찌할 바를 모르다가 물동이를 내려놓고 바가지 물을 떠들고 조심스럽게 사내 곁으로 다가갔다. 그리고 떨리는 가슴으로 사내의 몸을 바로 하였다. 그 순간, 그녀는 너무나 놀란 나머지 그 자리에 엉덩방아를 찧으며 까무라칠 듯 주질러 앉았다. 하메나, 소식이 있을까, 꿈에도 그리던 정혼자였다. 양가 부모님들이 일찍이 부부의 인연으로 맺어준 사이였다.

두 사람은 충만한 행복감에 젖었다. 은밀하고 달콤한 시간을 가졌고, 설레는 마음으로 결혼식을 기다렸다. 그런데 청천벽력과도 같은 비운이 찾아들었다. 나라가 망한 것이다. 비통한 그 소식을 전해들은 마을사람들은 목울음을 삼켰다. 지금까지 지탱해오던 평화로운 공간이 먹장구름으로 뒤덮였다. 망연자실, 모두가 절망과 실의에 잠겨있을 때 나라를 구하기 위해 부흥운동이 일어났다. 나라를 되찾자! 피 끓는 함성은 메아리로 번져 이곳 사람들도 창검을 높이 들고 백제부흥의 깃발을 치켜세웠다. 사내도 가만히 앉아 있을 수 없었다. 백제인의 남아로서 분연히 앞장서 일어났다.

— 나라가 없는 마당에 어찌 산목숨이라 하겠는가. 내 기필코 뜻을 이루고 돌아올 테니 그때까지 기다리시오. —

사내는 정혼녀와 마지막 밤을 뜬눈으로 지새우고 눈물로 헤어졌다. 기다릴게요. 부디 몸조심하시고 다시금 나라를 일으키세요. 그녀는 흔연한 마음으로 사내를 보냈다. 그렇게 떠난 사내는 소식이 없었다. 죽었는지 살았는지 생사를 알 수 없었다. 물동이를 이고 까끔샘에 이르면 사내와 사랑을 속삭였던 지난날을 거머쥐었다. 하메, 소식이 있을까, 기도하는 마음으로 사내의 무사안녕을 빌었다.

그녀를 절망의 나락으로 떨어뜨린 것은 동로현싸움에서 백제부흥군이 장렬하게 전사하였다는 소식을 듣고서였다. 양가부모는 밤을 이용하여 애절한 마음으로 시신을 찾아 나섰으나 헛수고였다. 부상이라도 당하여 어느 바위굴에 숨어 있거나, 패잔병으로 쫓기는 신세가 되었는지도 모르겠다는 일말의 실낱같은 희망을 갖기도 하였다.

— 백제인답게 장렬하게 싸웠을 거네. 그렇게 믿고 체념해야 겠네. —

아들의 시신을 찾다 절망한 양가부모들은 망연히 넋을 잃었다. 그런데 이렇게 살아 돌아오다니! 그녀는 사내를 끌어안으며 눈물을 쏟았다. 상처난 부위는 그 깊이를 알 수 없었고, 의식은 깨어날 줄 몰랐다. 그녀는 한달음에 달려가 양가부모에게 알렸다.

— 살아 돌아왔다고! —

양가부모는 맨발로 내달았다. 그 소식을 들은 마을사람들도 까끔샘에 모여들었다. 모두가 사내의 모습을 보는 순간 머리를 도리질하며 절망을 깨물었다. 사내는 한밤이 지나서야 겨우 의식에서 깨어났다. 기적이었다. 갈증이 인다는 듯 물을 한 모금 마시고 나서 떠듬하게 그간의 행보를 말하였다. 사내는 나당연합군과 동로현싸움에서 처절하게 싸우다 간신히 살아남았다. 패주하는 무리 속에 섞여 무진주의 백제부흥군과 합류하기 위해 나아가다가 뒤쫓아 오는 나당연합군에게 낙안 근처에서 처참하게 피를 흘렸다.

사내는 시체가 즐비한 가운데 죽지 않고 만신창이로 살아있다는 절망감으로 피눈물을 뿌렸다. 장부가 살아서 무엇하랴. 자결하기 위해 칼을 뽑아든 순간 양가부모와 정혼녀가 눈앞에 다가왔다. 죽더라도 부모님과 사랑하는 정혼녀의 얼굴이라도 한번 보고 죽자. 사내는 그 길로 피투성이가 된 몸으로 천신만고 끝에 고향마을에 이르렀다.

— 이제 죽어도 여한이 없습니다. 나라 없는 백성이 살아서…….—

사내는 한마디 말을 남기고 정혼녀의 손을 꼬옥 잡은 채 눈을 감았다. 그녀는 하늘이 무너져 내렸다. 아무리 둘러보아도 자신이 설 땅이 없었다. 암담한 세상을 살아서 무엇하랴. 그녀는 침식을 잃고 사내의 무덤가에서 지난날의 사랑을 가만가만 한숨으로 주고받으며 눈물로 지새웠다. 그리고 백제유민이 배를 타고 바다를 건너가기 열흘 전 사내의 무덤 곁에서 눈을 감았다. 그녀의 부모는 딸을 사내 곁에 묻어주고 사내의 부모와 함께 백제유민의 배에 올라 고향산천을 뒤로 하였다. 그렇게 얼마의 세월이 지난 뒤 두 사람의 무덤 앞에 두 그루의 소나무가 자라더니 하나로 어우러져 연리지가 되었다.

"정말 슬픈 이야기야."

정연은 노인장으로부터 그 이야기를 듣는 순간 가슴이 파도말에 씻기듯 싸아 하였다.

"우리네 역사는 시대마다 정한으로 점철되어 있어요."

"그럴지도 모르지. 오늘을 기념하기 위해 공룡 알 화석을 가져갈까?"

정연은 자리에서 일어나 김형과 바다 깊이 묻힌 초원의 빛을 닮은 새끼공룡의 눈망울을 떠올리며 공룡 알 화석을 탐석하였다.

새로운 둥지

무넘스레 날이 가고 달이 갔다. 아직도 가슴 속에는 배를 타고 바다를 건너간 백제유민과의 이별의 정한이 가득한데 세월은 계절을 뛰어넘었다. 그동안 우천소는 새벽같이 일어나 소도마을을 가꾸고 다듬는 한편, 정갈한 마음으로 고인돌 앞에 돌종지샘물을 떠놓고 바다를 건너간 백제유민의 안녕을 빌었다. 보름날이면 그들이 떠나간 날을 기리며 엿을 빚어 정한수와 함께 올려놓기를 잊지 않았다.

"당신의 정성이 고맙기만 하오."

우천소는 말없는 가운데 찬바람이 문지방을 넘나들면 잊지 않고 엿을 빚는 아내의 정성을 가슴 뭉클하게 받아들였다.

"당신의 정성에는 비할 바가 아니지요. 저야 할머니들과 이물개 삼아 엿을 빚지 않는가요."

"우리들 정성에 감응이라도 하듯 바다를 건너간 사람들의 소식이나마 전해 들었으면 좋겠소."

"그러게요. 무소식이 희소식이라고 하지만 낯선 이국땅에 가서 설움이라도 받지 않는가 모르겠어요."

"풍랑이나 만나지 않았으면 좋으련만. 들자니 해적선도 출몰한다하고……."

"너무 앞세워 근심걱정은 하지 맙시다. 우리 살길이나 가슴에 여밉시다."

"우리야 바다가 널려있고 부지런히 땅을 일구면 될게 아니오."

우천소는 주위의 채전밭을 일구고 바다에 나가 고기를 잡아 궁핍함을 몰아냈다. 일심동체 한마음으로 공동체를 형성하였다. 우천소는 고다라의 도움으로 조그마한 고깃배를 장만하고부터 바다에 나가는 즐거움을 한껏 누렸다. 어부로서 자족한 것이다. 그런데 겨울로 접어들면서 예기치 않은 광풍이 몰아쳤다.

"이게 무슨 날벼락이오?"

우천소의 아내는 망연자실하였다. 시월상달 보름날에 제물을 올릴 것이라고 정성들여 엿을 고아 만드는데 한 무리 매서운 광풍이 문지방을 뒤흔들었다. 노인네들은 뿌옇게 먼지를 일으키며 숨 가쁘게 내닫는 말발굽소리에 기절초풍 넋을 놓았다. 지금까지 그 어느 침입자도 없었다. 고요한 정적 속에 남아있는 자들의 숨소리만 들렸다. 간섭하는 사람도 없었고 넘보는 사람도 없었다. 고요한 평화만 감돌았다. 그런데 난데없는 말발굽소리라니. 아무래도 예감이 불길하였다.

"열흘 이내로 이곳을 떠나시오. 이곳은 사람이 살 수 없게 되었소. 만약 불응하는 자는 현장에서 처형을 면치 못할 것이오."

관군 가운데 대장인 듯한 자가 말위에서 서슬 푸른 목소리로 위엄 있게 선포하였다.

"무엇 땜새 쫓겨낸다는 것이오?"

노인네 하나가 영문을 몰라 기어들어가는 소리로 항의하였다.

"오늘부로 동로현은 폐현(廢縣) 되었소. 지엄하신 나라님의 칙명이오."

"세상에 그럴 수는 없어요. 사람이 둥지를 틀고 사는디 강제로 내몰다니요."

"말이 많소. 열흘 뒤에 확인하러 올 것이니 그리 아시오."

신라관군은 먼지바람을 일으키며 빗기재를 넘어갔다. 졸지에 어디로 가란 말인가? 그들은 다시 한 번 나라 잃은 서러움을 물큰 깨물었다. 이제 겨우 안정을 찾았다고 생각하였는데 유랑자가 되어야 한다니. 통분할 일이었다.

"왜, 이렇게들 어둡고 슬픈 얼굴들이오?"

뒤늦게 바다에서 돌아온 우천소는 마을의 침울한 분위기를 심상치 않게 받아들였다.

"저걸 보게나. 우리가 죽을상을 짓지 않게 생겼는가."

노인 하나가 솟대에 붙인 방문을 가리켰다.

"이게 무슨 날벼락이오?"

우천소는 어안이 벙벙하였다. 폐현이라니. 될법한 소리인가. 아무리 백제인의 한 맺힌 넋들이 지하에서 떠돌고 있을지라도 이건 아니었다. 상처로운 가슴을 안고 사는 백제인의 잔영을 말살시키기 위한 정책이 아니고 무언가. 이 외딴 곳까지 비정하게 싹쓸이 비질을 하려하다니…….

"이제 어쩌면 좋겠는가. 갈 곳이 막연하지 않는가."

"눈물을 삼키며 살길을 찾아 나설 수밖에요. 이런 핍박과 냉대를 받을수록 백제인의 긍지를 굳건히 가슴에 심어야지요."

"자네 말이 백 번 옳으이. 오뚝이처럼 일어나 새로운 경지를 찾아나서야겠제. 어디를 가더라도 이 땅은 말없이 우리를 품안아 줄 것이네."

그들은 새롭게 결의를 다졌다. 망국의 한을 지닌 채 바다를 건너가지 않았는가. 우천소는 그들의 결의를 가슴에 담고서 답답한 심정으로 용두포구 고다라를 찾았다.

"이 밤에 어인 일인가?"

고다라는 이제 막 잠이 들려다말고 우천소의 예고 없는 방문에 적이 놀라며 반겨 맞았다.

"동로현이 폐현이 되었다고 방문을 내걸었습니다. 열흘 안에 쫓겨나게 생겼습니다."

"허어, 그런 고약한 일이 어디 있나. 유화정책으로 잘 다독여 화합하며 살게 하면 될 것을 눈엣가시처럼 여긴 나머지 청산의 대상으로 삼다니. 참으로 옹졸한 세상일세."

고다라는 천정을 올려다보며 비통해 하였다. 어디 동로현 한 군데 뿐이겠는가.

"어디든 거처를 옮겨야겠는데 마땅히 갈 곳이 없습니다. 다른 사람들도 갈 곳을 몰라 하고요."

"많찮은 사람들이니 이곳으로 옮겨와 살면 안 되겠는가?"

"그래서 의논차 왔습니다만, 번거롭게 하지나 않을까 해서요. 용두포구 사람들의 의향도 존중해야겠고요."

"같은 동족으로 한 가족이나 다름없는디 누가 눈 흘기겠는가. 그런 걱정일랑 접어뿔고 그렇게 마음을 정하게. 날이 밝는 대로 마을사람들에게 동의를 구하겠네."

"……헌디, 저는 우천골(牛泉谷)을 생각하였습니다."

우천소는 배를 노 저어 오면서 달빛 교교한 주위를 시름겨워 둘러보다가 우천골에 눈길이 멎었다. 소가 물을 먹는 지형이라? 무언가 알 수 없는 친밀감이 들었다. 낯선 곳인데도 전혀 낯설지 않는 이끌림…….

"그곳도 넉넉한 곳이네만 적적하고 외로울 텐디."

"오히려 그런 곳이 좋지 싶습니다. 개척정신으로 뿌리를 내리자면요."

"자네 마음이 그렇다면 더는 말리지 않겠네. 이곳과도 지척간이고……."

고다라는 우천소가 아내와 갓난아기를 데리고 소도마을로 돌아가던 날 우천골을 눈여겨보던 것을 떠올렸다.

"마을에 돌아가서 의견을 모아보겠습니다."

우천소는 자정이 넘어 고다라 집을 나섰다. 휘영청 둥근달은 바다에 빠져 노닐고, 피곤한데도 만 가지 상념으로 잠은 멀리 달아나고 없었다.

"어디를 다녀오시는 게요?"

우천소의 아내는 기다리다 못해 살풋 잠이 들었다가 깨어났다.

"용두포구에 다녀오는 길이오."

"좋은 의견이라도 나누었어요?"

"여기 사람들을 그곳으로 이주시킬까 하고 갔는데 흔쾌히 좋다고 했소."

"그곳이라면 한 설움 면할 법도 하겠네요."

"헌디, 나는 우천골을 마음에 두었소."

"당신 이름과 흡사한 곳이요? 용두포구보다 생소하지 않을까요?"

"그래서 내 마음을 잡아 끈거요. 그곳에서 새롭게 삶을 일구자는 게요."

"남의 신세를 지기 싫어하는 당신의 마음을 왜 모르겠어요."

우천소의 아내는 남편을 사랑하는 만큼 넉넉하게 받아들였다. 날이 밝자 사람들의 공론은 우천소의 의견을 전적으로 따르기로 하였다. 용두포구에서 더부살이처럼 신세를 지느니 우천골에 가서 새로운 마음가짐으로 둥지를 트는 쪽으로 가닥을 지었다. 우천소는 남정네 몇 사람과 사전답사를 하였다. 해변가에 오두막집 서너 채가 있을 뿐 산등성이 주위는 한적하였다. 잡목만 우거져 있었다.

"이곳이라면 시시비비를 가릴 사람도 없겠고, 충분히 숨 쉬고 살만 하겠어. 내일이라도 이곳으로 옮기세."

남정네들은 흔쾌히 받아들였다. 소도마을로 돌아온 그들은 떠날 준비를 하였다. 워낙 가진 것 없어 다들 가벼운 마음들이었다. 우천골로 삶의 거처를 옮긴 그들은 차가운 바람을 안고 움막을 짓기 시작하였다. 내년 봄이 돌아오면 토담집이라도 따뜻하게 짓기로 하고 우선 엄동설한을 지내기 위해 움막이라도 지어야 했다.

우천소는 움막을 짓고 나서 소일거리로 흙벽돌을 만들고 산에 올라 재목에 쓸 나무를 베어왔다. 이곳에 영원히 뿌리를 내리고 싶은 간절한 염원이 깃들어 있었다. 기력이 부친 남정네들도 쉬엄하게 일을 거들었다. 그렇게 기나긴 겨울이 지나갔다. 움막에서의 겨울은 차가운 살얼음판 위에서의 동면이나 다름없었다. 다행스럽게도 염려하였던 것과는 달리 모두가 무사히 겨울을 났다. 봄기운이 매화 꽃망울을 터뜨리자 우천소는 기다렸다는 듯이 집터를 닦고 겨우내 빚은 흙벽돌을 쌓아올리고 기둥과 서까래를 다듬었다. 모두가 내 집을 갖는다는 기대감으로 일손을 거들었다. 고다라도 힘센 장정 서너 사람을 데리고 와서 도와주었다.

"바다가 한눈에 내려다보여 전망이 시원하겠네."

"마음은 벌써 드넓은 바다를 품 안게 합니다. 바다를 건너간 백제유민의 모습도 보일 듯하고요."

"허허, 자네는 거기까지 내달았는가?"

그들은 농담을 곁들여 가며 모양새 있게 집을 지었다. 갈대로 지붕을 덮기까지 한 채도 아니고 열 채 남짓 짓자니 그만큼 시간이 걸렸다. 게으른 자가 흙벽돌을 쌓아올린다고 했던가, 그 과정이 더디고 정성이 들었다. 봄장마가 찾아오지 않아 그나마 다행이었다. 집이 한 채씩 완성될 때마다 노약자들부터 차례로 들게 하였다. 깔고 덮고 누울 이부자리도 마땅치 않았지만 모두가 감격에 겨워하였다.

"비록 보잘 것 없는 흙벽돌집일망정 우리의 보금자리라고 생각하니 한 세상 잊고 살겠어요."

"이곳에 대대손손 뿌리를 내려야지."

우천소는 아내의 흔감해 하는 말에 아내를 지긋이 품안았다. 떠나온 고향이 눈앞에 다가왔다. 평화롭던 고향이 하루아침에 전쟁의 불바다로 변하였을 때 아버지의 시신을 붙들고 오열하였던 처절한 통한의 피흘림. 너는 비록 나라를 잃었을지라도 백제인의 긍지와 자부심을 저버려서는 안 된다. 아버지는 마지막 숨을 거두면서 우천소를 등 떠밀었다. 그러나 백제의 부흥운동은 처음 강개한 기세와는 달리 내부의 암투와 분열로 와해되었다. 우천소는 도리 없이 패잔병으로 밀려나 임신한 아내를 이끌고 살아남은 무리들과 이곳까지 쫓겨 내려왔다. 그리고 한 무리는 배를 타고 바다를 건너갔고, 남은 무리들은 우천골에 둥지를 틀게 되었다.

"이것으로 떠도는 신세가 되지 않았으면 좋겠어요."

"염려 마시오. 어떠한 핍박과 고난이 닥칠지라도 이곳을 떠나지 않을 것이오. 눈망울 또렷한 아들이 자라고 있지 않소."

우천소는 오랜만에 아내와 뜨거운 사랑을 나누었다. 그 사이

봄은 소리 없이 무르익어 온 들판과 산천이 새파랗게 물들었다. 우천소는 날마다 바다에 나가 고기를 잡는 한편 주위의 땅을 일구었다. 모두들 한마음으로 부지런을 떨었다. 갯벌이 드러나면 바다에 나가 굴을 따고 바지락과 낙지를 잡았고, 산과 들에 나가 나물을 채취하였다. 게으름을 피우지 않고 육신을 놀리면 하루하루 풍족하게 지낼 수 있었다.

바쁜 가운데 그렇게 한해가 갔다. 엄동설한이 돌아온다 해도 근심걱정 한시름 놓을 수 있었다. 모두가 부지런히 육신을 놀린 만큼 추위에 떨 필요가 없었다. 긴 겨울밤을 뜨뜻한 아랫목에 앉아 주저리주저리 한담을 나눌 것이었다.

"저것 보세요. 산토끼가 눈 속에 묻혀 있다가 찾아들었어요."

소복이 눈이 쌓인 날 바다에서 돌아오자 우천소 아내가 볕바른 곳을 찾아든 산토끼를 가리켰다. 잿빛털을 가진 것과 흰털을 지닌 것이었다.

"부부 한 쌍인가? 귀엽군."

"우리가 키웁시다. 우리 아들 우내가도 좋아하고요."

우천소는 아내의 말을 따라 토끼집을 지어 주었다. 토끼들은 처음에는 겁먹은 눈망울로 낯설어 하더니 아들과 친해졌다. 우내가는 하루 종일 토끼들과 놀았다. 우천소는 그런 아들을 바라보며 어서 봄이 오기를 기다렸다.

설이 돌아왔다. 가난하고 찌들린 속에서도 한해를 보내고 한해를 맞는 명절을 눈 흘김으로 보낼 수는 없었다. 우천소 아내는 아낙네들과 올해도 엿을 빚고 설빔을 장만하였다. 풍족하지는 않았으나 정성을 다하였다. 그나마 우천소를 비롯하여 남정네들이 바다에서 잡아온 생선들로 상차림이 빈약하지 않았다. 우천소 아내는 새벽같이 일어나 제물을 챙겨주었다.

우천소는 아내가 싸주는 제물을 들고 남정네들 서너 사람과 소도마을을 찾았다. 겨울 들어 동짓날 찾아보고 설날 세배를 드리러 가는 것이었다. 안파포구에 배를 정박해 놓고 작별등을 지나 소도마을에 이르렀다. 폐현이 된 소도마을은 황량하고 쓸쓸하였다. 송장골을 휘돌아 불어치는 북풍한설은 더욱 을씨년스러웠다.

"정말 허전하고 쓸쓸하구랴."

"그러게 말입니다. 아직도 장렬하게 죽어간 넋들은 구천을 떠돌고, 폐허가 따로 없습니다."

주위의 황량한 전경과는 달리 소도는 신성한 기운이 감돌았다. 고인돌은 말없는 침묵으로 일행을 반겼다. 우천소는 돌종지샘에서 정한수를 길어와 제물을 차려 올렸다. 하늘신과 땅의 신과 장렬하게 죽어간 넋들을 위로하고 바다를 건너간 백제유민의 건강과 안녕을 빌었다.

"봄이 돌아오면 관군들이 소도에 오는 것을 허락하지 않을 것인디 어쩌면 좋을지. 생각만 해도 마음이 무겁구랴."

"그러겠지요. 이곳은 우리들의 성지로 가꾸고 보살펴야 하는데 잠이 오지 않습니다."

"더러운 놈들. 당나라 힘을 빌려 고구려까지 멸망시켰으면 그

전의 원한은 넉넉한 마음으로 아량을 베풀어도 무엇할 것인디 뭇 가름을 하려하다니."

"원효의 화쟁사상을 잊었는가 봅니다. 저는 별빛을 횃불삼아 소도를 지키고 보존할 것입니다."

"자네는 그리고도 남을 것이네만, 그만큼 핍박이 따를 걸세. 내 생각에는 소도는 소도대로 은밀하게 지키고, 우천골에 따로 사당 이라도 지어 바다를 건너간 형제들의 안녕을 기원하였으면 하네."

"좋은 말씀입니다. 우천골이라면 바다가 한눈에 열려있고요. 사당을 짓기로 합시다. 소도는 가만히 한 번씩 찾아보기로 하고요."

우천소는 마음속으로 다짐을 하며 봄을 기다리기로 하였다. 봄을 기다리는 동안 한가함이 떠돌았다. 바다에 나가 고기를 잡으며 고다라와 시간을 보내는 것이 즐거웠다.

"뒤늦게 딸을 본 재미가 어떻습니까? 제가 봐도 귀여움을 타고 났습디다."

"귀엽고 말고. 온통 그 녀석이 눈에 들어와."

고다라는 딸 말만 나오면 입이 벙긋 벌어졌다. 사내아이 셋을 낳은 뒤 끝에 딸을 얻고 보니 새로운 기분이 들었다. 가난할수록 자식농사가 풍족해야 마음 든든하다는 어른들의 말이 진심어리게 가슴에 들어찼다.

"봄이 돌아오면 좀 더 바다 멀리 나가는 게 어때요?"

"그럴 필요가 있겠는가. 너무 욕심을 부려서는 안 되네."

고다라는 요지부동으로 말하였다. 사람은 스스로 만족할 줄 알아야 한다는 실천행을 몸에 바르고 살아온 진솔함이라 할까. 모험을 바라지 않는 것은 소심하다 하겠는데, 굳이 먼 바다로 나가지 않아도 어족자원은 충분하였다. 우천소는 그 점을 모르는 바 아니었으나 아직은 젊기에 바다의 깊이를 헤아리고 싶었다. 하여 이번에도 넌지시 고다라의 마음을 떠본 것이다.

"욕심을 부려서가 아니라 제 마음이 그렇다는 것입니다."

"자네 마음을 모르는 바는 아니여. 하지만 바다는 언제 바람의 광기를 품안을 지 모르네."

"저야, 그 광기의 바람을 체험하지 못하였지요."

우천소는 해를 가늠하였다. 서산머리에 걸린 해는 바람의 갈기를 일으켜 세울 것을 미리 예견하는 듯 검붉은 놀빛이 심상치 않았다. 우천소는 바다사람이 된 뒤로 고다라의 경험에서 배어난 날씨의 변화를 몸에 익힌 나머지 민감한 반응을 보였다. 하늘의 변화에서 그날의 날씨와 다음날의 일기를 헤아릴 줄 아는 지혜를 터득하였다. 그리고 보니 영등할미가 심술 사납게 치맛자락을 떨치며 하늘로 올라가는 날도 머지않았다.

영등할미 치맛바람이 기승을 부리던 날, 매화가 봄을 알렸다. 우천소는 한껏 기지개를 켰다. 덧없이 흐르는 세월인데도 기나긴 동면에서 깨어난 기분이었다. 마음속으로 차근차근 봄을 설계하였다. 제일 먼저 보폭 넓게 야산을 개간하는 일이었다. 마을 공동체로 논밭을 일구자면 보다 많은 경작지가 필요하였다. 넉넉하게 씨를 뿌리고 가꾸는 것은 생명을 일구는 근본이었다. 영등할미가 올라간 다음날부터 우천소는 마을사람들을 동원하여 땅을 개간하였다. 땅은 기름졌다.

"인자, 우리들의 시상을 경작할 수 있는가비여."

"아무런 간섭 없이 우리끼리 자급자족하는 게 얼마나 좋아."

"바다를 건너간 사람들도 가슴에 맺힌 회한을 내려놓고 우리처럼 땅을 일구며 오순도순 근심걱정 없이 살았으면 할디……."

사람들은 씨알 하나라도 더 심기 위해 정성을 다하였다. 한편으로는 산에 들에 나가 달래, 냉이, 민들레, 머위, 쑥, 엄나무 순, 드릅 따위를 상위에 올렸다. 저절로 봄 향기에 취하였다. 우천소는 어느 정도 땅을 일구고 나서 바다를 건너간 백제유민들을 기리기 위한 사당을 짓기로 하였다.

"자네의 갸륵한 뜻을 왜 모르겠는가. 우리라도 그들을 기억해야제."

중론이 거기에 이르러 바다가 한눈에 내려다보이는 곳에 사당을 지었다. 그들의 정성이 깃들어 있어 숙연함이 감돌았다. 그들은 새삼 감회가 깊었다. 나라를 잃고 부초 같은 인생살이를 마감할 수 있어 가슴이 시큰하였다.

강남의 제비가 찾아와 처마 끝에 보금자리를 짓던 삼월삼짇날, 그들은 그간의 노고와 우애를 다지기 위해 뿌듯한 마음으로 사당 앞에 모였다. 우천소 아내와 아낙네들이 장만한 음식을 차려올리고 하늘신과 땅의 신과 조상신에게 고하였다. 영원히 대대손손 이곳에 뿌리를 내려주십사 기원하였다. 그리고 구천을 떠도는 넋들을 위로하고 바다를 건너간 형제들의 앞날을 빌었다.

"이제부터는 매년 삼월삼짇날 대동계걸이 겸 하늘신과 땅의 신과 조상신에게 지성으로 제물을 올리도록 합시다."

"암만, 그래야제. 우리는 어디까지나 백제인이고, 자자손손 백제인의 피를 품 받은 긍지를 가슴에 지녀야 할 것이여."

그들은 숙연한 분위기 속에서 술잔을 들었다. 모두가 오랜만에 양껏 마시고 취하였다.

새 시대의 백성

　얼음장이 쩽 금이 가듯 평화로운 마을이 단절음을 냈다. 잠시 혼란스러웠다. 무엇보다 먼지를 일으키고 내달은 말발굽소리가 그들의 마음을 얼어붙게 하였다. 잊고 지냈는데 악몽과도 같았던 지난날의 피비린내를 몰고 온 말발굽소리가 비수처럼 다가오면서 가슴을 서늘하게 하였다. 또 무슨 변란이라도 일어난 것인가? 그들은 연로한 노인 한분이 한 많은 세상을 떠나 슬픔에 젖은 얼굴로 장례를 치르고 난 뒤여서 더욱 스산한 기운을 떨치지 못하였다.

　"다들 들으시오. 통일된 백성을 위해 나라님께서 지엄하고 인자한 마음으로 이곳에 현(縣)을 새로이 옮겨 오기로 하였으니, 한마음으로 나라님의 뜻을 받들어 백성 된 도리를 다할 것을 선포하노라."

　관군들은 포고령을 내리고 먼지바람을 일으키며 돌아갔다. 현을 새로이 정하다니. 알다가도 모를 일이었다. 시오리 거리에 자리한 동로현을 폐현시키고 사람을 몰아내더니 무슨 꿍꿍이 속인가? 반문과 의문을 되씹는 사이 그들이 둥지를 튼 우천골 바로

88

옆 옴박지배미에 조양현(朝陽縣)을 조성한다는 것이었다. 그곳은 일찍이 선사시대의 유물인 고인돌무지가 자리한 곳으로 동로현 소도마을 다음으로 신성한 터전으로 여기고 있었다.

우천소도 옴박지배미를 돌아보고 그곳에 둥지를 틀까도 생각하였으나 신성한 기운을 망가뜨릴까 염려스러운 마음으로 욕심을 접었었다. 통일신라는 백제의 음영과 잔재가 유서 깊게 남아 있는 동로현을 폐현시키고 궁여지책으로 이곳에다 통치 차원에서 조양현을 신설한 것이다. 처음에는 군령현(郡領縣)으로 하였다가 이내 조양현으로 이름을 바꾼 것도 그들의 속내를 짐작할 수 있었다.

"하필이면 왜 우리 곁에다 현을 조성한다는 거여?"

"그러게. 아무래도 감시의 눈초리가 번득일 것이고, 마음 놓고 제대로 살겠는가."

"이제는 꼼짝없이 신라인으로 살 수밖에 없겠네. 허지만도 우리는 백골이 진토가 될지라도 어디까지나 백제인이여."

"그야, 부정할 수 없네만, 시상이 바뀌었는디 어쩔 것인가. 궁벽한 곳에서 사느니 현의 중심부에서 사노라면 품격이 달라지겠제."

"그려, 그려. 자네나 실컷 달라진 품격으로 살게나."

그들은 모여 앉으면 분분한 의견으로 충돌을 빚기도 하였고, 불안한 마음으로 내일을 바라보기도 하였다. 조양현의 면모는 성을 쌓는 것으로 그 위용을 갖추기 시작하였다. 옴박지배미를 둘러싼 산자락에 성을 쌓는 일은 노력동원을 필요로 하였다. 마을마다 장정들은 말할 것도 없고 가장이 없는 집은 부녀자들이나 나이 어린 아이들까지 강제로 동원되었다. 그들은 매일매일 주먹밥을 싸들고 가서 혹사당하였다.

"유서 깊은 동로현을 폐현시키고 이 무슨 생색인가? 생각할수록 심난하고 울큰한 심사가 일어나네."

고다라도 노력동원을 나와 소도마을을 바라보며 한숨을 쉬었다. 고다라는 우천소와 한조가 되어 돌을 나르고 땅을 팠다.

"이게 통일된 나라의 위세 아니겠소. 앞으로 성만 쌓겠어요? 관아도 모양새 있게 지어야 하고, 도로도 넓혀야 하고, 생각만 해도 허리가 휘어집니다."

우천소 역시 신명이 나지 않았다. 인부들을 관리 감독하는 관군들의 위협적인 감시도 마음을 피폐롭게 하였다. 무엇보다 카랑하고 억센 말투부터 이질적이어서 정감이 가지 않았다. 언어의 이질감. 그것은 극복해야 할 과제인지도 몰랐다. 더구나 아니꼬운 것은 반반한 젊은 과부들에게 뱀의 눈초리로 침을 흘린다는 것이었다. 가장네 없는 서러움으로 노력동원 온 처지를 동정해도 무엇 할 것인데 흑심을 품다니. 이래저래 나라 잃은 서러움이 뼛속에 사무쳤다.

"우리들이야 괜찮지만 허약한 아녀자들이나 어린 아이들이 버티어 낼까 걱정스럽네."

"농사철에는 잠시 건너뛰어야 하는데 도대체 여유를 주지 않으요."

"이봐? 일은 하지 않고 계속 불평불만을 늘어놓을 기야?"

갑자기 회초리보다 더 매서운 질책이 등 뒤에서 날아왔다. 감시의 눈초리가 번득인다는 것을 잠시 잊고 있었다.

"아, 예. 시절이 농사철인지라……."

"잡소리 말고 맡은 일이나 잘해. 너희들을 위하여 새로 현을 조성하잖나."

감시 감독하는 관군들의 위압적인 다그침은 잠시도 쉴 틈을 주지 않았다. 아직도 백제인의 동태를 주의 깊게 관찰하였다. 통일신라의 신민이기를 바랐다. 그들은 그 같은 감시 아래 소처럼 땀 흘려 성을 축조하였다. 우천소의 예견대로 어느 정도 성곽이 조성되자 관아를 짓고, 그에 따른 부대시설과 도로를 넓혔다.

"저건 뭐야? 일은 하지 않고 왜 웅성거리는 거야?"

감독하던 관군 하나가 지근거리에서 일어난 사태를 민감하게 받아들였다.

"불상사가 일어났는가 싶습니다."

우천소와 고다라는 하던 일을 팽개치고 달려갔다. 노인네 하나가 고인돌 밑에 깔려 죽음직전이었다.

"뭣들 하는 거야? 돌덩이를 치우지 않고."

관군은 질책하듯 매섭게 을러댔다. 장정들이 힘을 합하여 조심스럽게 노인장을 구해냈다. 다급한 대로 응급처치를 하고 찬물을 끼얹어 가며 소생을 바랐지만 끝내 숨을 거두었다.

"이런 병약한 노인네를 강제 동원시키다니. 앞으로 몇 사람이나 이런 참변을 당할지 모르겠소."

"혹사를 당한 거여. 그리고 보아하니 예사 고인돌이 아닌성싶은디 함부로 파헤치다니, 지하의 원혼이 노한 거여."

사람들은 이구동성으로 죽은 자의 명복을 빌며 지금까지 참아왔던 불편부당한 처사와 서러움을 쏟아냈다. 노동의 대가마저 없는 강제노력동원은 육신을 고달프게 하였다.

"일은 하지 않고 무슨 소란이야? 죽은 자는 영예롭게 죽어간 거야. 어서 시신을 치우고 각자 하던 일을 하라고."

보고를 받고 달려온 상급자 감독관 역시 냉정하기는 마찬가지였다. 피도 눈물도 없는 감때사나운 행동이었다. 우천소와 고다라는 시신을 들 것에 싣고 작업장 밖으로 나왔다. 관군 하나가 따라왔다.

"저기, 산비탈에 묻으라고."

"그럴 수는 없소. 엄연히 가족이 있고 집이 있는디 행려병자도 아니고 거적쌈을 하다니요."

"그렇게 한가한 줄 알아? 보나마나 부양가족도 없을 게 아닌가."

"마을장이라도 치러줘야지요."

"더 이상 말할 것 없어. 이건 명령이야."

관군은 매섭게 몰아세웠다. 인간의 도리를 베풀 줄 몰랐다. 죽은 자만이 불쌍하고 가련한 영혼이었다. 우천소와 고다라가 그래도 머뭇거리고 있는 사이 뒤따라 온 인부들이 무덤을 팠다.

"이곳이 앞으로 공동묘지가 될 것 같으이."

마지막 뗏장을 다독이며 고다라는 목울음을 삼켰다. 앞으로 얼마나 많은 사람들이 불의의 사고를 당하여 이곳에 묻힐 것인지 생각만 해도 숙연한 마음이 들었다.

"저들이 우리를 통일된 나라의 신민으로 여긴다면 노예처럼 부려먹어서는 안 될 것이오."

"다시는 이런 불상사가 나지 않도록 개선책을 건의해야 하는디 씨알이나 먹혀들지 모르겠네."

"되든 안 되든 부딪쳐나 봅시다."

우천소는 결의를 다졌다. 주위사람들도 의분을 느낀 나머지 마음을 함께 하였다. 설상가상으로 강제로 노력동원 된 젊은 과부가 능욕을 당한 사건이 일어났다. 사람들은 나뭇가지에 목을 맨 젊은 과부의 시신을 발견한 순간 분노를 폭발시켰다.

"짐승만도 못한 놈들. 인간의 탈을 쓰고 어찌 저럴 수가 있는 거여?"

"저 높은 나뭇가지에 밧줄을 걸고 스스로 목 매달지는 않았을 게고, 틀림없이 저놈들이 윤간을 하다 까무라치자 목매단 거여."

"이렇게 아니라 철저히 따집시다. 이대로 넘어가면 제이, 제삼의 희생자가 나올 것이오."

흥분한 그들은 우두머리감독관을 찾아갔다. 우두머리감독관은 심상치 않은 분위기를 재빨리 간파하고서 화랑정신을 들먹였다.

"이런 불상사가 나다니, 신라군의 화랑정신에 위배되는 일이오. 철저하게 진상을 가려내어 응분의 조치를 하겠소."

개뿔. 화랑정신이라니. 삼국을 통일하고 나서 화랑도는 타락할 대로 타락하였다고 풍문으로 들어 알고 있지 않는가. 오죽하였으면 왕후가 앞장서서 화랑도를 해체하기에 이르렀을까.

"그 말을 전적으로 신뢰하지 않겠소. 우리들에게 믿음을 주시려거든 우리들이 보는 앞에서 범인들을 가려내어 처형하시오. 그렇지 않으면 우리들 손으로 응징할 것이오. 그러기 전에는 현의 증축도, 관아를 짓는 것도 일체 거부하겠소."

그들의 입장은 강경하였다. 외부의 구원병이 들이닥치면 모를까, 수적으로 관군나부랭이들을 압도할 수 있었다. 이래 혹사를 당하나 저래 죽으나 피장파장 아닌가.

"여러분의 의분을 알겠소, 곧바로 범인들을 색출하여 군기를 문란시킨 죄를 여러분이 보는 앞에서 다스리겠소."

우두머리감독관은 험악한 분위기를 잠재울 필요가 있다고 판단하였다. 상부에서 하달한 기한 내에 공사를 마무리하자면 저들의 불평불만을 어느 정도 해소시켜 주어야겠다고 단안을 내렸다. 그렇지 않아도 상부에서는 갈등과 원한을 넘어선 화합을 강조하지 않았는가.

다음날, 우두머리감독관은 범인들을 그들 앞에 꿇리었다. 범인들은 세 사람이었다. 세 놈들이 돌아가면서 윤간을 한 끝에 자살로 위장한 것이었다. 우두머리감독관은 가차 없이 세 놈의 목을 쳤다. 단칼에 기강을 잡기 위한 고육지책이었다.

"여러분, 다시는 이런 불미스러운 불상사는 일어나지 않을 것이오. 강제노역도 최대한 관용을 베풀겠소. 그 대신 여러분이 힘을 모아 솔선수범하는 자세로 기일 안에 공사를 마무리할 수 있도록 힘써 주시오."

우두머리감독관은 차갑게 돌아섰다. 본의 아니게 부하 세 사람을 처형하고 나니 착잡한 마음일 터였다.

"우리 모두 우두머리감독관의 말을 한번 믿어 보세나. 다시 말해서 하루 빨리 공사를 마무리 짓고 그 굴레에서 벗어나야 하지 않겠는가."

그들은 땀 흘려 부역을 하였다. 하루 빨리 노역에서 벗어나자는 일념에서였다. 감독하는 관군들도 전 같잖아 만행을 부리지 않았다. 때로는 그들과 어울려 술잔을 기울이기도 하였다.

"당신은 태어난 고향이 어디시오?"

"왜요? 말씨가 달라서요? 문경새재를 넘어가는 길목이 안태고향인데, 여기까지 명령을 받고 내려왔소."

"아득히 먼 곳에서 왔구랴. 언제 고향에 갈 거요?"

"군에 몸담았는데 기약이 있겠소. 당신네들은 이곳 토박이시오?"

"토박이들도 있지만 개중에는 고향을 떠나와 유랑걸식하듯 떠돌다 이곳에 정착한 사람들도 있소."

"소문으로 듣기로는 이곳에서 백제유민이 배를 타고 바다를 건

너갔다면서요? 만에 하나 그들이 소식을 전해오면 뒤따라 갈 건
가요?"

"그러지는 않을 것이오. 고국산천을 떠날 수야 있겠소."

우천소는 관군의 말에 고개를 내저었다. 건듯 한마디 속내를
떠보자는 계산속인지도 모를 일이었다. 자칫 말 한마디 잘못하여
저들에게 빌미를 주어서는 안 될 일이었다.

성을 다 쌓고 도로와 부대시설을 어느 정도 마무리 짓고 나서
관청을 지었다. 이번에는 집 짓는 목수들이 떼거리로 몰려들어와
법석을 떨었다. 주춧돌을 심고 기둥을 세우고 대들보를 올리고
서까래를 올린 다음 기와를 입혔다. 강제노력동원된 사람들은 집
터를 다지고 기왓장을 올리는 일까지 잡역을 도맡아 하였다. 달
이 가고 해가 갔다. 다들 노력봉사로 허리가 휘어졌다. 관청을 다
짓고 나자 이번에는 창고, 말 사육장, 막사, 하천정비, 마실 샘까
지 파기에 이르렀다.

"어떤 현령이 내려올런지. 어진 현령이라도 내려와 오늘의 노
고를 헤아려 주었으면 좋겠네만."

"듣자니 백제와 고구려를 아우르고 나서 기강이 해이해지고 질
서가 문란하여 매관매직이 성행한다고 하던디, 백성을 위한 어진
현령은 우리들 희망사항 아니겠는가."

"이런 벽지에 부임해오는 현령이라면 아부나 권모술수, 비손이
는 접어뿐 위인이 아닐게?"

그들은 피로한 몰골로 하루하루를 견디었다. 어느 정도 일이

끝났는가 싶었는데, 이번에는 선착장을 만들도록 하였다. 물길을 끌어오는 작업이라 만만찮았다.

"선착장은 신경을 많이 써야 할게야. 동서로 통하는 해상교통은 아주 중요하니까. 왜구라도 침입해 오면 해전(海戰)도 불사할 것인 즉 군사적 목적도 깃들어 있다는 점을 명심하도록."

우두머리감독관은 관청 못지않게 신경을 썼다. 매일 직접 나와 작업을 지휘하였다. 바닷길을 새로 다듬고 원만히 배가 드나들게끔 견고하게 다졌다. 동로현의 관문이었던 안파포구와 용두포구와 삼각지형을 이루었다.

"허어, 이곳이 이렇게 변할 줄 꿈에도 생각 못했구랴. 자고로 사람은 오래 살고 볼 일이여."

우천골에서 누대로 살았다는 노인네가 감회어린 얼굴을 하였다. 개벽이었다. 겨우 갯가에 나가 조개 따위를 캐고 갯벌을 둘러쓰고 낙지며, 쭈꾸미, 짱뚱어, 숭어, 장어를 잡았는데 수로를 열고 보니 시야가 드넓게 열렸다.

"동서로 길 닦음 한 도로는 또 어떤가. 겨우 똥장군이나 짊어지고 다니던 길이었는디, 우마차가 지나다닐 만큼 훤하지 않는가."

"그나저나 사람이 있어야 말이제. 동로현에 뿌리를 내린 사람들은 한 차례 전쟁으로 피바다를 이루었고, 인근에 숨 쉬고 사는 사람들이라야 몇이나 되는가. 한심지경이네."

"뭐가 그리 걱정인가. 관속들이야, 거기에 딸린 식솔들이야, 저들을 먹여 살리자면 우리들 등골만 빠지게 생겼어."

그들은 기대반 걱정반으로 한숨 섞어 말하며 선착장을 완공하였다. 무일푼이나 다름없는 노력봉사는 그만큼 심신을 고달프게 하였다. 어쨌거나 지긋지긋한 강제노역에서 한시름 놓여났다는 안도감으로 허리를 폈다. 이제 멀리서 보아도 현청(縣廳)으로서의 위용을 드러냈다.

현령이 부임해 오는 날은 모두가 새 옷으로 단장하고 관아에 모여들었다. 정오가 설핏 넘었을까, 멀리서 풍악소리가 들리며 가마행렬을 인솔한 관군들이 나타났다. 마상 위의 관군들의 위용은 대단하였다. 창검과 바람에 펄럭이는 깃발과 군악소리는 주위의 산과 들을 위압하였다. 바다의 파도소리도 그속에 묻히어 출렁거렸다.

"허헛, 굉장하구랴. 한적한 벽지에 부임해 온 현령의 행차치곤 요란뻑적지근 하구만. 아주 가관이여."

"벽지일수록 위세를 드높여야 한다고. 그래야 초라해 보이지 않제."

"그래봤자제. 부임하자마자 우리들 고혈이나 안 빨아먹었으면 좋겠네. 식솔들도 몸치장이 요란하이."

주민들은 뒤따르는 식솔들의 모습에 놀랐다. 종은 말할 것도 없고 기생들까지 내몰고 온 듯싶었다. 현령의 가마가 관아에 이르자 관군이 창검을 비껴들고 좌우로 늘어서고 뒤따라온 식솔들이 배열하였다. 현령은 나이가 제법 들어 보였다. 구레나룻을 보아하니 무관출신인 듯싶었다. 그 나이에 한적한 벽지의 현령자리를 꿰찼다면 보나마나 말단관직에서 헤매다 마지막으로 한자리 얻어 온 게 틀림없었다.

"이곳이 군사적 요충지라도 된단 말인가? 저런 퇴역무관을 보내게."

"수청들 기생년들까지 데리고 온 걸 보게나. 늘그막에 온전히 누리지 못한 호사를 즐기러 온 것 같으이."

"우리들 앞날이 밝지만은 않겠어."

주민들은 귓속말로 소곤거렸다. 새로 부임해 온 현령은 현청 대청마루로 올라섰다. 눈앞에 도열해 있는 관군과 쭈뼛거리며 서 있는 주민들을 그윽한 눈으로 내려다보다 말고 쉰 목소리로 말문을 열었다.

"여러분들은 통일신라의 백성이오. 나로 말할 것 같으면 여러분의 주인이오, 어버이인즉슨 위로는 나라님을 받들고 아래로는 나를 푯대로 삼고 생업에 매진하기 바라오. 불편부당한 일이 생길라치면 언제든지 나에게 호소하시오. 나는 주민들과 함께하며 주민들의 고통을 덜어드리도록 하겠소. 관아를 짓는데 모두들 한마음으로 노고가 많았소. 그리고 관군들은 주민들 위에 거들먹거리며 군림해서는 안 될 것이야. 그 점을 깊이 새기도록."

현령은 말을 마치자 피로한 기색을 내보이며 안으로 들어갔다. 여러 날 멀리서 온 여독일 터였다. 관군들과 주민들은 끼리끼리 모여 미리 준비하고 장만한 음식을 나누어 들며 그간의 노고를 풀었다.

"나이 지긋한 풍모답게 분별심이 있어 보이기도 하고……."

"그거야, 취임일성 아니겠는가. 사람 속은 겪어봐야 알제."

"자네는 사람의 품격을 무조건 평가절하부터 하고 본단 말이여."

"그려. 아무려면 생사람 찜쪄묵기야 하겠는가마는 기생년들을 데리고 온 모양새는 별로 환영하고 싶지 않네."

"관군이 그러는디 기생을 데리고 온 것은 워낙 벽지인지라 외지에서 오는 손객이나 귀빈들을 접대할 목적이라고 하데. 우리가 주위를 둘러봐도 여염집 아낙네들을 술청에 불러 앉힐 수는 없는 일이고, 언감생심 현지조달은 어렵지 않겠는가."

주민들은 한마음으로 선정을 잘 베풀기를 바랬다. 그리고 각자 일상생활로 돌아갔다. 정말이지 지금까지 강제노력동원으로 얼마나 많은 시간과 육신을 혹사시켰는가. 우천소는 오랜만에 몸을 정갈하게 하고 소도마을을 찾았다. 옛 영화는 간 곳 없고 잡초만 더욱 무성하였다. 우천소는 주위를 깨끗이 다듬고 정비한 다음 돌종지샘에서 정한수를 길러와 고인돌 앞에 올렸다. 마한 이전의 역사와 백제의 정한이 유일하게 숨 쉬고 있음에랴. 돌아서는 발걸음이 무겁고 허전하였다.

우천소는 그 길로 용두포구로 향하였다. 고다라를 만나 술이라도 한잔 나누며 허전한 마음을 잠재우고 싶었다. 고다라는 마침 바다에 나가기 위해 뱃머리에 나와 있었다.

"어디서 오는 겐가?"

"소도를 둘러보고 오는 길이요. 술이라도 나눌까 하고요."

"자네 마음이 허전할 법도 하겠네. 이왕이면 바다에 나가 한잔 술을 나누는 게 좋지 않겠는가."

고다라는 앞장서 노를 저어 나갔다. 물목 센 바위섬에 이르자 고다라는 가슴 깊이의 물속에서 전복과 해삼을 잡아 올렸다. 고다라는 전복과 해삼을 순전히 발로 더듬어 잡았다. 우천소는 매번 감탄하였다.

"제법 잡아 올리는데요."

"씨알이 굵구만. 하지만 너무 욕심을 부려서는 안 되제."

고다라는 술안주로 먹을 만큼 잡아 올리자 물질을 그만 하였다. 배에 오른 고다라는 익숙한 솜씨로 전복과 해삼을 장만하였다. 요놈의 해삼창자야말로 최고의 술안주여. 고다라는 입이 쩍 벌어지게 술잔을 들이켰다. 우천소는 전복을 우적우적 씹어삼키며 짭질한 바다향기를 만끽하였다. 이곳에 오기 전에는, 아니 고다라를 만나기 전에는 신선한 바다향기가 배어난 날 것 안주는 생각지도 못하였다. 불에 굽고 솥에 찐 생선만 맛보았었다.

"이 맛으로 바닷가에서 사는 거네. 소도는 어떻던가?"

"사람의 왕래가 없는데 말하여 무엇 하겠어요."

"자네라도 관심을 기울여 돌보니 다행 아닌가. 관아에서 그 사실을 알면 곱게 보지는 않을 걸세."

"그만 일을 눈여겨보기나 하겠어요."

"만일을 생각해서 가만가만 돌아보는 게 좋을 듯싶네. 저들도 의식이 있고 조상의 넋을 기린다면 관용을 베풀만도 헌디……."

"술이나 듭시다. 한평생 살아가자면 저들의 눈 밖에 나서야 되겠어요."

"그럴 수밖에 없는디, 죽은 듯이 살아가자면 노예근성이나 다를 바 없고, 자네 같은 혈기에 불의와 만용을 마냥 눈감아 볼 수는 없을 테고, 여러모로 마음 상할 날이 많을 걸세."

"할 말은 하고 살아야지요."

두 사람은 술잔을 들고 나서 그물을 보았다. 치어들은 다시 바다에 돌려보내고 나머지 생선들은 배를 가르고 깨끗이 장만하였다. 집에 돌아가 생선을 손질할라치면 새삼스러워 배 안에서 손질하여 바람 들이치는 볕바른 곳에 널어 말렸다. 우천소는 아직도 생선을 손질하는데 서툴러 고다라의 반만큼도 따라가지 못하였다. 생선 손질을 끝낸 두 사람은 천천히 노를 저어 포구로 돌아왔다. 고다라가 먼저 용두포구로 돌아가고, 우천소는 우천골 협소한 선창머리에 배를 댔다. 바로 멀지 않은 지근거리에 새로 조성한 관아의 선착장은 견실한 위용을 갖추고 있었다. 주민들의 피와 땀으로 조성한 선착장이었다.

"이보게. 나 좀 보드라고."

생선통주리를 어깨에 둘러메고 선창머리를 벗어나려는데 아전 나부랭이로 보이는 사내가 우천소를 불러 세웠다. 관군 두 사람이 뒤따르고 있었다.

"저를 불렀습니까?"

"그럼, 누구를 불렀겠어. 고기 잡는 어부가 맞으렷다?"

"그렇긴 합니다만……."

"오늘부터 현령의 진지상에 올릴 생선을 조달해 주어야겠어."

"저는 생선을 사고 파는 장사치가 아닙니다. 일용의 양식거리로 고기를 잡습니다. 그 점 헤아려 주시오."

우천소는 멱살잡이를 하듯 하는 명령조에 심기가 뒤틀렸다.

"무슨 말이 많은 게야? 현령께서 당장 신선한 생선 맛을 보고 싶다는데. 고기잡이 주제에 영광으로 알아야지. 오늘 잡은 고기부터 내놓아."

"그럴 수는 없습니다. 이건 강제 수탈이나 다름없지 않습니까."

"수탈이라니? 말버릇 한번 고약하구나. 어디까지나 진상품으로 생각하면 될게 아니야. 뭣들 하는 게야?"

명령이 떨어지자 관군들이 우천소의 어깨에 걸머멘 고기통주리를 빼앗다시피 하여 자기들이 가지고 온 망태에 씨알이 굵은 생선을 골라 담았다. 졸지에 벌어진 날강도 짓이나 다름없었다. 우천소는 치밀어 오르는 분기를 가까스로 참았다. 정식으로 값을 매기고 흥정을 하여도 무엇 할 것인데, 부임해 오자마자 착취근성을 내보이다니. 비록 서푼어치 생선이지만 하나를 보면 열을 안다고, 갑자기 머리 위에 먹장구름이 뒤덮였다. 고기야 바다에 나가면 얼마든지 잡을 수 있다. 순리적으로 나왔다면 생선 몇 마리쯤이야 넉넉하게 내줄 수 있었다. 더구나 인심 후한 고장이 아닌가. 우천소는 끓어오르는 분기를 누지르며 허정한 걸음으로 집에 들어섰다. 아들 우내가 달려 나오며 반겼다.

"오늘은 고기잡이가 영 신통찮네요."

우천소의 아내가 통주리 안의 고기 몇 마리를 눈으로 헤아리며 남편의 안색을 살폈다. 어째 얼굴이 밝지 못하였다.

"선창머리에서 현령의 아전 놈에게 강탈 당했구랴."

"그게 무슨 말씀이셔요?"

우천소의 아내는 영문을 모르겠다는 표정을 지었다.

"현령 밥상 위에 올릴 고기를 매일 바치라는군."

"그런 날강도 같은 행세를 하다니요?"

"부임하자마자 한심스러운 작태야. 당분간 어떻게 나오는가 볼 수밖에."

"사소한 것까지 선정의 손길이 닿아야지. 당신이 홍역깨나 치르겠어요. 어쩐지 불쾌지수가 높다고 하였더니……."

우천소의 아내는 남편을 염려하였다. 한없이 도량이 넓다가도 이것은 아니다, 한번 판단을 내리면 못 참는 성질이었다.

"백성은 풀잎 같은 존재로, 연약하고도 억센 기상을 저들이 몰라서는 안 될 것이여."

우천소는 고다라와 마신 술이 말끔히 깨어나 마음을 쓰겁게 하였다. 관군 두 사람은 매일 우천소가 바다에 나갔다 돌아오면 기다리고 있었다는 듯 우천소를 맞았다. 우천소는 배알이 뒤틀렸으나 좀 더 두고 보자는 심산으로 저들 몫과 집으로 가지고 갈 몫을 따로 챙겨 건네주었다.

"현령께서 보자고 하는데 어쩔 셈인가?"

"앞장서시오."

한 달째 되는 날 우천소는 부름을 받았다. 그 사이 관아는 잘 정비가 되어 있었다. 제법 위엄이 서려 있었다.

"자네가 고기를 상납한 어부인가?"

"그렇습니다."

상납이 아니라 강제 수탈이라는 말이 목구멍까지 차올랐다.

"의외로 젊군. 매일 밥상 위에 올라오는 생선이 하두 신선해서 자네를 한번 보고 싶었던 게야."

"청청해역이라서 그렇습니다."

"언제부터 어부 노릇을 하였는가?"

"이곳에 둥지를 틀고부터입니다."

"그럼, 그전에는 다른 곳에 살았단 말인가?"

"잠시 젊은 날을 방황하다 이곳에 안주하였습니다."

우천소는 자신의 내력을 굳이 밝힐 필요가 없었다.

"하여간 좋네. 응분의 보답은 할 것이야."

현령은 자리를 떴다. 우천소는 떨떠름한 얼굴로 관아를 나섰다.

옛 성터

정연은 다시금 삼층석탑을 찾았다. 삼층석탑 앞에서 시아버지 삼년상을 지냈던 여인네를 찾았으나 출타하고 없었다. 손수 빚은 막걸리와 엿을 맛보았으면 하고 은근히 기대하였는데 그냥 돌아서자니 발걸음이 허전하였다. 내친김에 조양현의 옛 성터를 찾아보기로 하였다.

"이곳이 몇 해 전 고고학자들이 조사한 성터입니다."

정연은 동행한 김형의 말에 실감이 나지 않았다. 오늘의 잣대로 실측한다면 도무지 살갑게 다가오지 않았다. 그 만큼 세월이 변화를 가져오지 않았는가. 동국여지승람에 의하면 주위가 2천 555척에 높이가 7척이나 되고 우물이 2개 있었다고 하였다.

"어디를 가나 우리의 역사적 문화재가 버림을 받아오지 않았는가."

"몇 년 전만 하더라도 성을 쌓았던 돌무더기가 사람 키를 넘을 만큼 높게 쌓여 있었는데, 저수지를 막으면서 마구 헐어다 써 버렸다나요. 그리고 새마을운동의 일환으로 마을 가꾸기를 하면서

밑자리까지 가져다 쓴 바람에 보다시피 자잘한 돌무더기의 잔재
들만 흩어져 있어요."

"그보다 더한 고인돌도 들어다 개천다리를 놓고 집안의 장독대
로 사용하지 않았는가."

정연은 마을회관 앞에 이르렀다. 마을노인네들이 둘레둘레 모
여앉아 있었다. 노인네들은 조양현이라면 임진왜란과 정유재란
때 이순신장군과 연계된 역사적 사실을 가슴에 지니고 있었다.
그 이전의 역사적 사실은 기억에 없는 듯하였다.

"정유재란 때 이순신장군이 군량(軍糧)을 얻었다는 조양창(朝陽
倉)의 옛터가 그대로 남아 있지러. 그래서 마을 이름도 고내(庫內)
라고 하는디, 보다시피 지금은 자연부락에 지나지 않지만 옛날에
는 한 고을의 성지(城址)였제."

노인네들은 모심을 박듯 긍지가 대단하였다. 조선시대 조양현
성은 전라도 해안 4진(四鎭) 가운데 하나로 인식한 중요한 군사적
요충지였다. 이순신장군은 백의종군을 하다 다시금 삼도수군통제
사를 제수 받고 보성 열선루에서 신에게는 열두 척의 전선(戰船)
이 있다는 장계를 올리고 나서 조양창에서 확보한 군량을 옮겼다.
그리고 명량해전을 승리로 이끌었다.

정연은 노인네들을 일별하고 마을 안길로 들어섰다.

"이게 유서 깊은 석조방령 우물입니다."

김형이 가리키는 샘은 원형을 그나마 유지하고 있었다. 축 을
축 4월 9일(築乙丑四月九日)이라고 새겨진 명문이 음각으로 새겨져

있었다.

"을축년이라면 정확히 어느 때를 말하지?"

"그건 잘 모르겠어요. 명확한 고증이 필요한데 안타깝게도 아직 거기에 이르지 못하고 있어요."

"이 샘도 그런대로 원형을 유지하고 있구랴."

정연은 한 점 아쉬움을 머금고 마을 가운데 할석으로 쌓은 석조타원형 우물에 이르렀다. 조양현을 조성할 때 우물 두 개를 팠다는 고증을 실감하였다.

"여기서 보면 마을로 들어오는 첫 번째 골목 입구가 동문지(同門址)라 하고, 조양현 동헌 터는 마을 뒤편에 있었고, 동헌 터 바로 동쪽 텃밭과 대나무 밭이 내아(內衙) 터였다나요. 군창(軍倉)은 북문지(北門址) 방향에 있었고요."

"보통사람의 눈으로는 가늠하기가 쉽지 않은 터전이야."

"우리들 가늠자로야 실감이 나지 않지요."

김형은 마을을 앞장 서 안내하였다. 마을회관 큰 우물 곁에 세워진 돌비문은 그간의 세월에 마모가 되어 판독할 수 없었으나, 백제의 것으로 추정되었다. 동헌 터와 내아 터는 개인 살림집이 들어섰고, 이제는 주인 없는 빈집으로 남아 옛 자취는 묻혀지고 없었다. 버려진 샘만 말없이 천년 세월을 음영 짙게 안고 있었다. 조양창 터도 잔돌 무더기만 한두 군데 남아 있었다.

"이곳 조양창에서 정유재란 때 이순신장군이 군량미를 옮겼다는 조양창포구는 어디인가?"

정연은 김형을 돌아보았다. 용두포구, 안파포구는 알 수 있겠는데 조양창포구는 생소한 감이 들었다.

"조양창포구는 오늘날 대전마을 입구에 있었어요. 그러니까 조양창포구, 용두포구, 왜진포구, 안파포구, 4개 포구가 있었는데, 안파포구는 통일신라 때부터 고려 초까지 동조포구(東兆浦口)로 불리며 중국과 일본으로 가는 거점포구였지요. 백제유민이 바다를 건너간 곳으로 사료되는데, 일제 때 방조제를 막고 나서 수로 정비를 하던 중 그곳에서 배를 정박시킬 때 밧줄을 잡아맨 돌오리(石鳧)가 나왔다 해서 돌오리로 불리지요."

"이제 이해가 되는구나."

김형은 정연의 그 마음을 아는지 짐짓 용두포구를 지나 조양창포구였던 대전마을로 차를 몰았다. 지난번 용두포구를 답사하였을 때, 그곳 노인네의 말처럼 산등성이로 곧게 길이 나 있었다. 십리 방조제를 막을 때 이 산등성이가 흙으로 메웠다고 하였는데, 잘 닦여진 길은 그 같은 흔적을 말해주고 있었다.

"어디가 조양창포구인가?"

"글쎄요. 이곳이라고 하는데 드넓은 들판으로 변하여 실감이 나지 않습니다. 역사적 사실을 새긴 표지석 하나 없는데 어찌 알겠어요."

김형은 마을을 돌아나가는 지형을 가리키며 퍽 자신 없는 투로 말하였다. 짐작컨대 물목이 형성됐을 법한 곳이었다. 김형의 말처럼 일제가 방조제를 막아 드넓은 곡창지대로 변한 지금 저 옛날 한바다로 통하는 바다의 물길을 예측하기 어려웠다. 김형은 들판을 가로질러 방조제를 지나 선소로 향하였다. 오봉산 선비바위가 바다를 내려다보고 있었다.

임진왜란과 정유재란 때 이순신장군의 군선이 머물러 수리를 하고 정비를 하였다는 선소(船所)는 쇄락한 기운을 안고 있는 가운데 몇 채의 집들이 마을을 형성하고 있었다. 바다는 갯벌이 드러나 이곳이 그 옛날 선소였던가? 반문하지 않을 수 없었다.

"이곳 생낙지 맛을 보여 드릴까요?"

김형은 익히 아는 집을 들어섰다. 주인아낙네가 뭉기적 반겼다. 그리고 탕탕 도마를 울리는 소리가 들리는가 싶었는데 산낙지 발을 쪼아왔다.

"이 낙지랄 놈은 여기서 몇 대를 살아왔을까?"

"우리도 헤아릴 수 없는데 이 녀석이 어찌 알겠어요."

"분명 이 녀석의 조상은 수천 년 이곳 갯벌에서 뿌리를 내렸을 거야."

"그만큼 갯벌이 찰지다는 것 아니겠어요."

"워따, 낙지 한 마리 묵음시럼 유식헌 소리 해쌌네요. 이곳 갯벌도 그전만 못해라우."

주인아낙네는 별 희한한 소리를 한다는 듯 한 귀퉁이 거들었다.

"옛날에는 여기서 배를 묻었는가요?"

"우리 어렸을 때만 해도 배를 묻었지라우. 낚싯배를 비롯하여 크고 작은 어선을 많이도 묻고, 고쳤구만요."

"그때는 마을이 살만했겠네요."

"술집 지집년들까지 솟곳 자랑을 하고, 그야말로 떠들먹했제요. 노름꾼들도 한몫 거들고요. 시상살이란 한때 흥하면 한구비 돌아 쇠락한가 보요."

"그게 인간사지요. 한 시절 왕궁이었던 곳이 폐허로 변한 곳이 어디 한두 군데인가요."

인간사의 부침. 그것은 어쩌면 자연의 순환과정이 아니겠는가. 방금 돌아보았던 조양현 터가 정연의 눈에 밟혔다.

"물이 들어오는가 보요. 철없는 사람이 선창머리에서 낚시를 하네요."

"철이 없다니요?"

"고기가 물어야 말이제. 보나마나 빈손치고 돌아설 걸."

"한번 가 볼까?"

정연은 김형을 일으켜 세웠다. 낚시꾼은 김형과 동기동창인 위주였다. 평일인데 근무지 이탈이라니? 김형은 머리를 갸웃하였다.

"근무는 하지 않고 무슨 망한중이야? 뭐 좀 무는 거여?"

"물긴 뭐가 물어. 간밤에 야간당직을 하고 쉬는 날이어서 나와 봤지."

위주는 헛웃음을 쳤다. 선창 너머 밀물이 들어오는 목물에서 부부가 그물을 치고 있었다. 그 모습이 애스럽게 보였다. 해마다 고기 씨알이 줄어드는 현실을 어떻게 받아들여야 할까.

"계속 낚시할 거야?"

"재미가 있어야 말이지. 어디 가서 술이나 한잔 나누자고."

위주는 잘 되었다는 듯 낚싯대를 거두었다. 그러고 보니 위주는 용두포구에 산다고 하였다. 위주를 통하여 용두포구에 대해 좀 더 자세히 알 수 있지 싶었다. 김형은 선창을 벗어나 해변길을 돌아나갔다. 위주는 뒤를 따라왔다. 앓아눕는 바다와는 달리 지나치는 풍광은 보기보다 운치가 있었다.

"어디로 가는 거야?"

"이왕 이만큼 왔으니까 공룡 알 화석지를 둘러보고 갑시다."

김형은 해변길을 돌아 공룡 알 화석지에 이르렀다. 해변가 암반석에 공룡 알 화석이 박혀있다는데, 정연의 눈에는 쉽게 들어오지 않았다. 전시해 놓은 화석이 아쉬움을 덜어 주었다.

"저 건너 장선포 바닷가와 마주 바라보이는 걸로 보아 아득한 옛날에는 자네 말처럼 공룡이 살던 초원지대였는지 모르겠어."

"지질학적으로 그럴 가능성이 높지요. 장선포 바닷가 몽돌도 공룡 알 화석을 닮았지 않던가요?"

"기념비적으로 공룡 알 화석이다 싶은 몽돌 두어 개를 가져다 놓고 관찰 중이야. 보면 볼수록 무늬살이라든가, 형태가 마음을 끌어당겨."

"그러다 정성어린 기운을 품 받고 아기공룡이 깨어날지도 모르지요."

"그렇게만 된다면 세상이 달라지겠지."

정연은 김형과 위주와 농담을 주고받으며 공룡 알화석지를 가슴에 담았다.

위주는 바닷물이 차오르자 인접한 마을 가정집으로 안내하였다. 방금 바다에서 돌아왔는지 오십대 중반으로 보이는 부부가 수돗가에서 생선을 장만하고 있었다. 조금 전 선창머리에서 그물을 치던 부부? 김형의 물음에 위주는 그렇다고 하였다. 허물없이 지내는 사이라고 하였다.

"어서 오시게. 나는 바람처럼 가버린 줄 알았네."

"이쪽으로 올 생각은 없었는데 그렇게 되었소. 생선회 좀 떠 주시오."

"횟감으로는 모쟁이 몇 마리 잡았는디, 거실로 들어가게나."

"여기 평상이 좋겠습니다."

위주는 마루청 앞에 놓인 평상에 올랐다. 주인장은 곧바로 주안상을 내왔다. 투박한 인심이 담겨 있었다. 마디진 세월의 앙금이 이마의 주름살에 맺혀 있었다.

"자네는 조양창포구의 위치를 아는가?"

정연은 위주에게 궁금함을 물었다.

"조양창포구요? 저도 윗대 어른들로부터 귀동냥으로 들어 자신 있게 말하기가 그렇습니다만, 오늘의 중수문으로 이어지는 물목에 짚동만한 바위섬 두어 개가 있었다고 하더군요. 일제강점기 때 간척사업을 하면서 흔적도 없이 사라졌지만, 그 짚동만한 바위섬과 대전마을을 돌아나가는 물목이 조양창포구였다더군요."

"상상이 가지 않는군."

"그러게 말입니다. 조양창포구를 입에 담는 사람도 없고요."

"숫샘과 까끔샘에 얽힌 연리지의 내력도 아는가?"

정연은 지난번 용두포구를 답사하였을 때 마을 노인장이 들려주었던 전설적인 이야기를 떠올렸다.

"일제강점기 때 십리 방조제를 막으면서 숫샘과 까끔샘 주위의 산을 뭉갠 바람에 두 사람이 묻힌 무덤은 물론 주위의 경관까지 훼손되었어요. 두 사람의 애잔한 사랑의 상징물인 연리지도 수명이 다하여 고사되고, 그 위에 두 그루 나무를 심었는데, 우리 어렸을 때만해도 정월 대보름날 정성으로 제물을 올렸어요."

정연은 잠시 도시마다 무분별하게 우후죽순처럼 들어서는 아파트단지를 떠올렸다. 한 시대가 가고나면 그 자리에 묻혔던 우리네 혼이 깃든 유서 깊은 지명과 고유한 유물을 생각이나 할 수 있을까?

한 시대의 황혼

우천소는 고기잡이로 생업을 이어갔다. 세월은 덧없이 흘러 어언 머리카락이 반백이 되었고, 우천소의 아내와 머리 맞대고 엿을 고아 빚던 노인네들은 하나 둘 이승을 하직하였다.

"이보게. 우리도 어느새 중천에 기운 해를 바라보듯 나이를 먹었네."

고다라는 이제는 힘이 부쳐 두 사람이 품앗이 삼아 서로의 그물을 끌어올리고 나서 가쁜숨을 내쉬었다.

"세월을 이기는 장사가 있습디요."

"그래서 말인디, 우리가 더 늦기 전에 내 막내딸과 자네 아들과 부부의 인연을 맺어 주세나. 그 애들도 은근히 좋아하고 사모한 세월이 몇 년인가."

"그럽시다. 형님께서 그 말이 나오기를 기다렸소."

우천소는 고다라의 제안을 군말 없이 흔쾌히 받아들였다. 그렇지 않아도 아내 쪽에서 고다라 막내딸을 일찌감치 며느리감으로 눈여겨보았고, 아들 또한 어릴 때부터 고다라 막내딸과 오누이처럼 지내며 성년에 이르렀다. 나이 차이가 다소 났지만 이성에 눈을 뜨고부터 두 사람의 사랑은 봄바람처럼 자연스럽게 가슴에 들어찼다.

"딸년이 한사코 우내가 아니면 시집을 가지 않겠다고 고집을 부리는구랴."

"아들 녀석도 요지부동이요. 지놈이 태어난 안태고향으로 장가 드는 것도 크나큰 인연 아니겠어요."

"이제 자네와 나는 용마루와 같은 사돈지간이네. 축하주를 들어야겠네. 우리 집으로 가세."

두 사람은 노를 저어 용두포구로 향하였다. 까끔샘 주위의 나무숲에 두루미들이 꽃무리처럼 앉아 있었다. 언제 보아도 그 모습이 정겹고 새로웠다. 고다라는 집에 들어서는 길로 부인에게 맛 좋은 생선을 술안주로 장만하라 이르고 딸을 불러 앉혔다. 아직 앳된 모습을 벗어나지는 못했으나 댕기머리 치렁한 아름다움을 지니고 있었다.

"오늘은 두 분께서 무척이나 밝은 얼굴이네요."

고소녀는 어리광을 피우듯 말하며 다소곳이 앉았다.

"너도 곧 알게 될 것이다. 술이나 한잔 따라 올리거라."

고다라는 부인이 술과 안주를 들여오자 함께 합석하도록 하였다. 전에 없는 남편의 말에 부인은 뜨막한 표정을 지으며 딸과 나란히 앉았다.

"부인, 오늘 우리 두 사람이 사돈지간이 되기로 하였소."

"너무 갑작스럽네요."

"갑작스럽긴. 진즉부터 우리 고소녀와 우내가 열린 마음으로 사랑하는 사이라는 것을 눈치 채지 못하였다는 것이오?"

"그거야, 모르는 바는 아니지만……."

"너는 어떠냐? 원하고 바라던 바가 아니더냐?"

"아버지도 부끄럽게시리……."

고소녀는 얼굴을 함뿍 붉혔다. 이날이 오기를 얼마나 기다렸던가.

"그럼, 됐다. 자아 기분 좋게 한잔 들세나."

두 사람은 술잔을 부딪쳤다. 주거니 받거니 술판이 무르익자 고소녀는 수줍음을 머금은 채 고다라 부인의 뒤를 따라 방문을 나섰다. 우천소는 밤이 으슥해서야 취한 몸으로 귀가하였다.

"오늘은 무슨 술을 그렇게 드셨어요. 관아에서 괴기를 가지러 왔던데요."

우천소의 아내는 인사불성으로 취해 돌아온 남편을 안방에 뉘였다. 관아에 생선을 상납하지 못한 것을 께름칙하게 가슴에 담았다.

"내일 아침에 가져다주면 되지. 그보다도 여보, 우리 아들 녀석 혼처를 정하였소. 며느리감을 정했단 말이오."

"뭐라고요? 한마디 상의도 없이 정하다니요?"

"고다라 형님 막내딸이오. 그보다 더 좋은 혼처자리가 어디 있소. 그 애들도 어려서부터 마음속으로 사랑을 키워왔고……."

“알겠구만요. 자세한 이야기는 내일 정신 맑을 때 나누기로 하고, 어서 주무세요.”

우천소 아내는 이부자락을 다독여 주고 등잔불 아래 놓인 바늘쌈지를 한옆으로 치웠다. 고다라 막내딸 고소녀라? 어려서부터 성장과정을 잘 알기에 예사로 보지 않았다. 생기발랄하고 예의도 갖출 줄 아는 명석한 아이였다. 우천소 아내는 가만히 아들을 불렀다. 마실을 나갔다 돌아온 우내가는 술에 골아 떨어져 있는 아버지를 의식하며 영문을 몰라 하였다.

“이 밤에 무슨 일이지요?”

“아부지가 혀 꼬부라진 소리로 너의 색시감을 말하더구나.”

“별일이네요.”

“너는 아부지가 떠올린 색시감이 궁금하지 않느냐?”

“글쎄요. 저의 혼사를 물건 흥정하듯 매김할 수는 없지요.”

“나도 같은 생각이었다만 아부지 뜻을 따르기로 하였다.”

“그런 중차대한 가정사라면 맑은 정신으로 의견을 모아야지요.”

“너무 흔감해서 술이 과한 모양이다. 네 신부감은 고소녀다.”

“네에?”

우내가는 놀란 눈으로 어머니를 바라보았다. 무 캐먹다 들킨 얼굴이었다. 방금 전 우내가는 까끔샘 숲속에서 고소녀와 사랑을 속삭이고 돌아왔다. 고소녀는 중차대한 그런 말을 한마디도 입에 바르지 않았다. 앙큼한 것.

“왜, 그리 놀라느냐? 꼭 도둑질하다 들킨 사람 같다.”

"그게 아니고…….."

"만에 하나 그 애 어디가 마음에 들지 않는 거냐?"

"아, 아닙니다. 졸지에 안겨온 말이어서…….."

"알겠다. 아부지네들은 너희 두 사람 관계를 이미 알고 있었던 게야. 그리 알고 건너가 자거라."

우천소 아내는 아들의 뒷모습을 바라보며 새삼 감회가 어렸다. 백제유민이 바다를 건너가던 날 산통이 오고, 생판 낯선 고다라 집에서 분만을 하였다. 그 세월이 벌써 스무 해가 넘었다. 누가 보아도 의젓하고 기품 있는 헌헌장부의 모습이었다.

우천소는 새벽같이 술에서 깨어나 바다에 나가 그물을 봐오고 싱싱한 생선을 관아에 들였다. 새로 부임해 온 현령은 유별나게 바다생선과 조개류를 좋아하여 까탈스러웠다. 어제 저녁 찬거리로 생선을 들여보내지 못하여 불호령이라도 떨어지지 않을까 단단히 각오하였는데, 아직 기침 전이어서 적이 긴장을 풀었다. 한 가지 고마운 것은 전임 현령과는 달리 매달 그믐께면 자못 선심을 쓰듯 생선 값이라고 몇 냥 생선광주리에 넣어 주었다. 우천소는 그게 한편으로는 역겹고 자존심을 상하게 하였으나 면전에서 타박하지 않았다. 지그시 참으며 항아리에 넣어 땅속에 깊이 묻어 모았다. 언젠가는 이웃들을 위해 값지게 쓰겠다고. 집으로 돌아온 우천소는 까칠한 입으로 아침을 들었다. 그나마 시원한 조개국물이 숙취를 다스려 주었다.

"당신, 어젯밤에 말씀하신 것을 기억하남요?"

"내가 쓸데없는 말이라도 하였나……?"

"취중진담이라고 아들 혼사 말을 하셨잖아요."

"그려. 고다라 형님과 사돈지간이 되기로 하였지. 그 바람에 된통 취하였고. 부인은 싫은 게요?"

"저야, 반대할 리가 없지요. 감회가 새롭네요."

"그러게 말이오. 아들은 어디 갔소?"

"먼저 아침을 들고 할 일이 있다면서 집을 나섰어요."

"혼인 날짜를 잡아야겠어."

"마음도 급하십니다."

우천소의 아내는 말은 그렇게 하면서도 덩달아 마음이 바빠졌다. 어제까지만 하더라도 형님 아우 하던 집안이 사돈지간이 되다니. 고다라 집에서 산고를 겪었던 일을 생각하니 감회가 남달랐다. 마침 사립문을 들어서는 아들을 불러 앉혔다.

"장가를 가야겠다."

우천소는 중동무지로 말을 꺼냈다.

"네? 장가요?"

"니가 좋아하는 고소녀와 백년가약을 맺어주기로 하였다."

우천소는 아들의 볼기짝을 때리듯 말하였다.

"고소녀와요?"

"왜, 싫으냐?"

"그건 아닙니다만……."

"가슴이 번하게 열릴 줄 알았다. 그렇게 알고 마음 준비를 하거라."

우천소는 자리에서 일어나 집을 나서는 길로 배를 타고 바다로 나갔다. 그물을 놓는데 고다라가 노를 저어왔다. 고다라는 아직도 숙취가 남아 있어 느지막하게 집을 나섰다. 고다라는 우천소 배에 가까이 댔다.

"오늘은 일찍구랴."

"벌써 일어나 관아에 고기를 들여 주고 나왔는걸요."

"바쁠 것도 없고 쉬엄하게 하세나."

"그럽시다. 저도 아직까지 머리가 묵지근하요. 집을 나오면서 아들에게 혼인 말을 하였습니다."

"잘했네. 적당히 날을 잡아보세. 자고로 혼사는 오래 끌수록 이로울 게 없다고 했느니. 오는 삼월삼짇날이 어떻겠는가?"

"저도 바다에 나오면서 그 생각을 했습니다. 여러모로 기념비적인 날이 될 것도 같고요."

"그러게. 혼례식은 아주 간소하게 치렀으면 하네."

"암만요. 소도에서 정한수 떠놓고 조촐하게 치렀으면 합니다. 마을 잔치는 해야겠지만."

두 사람은 바람결로 스치듯 아들 딸 혼사 날을 정하였다. 바다 일을 마치고 집으로 돌아온 우천소는 아내에게 혼인 날짜를 잡았노라고 말하였다.

"일사천리 막힘이 없네요. 하기사, 뜸을 들여봤자지요."

우천소 아내는 정작 혼인 날짜 말이 나오자 마음이 바빠졌다.

자신도 모르게 한숨소리가 새어 나왔다.

그날 밤, 우내가는 울렁이는 가슴으로 까끔샘 솔숲에서 고소녀를 만났다. 달이 휘영청 밝았다. 평소와는 달리 고소녀의 귓불이 상기되어 있었다. 우내가는 막상 결혼 날짜를 말하려고 하니 말문이 막혔다.

"저기, 부모님께서……."

"결혼 날짜를 받았다고 하데요. 그냥 살짝기 수줍고 부끄럽네요."

"가슴이 한없이 벅차고 가없이 열리는구만. 우리는 하늘이 맺어준 인연 아닌가배. 누구보다도 사랑할 거야."

"저두요. 이미 이 나무 아래에서 사랑을 수놓았잖아요."

고소녀는 우내가의 우람한 가슴에 얼굴을 묻었다. 여느 때보다 가슴이 뛰놀았다. 소꿉시절부터 오누이처럼 만나 사랑을 키워오는 동안 미래의 행복을 꿈꾸어 왔지 않았는가.

두 사람의 혼인 날짜는 금방 문지방을 넘어 다가왔다. 동백꽃과 매화가 피고지고, 진달래꽃, 할미꽃, 민들레가 방싯거리며 봄을 수놓았다. 강남의 제비가 어김없이 찾아오고, 화사한 햇살 아래 여린 새싹들이 움 솟는 가운데 벌 나비가 울타리를 넘나들었다.

"하늘도 무심하지 않아 날씨 또한 따사롭고 포근하구랴."

"어느 모로 보나 천생연분 아니겠남. 안태고향 집으로 장가를 들다니."

마을 아낙네들은 쌀이며, 나물이며, 온갖 음식과 예물을 머리에 이고 잔치 집을 찾아들었다. 우천소와 고다라는 신랑신부를 앞세우고 소도마을로 향하였다. 고다라 배에는 신부 쪽 사람들이 탔고, 우천소 배에는 신랑 쪽 하례객들이 탔다. 배 앞머리에는 깃대를 세우고 풍물도 울리며 제법 흥겨움을 자아냈다. 그들은 안파 포구에 배를 정박한 다음 작별등을 넘어 소도마을에 이르렀다. 전날 우천소가 주변을 깨끗이 단장하고 청소한 터라 신성한 기운이 감돌았다.

마을의 연장자가 혼례를 주관하였다. 고인돌 앞에 혼례청을 마련하고 하늘신과 땅의 신과 조상신에게 고하였다. 그리고 양가부모에게 절을 올린 다음 신랑신부가 맞절을 하고 합환주를 마셨다. 지극히 간략하고 검소한 혼례식이었다. 혼례청에 올려진 음식은 엿과 떡시루와 바다에서 난 생선류와 과일 등속으로 조촐하면서도 정성이 배어났다.

"신부가 머리를 얹고 보니 성숙한 모습이 드는구랴. 댕기머리 앳된 처녀와는 완연 다르네. 흠잡을 데가 없구만."

"신랑도 기상이 넘쳐나는구만. 썩 어울리는 한 쌍이여."

하례객들은 혼례식이 끝나자 두 마을이 한 마음으로 축하주를 들었다. 어느 정도 잔치마당이 무르익었을 때 우천소가 하례객들 앞에 나섰다.

"경사스러운 오늘을 축하해 주시어 진심으로 고맙습니다. 제가 드릴 말씀은 다름 아니라 지금까지 제가 관아에 생선마리를 바쳐왔는데, 매달 관아로부터 생선 값을 받아왔습니다. 그걸 모아두었는데 오늘 이렇게 기쁜 날 그 돈을 내놓겠습니다."

"그게 무슨 말인가? 그 돈으로 아들 며느리 집칸이라도 마련해 주는 게 도리제. 안 그런가?"

"맞는 말이여. 그렇게 하게나."

"아닙니다. 아들 며느리가 살 집은 제 힘으로 지어 주겠습니다. 그 점은 염려 놓으시고, 제 성의를 받아 주셨으면 합니다. 마을이 융성해야 다른 경계에서 얕보지 않습니다. 나라 잃은 백성으로서 우리가 뼈저리게 느껴오지 않았습니까. 가난은 죄가 아닌데도 얼마나 서러움을 받았습니까."

"그러면 말일세. 그 돈을 백제유민을 위해 지은 사당에 기부하면 어떻겠는가? 그 돈을 종자돈으로 하여 앞으로 십시일반 돈을 모아 조그마한 암자를 짓도록 우리 모두 마음을 모두세."

혼례를 주관하였던 마을의 연장자가 새로운 제안을 내놓았다.

"좋은 의견이오. 전적으로 찬성하겠소."

하례객들은 만장일치로 박수를 쳤다.

"그럼, 여러분의 의견을 따르겠습니다. 나아가 오늘 이후로 생선 값을 받는 대로 사당에 헌납하겠습니다."

"그런 생각을 갖다니 정말 감개가 깊네. 우리 모두 우천소의 뜻을 받들어 한 마음이 됩시다."

잔치마당은 더욱 흥겨웠다. 사돈, 자네는 역시 미래를 안고 있어. 마음이 더욱 즐겁네. 고다라가 우천소에게 술잔을 안겼다. 소도마을에서 한마당 흥겨움을 나눈 하례객들은 각자 마을로 돌아가 거나하게 잔치 기분에 젖었다.

잔치가 끝나고, 우천소는 지금까지 살던 집을 아들 며느리에게 물려주고 백제유민을 기원하는 사당 옆에다 따로 살 집을 지었다. 마을사람들이 울력으로 도움을 주는 바람에 힘들이지 않고 집을 지을 수 있었다.

"이왕이면 새 집을 아들 며느리에게 주지 그러는가?"

"예로부터 새 집은 새 사람이 드는 게 아니라고 했네."

마을 노인 하나가 우천소를 대신하여 말하였다.

"그런 미신을 지니고 있는 겐가?"

"꼭 집어 미신이라고 폄하할 수만은 없느니. 모든 게 마음작용이라고, 만에 하나 무슨 변괴라도 운수 사납게 당해 보게나. 마음이 그리 가네."

그러나 우천소의 마음은 다소 달랐다. 갓난아기 때부터 자란 집이라 아들의 땀 배인 기운이 서려있어 평온할 것이라는 배려였다. 우내가도 아버지의 배려를 이해하고 헤아렸다. 아무래도 정든 집이 아니냐. 그리고 아버지 어머니가 기거할 새 집보다 넉넉한 분위기를 자아냈다. 우천소는 그렇게 아들을 독립시켰다. 그리고 논밭도 떼어주고, 배도 한 척 장만하여 스스로 생계를 유지하도록 하였다.

"이제부터 한 가정의 가장으로서 의무와 책임을 다 하여라."

"부모님 기대에 어긋나지 않도록 노력하겠습니다."

우내가는 뿌듯한 책임감을 짊어졌다. 새로 지은 배를 타고 바다에 나가 그물을 던지는 기분. 부푼 미래의 잔물결이 햇살에 미끄러졌다.

"첫물을 봐왔는데도 기대치를 벗어나지 않았네요."

고소녀는 바다에서 돌아오는 우내가를 맞으며 마음 즐거워하였다.

"세상은 노력한 만큼 주어지는 것이라고 하지 않던가?'

우내가는 수줍음을 담은 고소녀의 행복한 얼굴이 이쁘기만 하였다. 달고 시원한 수박을 한 입 베어 물듯 가슴에 안고 싶었다.

"그런데 어머니께서 내일부터 엿 만드는 법을 전수해 주신다고 하네요."

"마땅히 전수 받아야제. 당신뿐만 아니라 대대로 이어받아야 할 의무가 아니겠소."

"시집살이가 따로 없네요."

그러면서도 고소녀는 싫지 않은 얼굴이었다. 어려서부터 심심찮게 엿을 맛보았는지라 직접 엿을 만들 수 있다니 가벼운 흥분마저 들었다. 다음날부터 고소녀는 시어머니로부터 정식으로 엿 만드는 과정을 배우고 익혔다. 곁에서 구경할 때는 쉬운 듯하였으나, 막상 정성들여 만드는 과정은 쉽지만은 않았다.

어쩔 때는 아궁이에 불을 지피며 꼬박 밤을 지새울 때도 있었다. 그 과정 하나하나가 땀으로 얼룩진 공정이었다. 불의 조절에서부터 조심조심 정성을 기울이는 데도 아차하면 눌어붙기 쉽고 미감(味感)이 좋지 않았다. 시어머니와 함께하는 엿 만드는 공정은 한편으로는 흥겨움이 일면서도 마칠 때 쯤은 기진한 상태에 이르렀다.

"어따, 수고했다. 니가 만든 엿을 소도와 사당에 올린다고 생각하니 내가 한 짐을 던 듯싶다."

시어머니는 고소녀가 처음 엿을 빚자 소도와 사당에 지성으로 올리도록 하였다. 그로써 이 집 며느리로서 하나의 의무를 짊어진 것이다. 고소녀는 자신이 짊어진 의무를 가벼이 여기지 않았다. 풍요로운 시절이 오면 더욱 질 좋은 엿을 빚으리라 마음속으로 다져 넣었다. 시어머니는 그런 며느리가 고맙고 믿음직스러웠다.

하늘의 민심

어족자원이 풍부하여 굶주림을 모르는 이곳과는 달리 웃녘에는 매년 흉년이 들어 민심이 흉흉하였다. 나라에서는 어찌하지 못하였다. 백성들이 가난과 질병에서 벗어나야 나라가 안정되고 인심이 훈훈한 법인데, 곳곳에 흉년이 들고 질병이 휩쓰니 민심이 동요될 수밖에 없었다. 가는 곳마다 부랑자들이 늘어나고, 도적들이 떼를 지어 마을을 침탈하여 민심을 산란하게 하였다. 조짐이 좋지 않았다.

그 위에 관리들의 부패 또한 극에 달했다. 위로는 왕실에서부터 아래로는 말단 아전에 이르기까지 사치와 음락과 토색질로 민심을 이반케 하였다. 설상가상으로 왕위 다툼의 암투가 보이는 가운데 왕실과 귀족들 간의 반목과 대립은 모반과 정변으로 이어졌다. 피바람을 일으키며 임금 자리가 뒤바뀌는가 하면, 숙질간, 형제지간의 골육상쟁은 귀족들의 편가름으로 비릿한 암투가 계속되었다.

사정이 그렇게 돌아가자 지위고하를 막론하고 정쟁에 휩쓸렸고, 금권이 횡행한 가운데 부패가 만연하였다. 따지고 보면 그러한 원인을 제공한 장본인은 위로는 임금으로부터 왕족과 귀족들이었다. 그들은 태평성대를 돗자리처럼 깔고 앉아서 가무와 음락을 즐겼다. 자연 기강이 해이해지고 재정이 바닥났으며 부정과 부패가 만연하였다. 향락을 위한 과다한 세금과 지방관원들의 세금징수를 위한 토색질은 그 도를 넘었다. 화랑정신의 근간은 이미 증발된지 오래여서 수탈을 임의로 자행하는 타락일로의 행태는 백성의 원성을 사기에 충분하였고, 민심의 이반을 초래하였다. 가렴주구로 인한 왕실의 재정을 충당하기 위해 더욱 지방관원들을 쥐어짰고 그에 따른 왕실의 반목과 귀족들 간의 암투는 해를 거듭할수록 치열하였다.

조양현도 바람 앞에 등불처럼 한 차례 마파람이 불어칠 때마다 문풍지가 울었다. 한껏 추위에 떨었다. 한해를 넘기면 새로 현령이 부임해 오고, 그때마다 세금이 과중치로 부과되었다. 세금명목도 가지가지였다. 민초들의 불만은 이만저만 아니었다. 그 위에 현령은 현령대로, 그 아래 관속 나부랭이들은 그들대로 콩고물을 챙기기에 여념이 없었다.

"이게 무슨 재변이여? 하늘이 내린 가뭄이나 기근은 내년을 기약할 수 있는디, 이건 산 목숨을 앗아가자는 것 아닌가."

"글쎄올시다. 어쩌다가 나라꼴이 이 지경에 이르렀는지, 나라가 망하려는 징조만 같아 세상이 암담하요."

"앉아서 마냥 한숨이나 지으며 불편부당하게 당하지 말고 무슨 대책을 세우세. 이런 분통 터질 일이 어디 있나."

이웃들은 맨주먹으로라도 대항하자고 공분을 일으켰다. 듣자니 저 윗녘에서는 폭동이 일어나고 그들을 진압하는 과정에서 많은 희생자들이 났다고 하였다.

"제가 현령께 부당함을 아뢰고 굶주리며 추위에 떨고 있는 우리들의 고충과 현재 상황을 말씀드려 보겠소."

우천소는 우선 마을사람들을 진정시켰다. 전날 고다라를 만났을 때도 더 이상 쥐어짜면 봉기라도 일으켜야 한다고 결연한 빛을 내비쳤다. 우리가 이제 마을의 좌장격이네. 이런 부당하고 억울한 일을 앉아서 언제까지 당해서야 되겠는가? 고다라의 울분은 마을사람들의 뜻을 대변한 것이었다. 그렇다고 관을 상대로 의분을 일으킨다면, 그리고 맞서 싸운다면 백번 당연한 일인데도 반란으로 내몰릴 것이다. 아무래도 현령과 담판을 지을 수밖에 없었다. 다음 날, 우천소는 마음을 단단히 가다듬고 납품할 생선을 들고 현령을 직접 찾아갔다.

"오늘은 무슨 일로 비릿한 생선을 들고 나를 보자는고? 오늘은 생선이 아주 크고 싱싱해 보이는구나. 내 그 정성을 모르는 바 아니지. 나를 보자고 한 것은 따로 할 말이 있으렷다?"

현령은 간밤의 음주가무로 눈가에 멍울이 지듯 푸르죽죽한 몰골이었다. 오십대 후반의 나이답게 노회하고 탐욕스러운 구석이 입 가장자리에 묻어났다.

"다름이 아니오라 현령께서 매김한 세금이 너무 과하다는 고을 주민들의 원성을 조금이라도 헤아려 주십사 하고……."

"흠. 세금징수에 대한 불평불만이라……?"

"고을의 어르신으로서 하해 같은 마음으로 살펴주십시오."

"그 마음을 모르는 바는 아니나, 나로서는 그런 원성을 들을 위치가 아니다. 그것은 어디까지나 지엄하신 나라님이 내리신 것이라 내가 이래라 저래라 말할 수 없다. 나는 다만 이 고을 수장으로서 나라님의 분부와 명령에 따라 집행할 뿐이다."

"하오면 아래 말단 관원들의 사리사욕과 과다한 강제집행만이라도 시정해 주시고, 엄히 다스려 주셨으면 합니다."

"뭐라고? 관원들의 행패가 심하다는 말이냐?"

"그렇사옵니다. 예사로 부정을 저지르고 심지어는 부녀자들까지도……."

"그걸 말이라고 하느냐? 여봐라. 관원들을 한 사람도 빠짐없이 집합시키도록 하라."

"지금은 모두가 세금징수 때문에 나가고 없습니다요. 나중에 추달하여도 늦지 않습니다요."

"참으로 충직한지고. 아무렴. 직무에 한 점 소홀해서는 안 되지. 자네는 일단 돌아가게. 자네의 청원을 십분 참작할 테니께."

현령은 아전의 말에 한마디 던지고 자리를 툭 차고 일어났다. 우천소는 송충이를 대하듯 하는 현령의 태도에 처음부터 기대를 하지 않았지만 적잖이 실망하였다. 관아를 나서는 발걸음이 천근 무게였다. 그 길로 고다라를 찾았다. 용두포구는 관원들이 한바탕 분탕질을 하였는지 음산한 기운이 떠돌았다. 고다라 집에 마을사람 몇이 분기어린 모습으로 모여 있었다.

"어서 오게. 현령은 만나 보았는가?"

"만나 보았소만, 소귀에 경 읽는 격이었소."

"그 작자의 상판때기를 보시오. 씨알이라도 먹혀들게 생겼는가."

젊은이 하나가 두 손을 말아 쥐었다. 분김이 차오르는 눈빛이었다.

"오늘도 구시월 도짓바람이 짓쳐오댔기 한바탕 난장판을 치고 갔네. 마냥 당할 수는 없고, 어쩌면 좋겠는가?"

"볼 것 없이 현령을 잡아다가 바다에 수장시켜 버립시다."

"울분을 앞세운다 해서 해결되는 게 아닐세. 이럴수록 슬기롭게 대처해야 하네."

"저놈들을 상대로 순리대로 해요? 그러기 전에 우리들이 길거리에 나앉게 생겼는디."

"하여간 울큰한 감정을 앞세워서는 안 되느니."

고다라는 젊은이들의 격한 분기를 어루었다. 이렇게 나가다가는 아무래도 관원들과 충돌할 수밖에 없을 터였다. 그리되면 어찌 되겠는가. 가슴 한켠에 서늘한 기운이 감돌았다.

다음날, 우천소는 평상시와 다름없이 바다에 나가 그물을 걷어 올리고, 생선을 가려 관아로 갈 참이었다. 선창머리에서 배를 정박시키고 돌아나가는데 관원 대여섯이 앞을 가로 막았다. 살가운

표정이 아니었다.

"네놈이 현령의 입맛에 맞는 괴기를 진상한답시고 우리를 범죄자 취급하여 현령에게 도매금으로 고자질해 바쳤다면서?"

"지금 나와 시비를 가리겠다는 거요?"

"이놈의 중늙은이가 어디서 눈을 부릅뜨는 거여? 현령께 생선 좀 바친다고 우리를 우습게 보는구먼."

"무슨 흰소리요? 당신들도 양심이 있으면 생각해 보시오. 백성의 재물을 노략질하듯 강제로 수탈해도 되는가."

"듣자듣자 하니께 영 싸가지가 없구먼. 우리는 어디까지나 공무를 집행할 뿐이라고. 그게 잘못인가?"

"공무를 그렇게 집행하는 거요?"

"말끝마다 심기를 뒤집네. 맛을 봐야 알겠어?"

그 가운데 우락부락한 관원이 우천소의 먹살을 틀어쥐었다. 우천소도 나이가 들었다고는 하나 어부로 잔뼈가 굳었는지라 순순히 내둘리지는 않았다. 먹살을 잡은 관원이 야살을 부리는 순간 메다꽂았다. 관원은 보기 좋게 바닷물에 처박혔다.

"이것 봐라? 공무집행 중인 관원을 내꽂았겠다?"

나머지 관원들이 한꺼번에 우천소를 덮쳤다. 중과부족, 우천소는 무참하게 짓밟혔다. 그 광경을 목격한 마을사람들이 우 몰려와 몽둥이와 연장으로 관원들을 타매질하였다. 순식간에 벌어진 불상사였다. 소문은 삽시간에 퍼져 이웃마을사람들도 떼로 몰려와 누가 앞장 설 것도 없이 관아로 짓쳐들어 갔다. 누구보다도 놀란 것은 현령이었다. 오늘도 포만한 기분으로 계집들을 옆에 끼고 앉아 유세깨나 하고 알랑방귀를 뀌며 맞장구를 치는 토호들과 주연을 베풀고 있는데 밖이 소란했던 것이다.

"어느 놈들이 난동을 부리는 거냐?"

"크, 큰일났습니다요. 관원들의 공무집행을 방해한 불순한 자들이 소동을 일으킨 듯합니다."

"여러 말 할 것 없이 모두 잡아들여라. 내 엄히 다스리겠다."

현령은 노기를 띠었다. 무장한 관군들이 나서고, 한동안 뒤엉켜 피바람을 일으켰다. 몽둥이와 창검의 싸움은 시간이 흐르자 점차 우열이 가려졌다. 관군들도 부상자가 많았지만 주민들의 사상자가 더 많은 가운데 주민들이 무더기로 붙잡혀 들어갔다.

"네놈들, 주모자가 누구냐?"

현령은 서슬 푸르게 심문하였다. 아직도 가슴이 울렁거렸다.

"매일 생선을 가져오는 우천소라는 저 중늙은이올시다."

현령의 호통에 관원 하나가 피투성이가 된 우천소를 현령 앞에 꿇어 엎드리게 하였다.

"내가 어제 간곡히 말했거늘 소요를 일으켜? 도저히 용서할 수 없다."

"우천소의 잘못이 아닙니다. 관원들이 괜히 시비를 걸었고, 그 광경을 보다 못한 우리들이 평소 핍박을 받아온 터라 공분을 일으킨 것입니다."

고다라가 힘주어 대변하였다. 그의 손에는 아직도 괭이가 들려 있었다.

"듣기 싫다. 차차 죄상을 밝혀 응분의 조치를 취할 것이니, 저 놈을 비롯하여 주동자들을 하옥시키도록 하라. 그렇지 않아도 도처에 민란의 조짐이 감지되고, 흉년이 들어 도적들이 출몰하는데 이놈들마저 소요를 일으키다니 용서할 수 없다."

현령은 심기가 사나웠다. 과다한 세금 징수라니. 풍요로운 고장인지라 다소 많은 세금을 징수한다 해서 도탄에 빠질 염려는 없지 않은가. 불평불만, 원성을 높여 보았자 우물 안 개구리 같은 존재들 아닌가. 현령은 이번 기회에 모기소리만한 원성소리도 매섭게 잡도리하여 잠재우리라 마음먹었다. 우천소와 주동자로 점찍힌 사람들은 몇 날 며칠 주리를 틀 듯 심문을 받았다. 그러나 모두가 이를 악물고 과중한 세금과 토색질이야말로 선정을 베풀어야 할 현령의 도리이며 관원들의 책무냐고 도리어 책망하였다.

"도저히 그냥 두어서는 안 되겠다."

"고정하시지요. 저들을 잘못 다스렸다가는 주민들이 한마음으로 일어나기라도 하면 걷잡을 수 없을 것입니다."

"그 말이 맞습니다. 주동자인 우천소의 장독(仗毒)도 생사를 가늠하기 어렵고, 만에 하나 우천소가 옥사라도 하면 주민들의 원성이 어디에 이를지 모릅니다. 그리고 도처에 인심이 흉흉하여 암행관찰사가 파견되었다는 정보가 들어옵니다. 암행관찰사가 이곳에 오지 말라는 법은 없지 않겠습니까."

지방 유지들이 입을 모은 끝에 조심스럽게 진언하였다. 소요가 들불처럼 번지기라도 한다면 현령의 안위도 장담할 수 없을 터였고 지방 유지들도 그간의 행적으로 볼 때 결코 무사할리 없을 터였다.

"이거, 참. 심히 난처하구나. 이 기회에 불평불만의 싹을 발본 색원하여 싸그리 도려내야 하는데……."

현령은 지방 유지들의 의견을 단칼에 내칠 수는 없었다. 그들과는 한물에 노는 처지가 아닌가. 현령은 고심 끝에 우천소를 비롯하여 주동자들을 일장 훈시와 함께 방면하였다. 피골이 상접한 몰골로 집에 돌아온 우천소는 그날로 병석에 누웠다. 생각할수록 분하고 억울하였다. 백성이 있어야 현령이 있고 나라님이 있는 법인데 백성을 핍박하고 업신여기다니 하늘이 용서치 않을 것이었다.

"자네가 무슨 죄가 있다고 이 지경으로 만들어. 탐관오리들로 나라가 썩어 가네."

고다라는 하루가 멀다 하고 병문안을 왔다. 이웃들도 틈나는 대로 들여다 보며 한결 같은 마음으로 공분을 일으켰다.

"현령을 우리 손으로 응징해야 하는디, 기회가 쉽게 찾아오지 않구랴."

"참게나. 인내하고 지켜보아야 하느니. 사람의 육신도 안에서 병근이 생기면 죽음에 이르지 않던가. 저들도 스스로 화를 키우고 있네. 우리가 들고 일어나 현령 하나쯤은 응징하기 쉽지만 그 후에 올 뒷감당을 생각해 보게."

우천소는 그들의 마음을 달랬다. 나라 전체의 질서가 잡히지 않는 한 백성들은 도탄에 빠질 것이고 분노와 울분은 하늘에 이를 것이다. 민란이 어째서 일어나는가?

"자네 말이 맞네. 좀 더 세월을 기다려 보기로 하세. 더 나은 시상이 언제 올런지 모르겠네만……."

고다라는 자신의 늙음을 잘근 깨물었다. 나이가 들면 아무 쓸모가 없는 것인가. 둠벙 같은 체념의 마음으로 세상을 수용하는 자신이 한없이 초라했다. 우천소는 그나마 용기 있게 현령에게 항변하였다. 우천소도 더 젊은 나이였다면 인내의 울타리를 뛰어넘었을 것이다. 젊은 날, 백제부흥을 위해 목숨을 내던지지 않았던가.

우천소는 병상에 누워 넘나드는 계절을 창을 통해 감지하였다. 가정사는 우내가 양어깨에 짊어지고 나갔다.

"이보게. 소식 들었는가? 현령이 파직을 당하고 새로운 현령이 온다네."

빗방울 후두기는 소리를 듣고 있는데 고다라가 숨 가쁘게 내달아 말문을 열었다.

"현령이 새로 온다 해서 달라질 게 있겠어요."

"기대는 하지 않네만, 현령이 파직되어 간다니 앓는 이가 빠진 듯하네. 암행관찰사가 왔을 때 자네의 구구절절한 소원수리가 주효했는가 보네."

"현령 한 두 사람 면책을 한다 해서 나라의 기강이 바로 잡히고 부정부패가 일소되리라고는 보지 않습니다."

우천소는 암울한 기운을 도려낼 수 없었다. 세상이 점점 얄궂
게 돌아갔다. 신임 현령이 부임해 오던 날 우천소는 가족들을 불
러 앉혔다.

"아버지, 어인 일이신지요?"

우내가는 우천소의 몸가짐에서 평소 느껴보지 못한 기운을 느
꼈다.

"장자인 너는 꿋꿋한 마음으로 양심껏 현실을 직시하고, 바다
를 건너간 백제유민을 한시도 잊어서는 안 된다. 그리고 며늘아
기는 성심으로 엿을 빚어 사당과 소도에 올리고, 그 같은 정성은
자자손손 이어나가야 할 것이야. 손자 녀석도 또렷하구나. 마음이
놓인다. 나는 이제 갈 때가 되었다. 돌이켜보면 나라 잃은 백성으
로써 한 많은 일생이었다. 부인. 정말 고생이 많았소. 하많은 세
월 부부인연이 고맙기만 하오."

우천소는 일일이 가족들에게 마지막 말을 남기고 조용히 눈을
감았다. 곡성소리가 울 밖으로 퍼져 나갔다. 이웃들이 달려오고,
고다라도 마을사람들과 한걸음에 달려와 눈물로 애도하였다.

"나보다 먼저 가다니, 너무나 억울하고 아쉬운 죽음이네. 부디
편안하게 잠들게나. 나도 머지않아 뒤따라감세."

"마을의 기둥을 잃은 셈이여. 마을이 공동체 정신으로 한마음
이 되어 갈수록 튼실해지는데, 그게 다 우천소의 덕분 아니었는
가. 애석하고 비통한 마음 금할 수 없네."

"이 참에 우천소가 염원하였던 백제유민을 위한 사당을 아담하고 신성한 암자로 다시금 조성하여 그 뜻을 기리세나. 우천소가 기부한 돈을 종자돈으로 하여 십시일반 마음을 보태면 될 것 아닌가."

"좋은 의견이여. 그렇게 뜻을 모으세나."

마을사람들은 우천소와 함께 하였던 그간의 세월을 뒤돌아보며 고인의 명복을 빌었다. 기신한 몸을 일으켜 세워 우천골에 터전을 일구고 뿌리를 내리게 한 우천소의 의지력이야말로 마을사람들의 귀감이었다. 삼일장을 지내는 동안 인근의 조문객들이 찾아들고, 운구행렬은 오리 길을 메웠다.

낯선 손객

파도가 허옇게 뒤채었다. 가을 기운이 완연한 들판은 벼들이
고개를 숙이고, 옥수수, 수수, 콩, 참깨 등 오곡이 지난여름 불볕
더위를 이겨 나와 알알이 맺혀났다. 메뚜기 떼들이 오곡이 익어
가는 만큼이나 살이 찌고, 참새 떼들이 방정맞게 촐삭거리며 논
과 밭을 떼 지어 몰려다녔다. 참깨는 재바르게 단을 지어 양지바
른 곳에 볕가름을 하는 가운데 한편에서는 김장배추와 무가 가을
서리를 이고 있었다.

"가을바람에 실려 오는 파도치고는 예사롭지가 않네."

"그러게요. 뒤늦게 태풍이 불어오는 것도 아니겠고……."

우내가는 큰처남의 말에 허옇게 내달려오는 낯선 파도를 정면
으로 받아치려다 뱃머리를 돌렸다. 바다에 나갔다가 도리 없이
드센 파도에 떠밀려 조업을 포기하였다. 아버지네들의 어업을 그
대로 물려받아 삶의 터전을 더욱 윤택하게 넓혀나갔다. 신실한
어부로 자처하며 처남매부간의 우애가 남달랐다. 젊은 시절이
어제만 같았는데 어느 사이에 검게 그을린 이마에 하 많은 세월

을 새겨 넣고 있었다. 드넓은 바다를 무논처럼 경작하듯 살아온 연륜.

"우리도 세월 앞에서는 별 도리가 없는가 보이."

"저도 시방 그 생각을 하였소. 이깟 파도에 힘이 부치다니요."

우내가는 파도에 맞서 싸우지 못하고 집으로 뱃머리를 돌리는 자신이 조금은 멋쩍었다. 바다의 깊이를 아는 만큼 지혜로운 선택임에도 다소 무모하다싶은 혈기 방장하였던 젊은 날의 모험과 도전의식을 떠올렸던 것이다. 집으로 돌아온 우내가와 큰처남을 장성한 아들 우미소가 맞았다. 빈손으로 바다에서 돌아온 허전함을 달래기 위해 큰처남을 집으로 모신 것이다. 고소녀는 한쪽 부엌방에서 엿을 빚고 있었다. 내일 모레가 한가위였다.

"한가위 때 쓸 고기 한 마리 못 잡고 체면이 서지 않는구랴."

"하늘이 그런 걸 어쩝니까. 내일 파도가 잦아지면 잡지요."

고소녀는 엿을 빚다말고 술상을 내왔다. 술안주는 방금 빚은 엿과 마른 생선구이였다. 고소녀는 생전의 시어머니 못지않게 손끝이 영글고 검소함을 잃지 않는 가운데 살림살이를 휘어잡아 나가는 지혜로움이 남달랐다. 우내가는 아내의 근면한 그 정신이 고마웠다.

"파도가 갈수록 사납군. 저기 보게. 배 한 척이 허옇게 뒤채는 파도에 떠밀리듯 오고 있네."

큰처남은 술잔 너머로 바다를 가리켰다. 돛폭도 달고 제법 위용을 갖춘 배였다. 이 근처 어장배는 아니었다.

"무슨 배일까요?"

"간혹 해로를 따라 큰 바다를 오고가는 범선이 눈요기를 시키지 않던가."

"가을도 되고 무슨 장사치 배인지 모르겠네요."

우내가는 무심한 빛을 드리웠다. 어쩌다 뜬금때기로 옹기배가 들어와 물물교환하듯 이곳에서 나는 생선과 곡물을 실어갔고, 관아에서 필요로 하는 물목들을 거두어들여 배로 실어가기도 하였다. 도처에 도적들이 출몰하여 해상운반이 보다 안전하다는 것이었다. 하지만 해상이라 해서 안전한 것도 아니었다. 언제 풍랑이 일어날지 몰랐고, 해적들이 노리고 있었다. 그만큼 세상이 혼란스러웠다.

"배가 이곳 선창머리로 오는구랴."

"관아에서 징수한 공물을 실어가자는 것인가……?"

우내가는 범상치 않은 배를 바라보며 고개를 갸웃하였다. 불순한 바다 날씨에 잠시 피항한 배라면 가까운 용두포구가 먼저 눈에 들어왔을 것이다.

"모두들 무기를 지니고 있는디."

"차림새를 보아하니 관군들은 아닌 것 같고, 해적선이라도 되는 걸까요?"

우내가는 바짝 긴장하였다. 잠잠하다 싶으면 왕위 다툼이 벌어져 나라의 기강이 흐트러지고 부정부패가 만연하였으며, 갖은 명목을 들어 민초들의 숨통을 조이는 세금은 토색질이나 다름없어

유랑걸식하는 무리들이 늘어났다. 그들 가운데 더러는 산적으로 돌변하여 흉흉한 인심을 더욱 궁핍하게 하였다. 그런가하면 바다에서는 해적들이 출몰하여 해안가의 선량한 주민들을 약탈하였다. 그 위에 더욱 가증스러운 것은 왜구들이었다. 어찌나 흉포하고 사나운지 왜구들이 나타났다하면 마을을 쑥대밭으로 만들었다. 심지어는 아녀자를 강제로 추행하는가 하면 젊은 사내들을 노예로 팔아넘겼다.

이곳은 아직까지는 해적선이나 왜구들이 나타나지 않았다. 비교적 바다가 육지 깊숙이 들어와 있어 안전지대라 할 수 있었다. 그러나 긴장하지 않을 수 없었다. 저들이 해적선이나 왜구들이라면 속수무책 당할 수밖에 없을 터였다. 관아의 관군들로는 저들의 사나운 기세를 꺾을 수 없을 것이다. 장작을 패던 우미소도, 엿을 만들던 고소녀도 일손을 멈추고 그들을 주시하였다.

"아버지, 저들이 관아로 가는구만요. 관군들도 마주쳐 나오고. 관군들이 잔뜩 경계하는 걸로 보아 분위기가 심상치 않은데요."

우미소는 젊은 혈기답게 흥미를 나타냈다. 한바탕 싸움이라도? 이쪽저쪽 마주친 진영은 한동안 큰소리가 오가더니 현령이 나타났다. 배에서 내린 무리들을 통솔한 수장인 듯한 사내가 나서더니 현령과 통성명을 하였다. 현령은 그들을 앞장서 관아로 안내하였다. 긴장된 분위기가 싱겁게 가라앉았다.

"해적이나 왜구는 아닌 듯싶네. 관군도 아니고, 정체가 뭘까⋯⋯?"

큰처남의 말이 아니더라도 우내가 가족은 가슴을 쓸어내리며 궁금증을 부풀렸다. 한식경이나 지났을까, 관군의 안내를 받으며 조금 전 배에서 내린 낯선 무리들이 우내가 집을 찾아들었다. 이건 또 무슨 일인가?

"댁들은 어디서 왔으며 무슨 일로……?"

"이 사람들이 당신을 필요로 하오. 말씀 나누시오."

관군은 껄끄러운 상대를 인계하듯 하고 돌아섰다. 그 태도가 매우 방자하였다. 우내가는 뱃사람들을 안으로 모셨다. 우두머리 된 자는 우락부락한 생김새와는 달리 눈빛이 선량해 보였다.

"졸지에 실례가 많습니다. 우리들은 장보고(張保皐), 정년(鄭年) 수하들로, 중국과 일본을 왕래하며 교역을 하고 있습니다."

"해상교역을 한다는 말씀이십니까?"

"그렇습니다. 장보고, 정년은 조음도녹원(助音島鹿苑=완도)에서 태어난 분들로 일찍부터 해상무역으로 위치가 공고합니다. 가슴에 품안은 포부 또한 남달라서 장차 당나라에서 크게 웅지를 드러낼 것입니다. 기상이 장군의 풍모입니다."

"그런 분들이 계셨군요. 우리들이 듣기로는 중국과 일본을 오가는 해로에 왜구들과 해적선들이 노략질을 일삼는다고 들었소이다. 가까운 인근 바닷가 사람들이 그들로부터 피해를 입었다는 소문도 들었고요. 심지어는 선량한 사람들을 노예로 팔아넘긴다고도 하더군요."

"전혀 터무니없는 말은 아닙니다. 저희들도 짐승만도 못한 그 같은 만행을 목격할라치면 분노가 치솟아 가차 없이 응징합니다. 장보고, 정년 두 분은 그런 만행을 보아 넘기지 않습니다. 때로는 당나라와 신라조정에 하소도 합니다만, 신라조정은 이미 자정능력을 잃었습니다."

"말씀을 듣고 보니 장보고, 정년 두 분께 기대가 자못 큽니다. 그래, 저를 찾아온 용건은 뭡니까? 혹시 식량이나 식수 때문인지요?"

"아닙니다. 일본에서 상거래를 마치고 중국으로 돌아가는 길에 파도가 드세어 내륙에 위치한 이곳으로 피항을 오다보니 불현듯 저희 조상들이 가슴에 지녔던 곳을 떠올렸습니다."

"그곳이 어딘데요?"

"자세히는 모르겠고, 윗대로부터 동로현이라고 들었습니다. 그곳에서 배를 타고 바다를 건넜다고 하더이다. 조상님들의 한 서린 곳이어서 항상 그곳을 확인하고 싶었습니다. 지금까지 여러 곳을 물어보고 확인하였습니다만, 조상님들이 가슴에 지녔던 곳은 아니었습니다. 그런데 이곳에 들어선 순간 무언가 가슴을 저미는 전율 같은 것을 느꼈습니다."

"세상에나! 바로 느꼈습니다. 이곳에서 시오리 남짓한 거리에 동로현 옛 터전이 자리하고 있소이다. 그곳 안파포구에서 백제유민들이 배를 타고 바다를 건넜어요. 우리 선친께서는 그들을 손짓해 보냈고요."

"아, 이럴 수가요! 드디어 조상님들이 배를 타고 바다를 건넜던 곳을 찾다니요."

우두머리 뱃사람은 우내가의 손을 잡으며 감격의 눈시울을 붉혔다. 우내가도 졸지에 가슴이 벅차올랐다. 오늘에 이르기까지 소도와 사당에 엿을 차려 올리며 얼마나 그들의 소식 듣기를 염원하며 안녕을 기원하였던가.

"저의 선친께서 한시도 잊지 않았지요."

우내가는 술상을 다시 봐오도록 하였다. 고소녀는 감격에 겨워 눈물을 훔치며 술상을 들여왔다.

"이 엿은 저희들도 기념비적으로 제사 때와 명절 때 빚어 올립니다."

우두머리 뱃사람은 더욱 감격스러워하며 고소녀에게 큰절을 올렸다.

"그곳에서도 잊지 않고 엿을 빚어 올리는군요. 백제유민이 배를 타고 바다를 건너갈 때 저의 어머니와 노인네들이 몇 날을 빚어 보냈지요. 이름은 무어라 하시오?"

"소도구야(蘇塗邱耶)라 합니다. 백제의 혈통이 이름 속에 깃들어 있다고 하더군요."

"들고 보니 동로현 소도를 품에 지니라는 뜻 같소이다."

"이제서야 저의 할아버지의 심중을 알겠습니다. 저희들이 올 것을 예견하고 엿을 빚은 듯합니다."

소도구야는 마치 고향에 온 듯한 기분으로 여유를 가졌다. 뱃사람치고는 천진한 구석이 있었다.

146

"내일 모레가 한가위라서 소도와 사당에 제를 올릴 것이오. 무엇하면 함께 참석하시는 게 어떨런지?"

"일부러라도 참석해야 하는데, 당연히 이곳 정취를 가슴에 품어야지요. 그리고 이 시간부터 어르신을 춘부장으로 모시겠습니다. 우미소 자네는 나보다 손아래인 듯하니 아우로 삼겠네."

소도구야는 시원스럽게 갈래를 짓고 나서 가벼운 마음으로 다가올 한가위를 기대하였다. 술자리는 밤이 깊은 줄 모르고 흥겹게 이어졌다. 부하를 시켜 배에서 가져온 일본술과 중국술이 고소녀가 빚은 동동주와 어울려 한밤을 훈훈하게 하였다.

"그간 바다를 건너간 조상들께서 일본 땅에 도착하여 어떻게 뿌리를 내렸는가?"

"일본으로 향한 뱃길부터 순탄하지 않았다고 하였습니다. 저도 뱃길을 오고갑니다만, 항상 위험이 도사리고 있지요. 표류하다시피 험난한 파도와 싸우며 천신만고 끝에 다행스럽게도 백제계가 자리한 곳에 정착하여 마음의 안정을 찾을 수 있었습니다. 잘 아시겠지만 일본에는 가야계, 고구려계, 신라계, 백제계가 각기 뿌리를 내리고서 공존하고 있지요. 그 가운데 백제계는 가라카미(韓神)를 모시고 장례의식 때는 물론이려니와 국난에 처할 때면 이들 신에게 제사를 지냅니다. 저희들은 제사를 드릴 때면 반드시 엿을 잊지 않고 올립니다."

"이야기를 듣자니 반가운 일이네. 살아생전 아버지께서 이 사실을 알았더라면 얼마나 마음이 놓였을까……"

우내가는 아버지 우천소가 소도마을을 찾는 날이면 먼 바다를 바라보며 바다를 건너간 백제유민의 소식을 간절한 마음으로 기다리던 모습을 잠시 떠올렸다.

"그 모두가 이곳에서 정성을 담아 기원을 해준 은덕이지 싶습니다."

그들은 한밤이 깊어서야 잠자리에 들었다. 백제유민의 핏줄을 이렇게 만날 줄이야! 사뭇 감회가 깊었다. 파도날을 세우는 바람은 한가위 날까지 불었다. 먼 바다에 태풍이라도 비껴가는 모양이었다. 한가위 날, 새벽같이 일어난 우내가는 소도구야와 우미소를 앞세우고 마을 사람들과 함께 소도마을로 향하였다. 때맞추어 용두포구 사람들도 우내가 큰처남을 앞세우고 합류하였다.

"이곳이 백제유민이 배를 타고 떠난 포구일세."

"그래요? 내륙 깊숙한 곳에 이런 포구가 있다니 천혜의 요소만 같습니다."

소도구야는 뱃사람다운 안목으로 안파포구를 둘러보았다. 우내가는 작별등이며, 송장골이며, 소도거리를 두루 설명해 주었다. 소도에 이르러 숲속에 세월의 침묵을 말없이 안고 있는 고인돌을 본 순간 소도구야는 자신도 모르게 가슴을 모두었다.

"이곳에서 마지막 밤을 지새우며 제를 올렸네."

"정말 신성한 곳입니다. 저희들이 모시는 가라카미보다 더 신성한 기운이 감돕니다."

"그럴게야. 어찌 생각하면 백제의 마지막 성지라 해도 과언이 아니제."

그들은 돌종지샘에서 정한수를 떠오고 제물을 진설해 올렸다. 한울님이시여, 땅의 신이시여, 조상신이시여, 배를 타고 바다를 건너간 백제유민의 자손이 오늘 이렇게 찾아와 함께 하였나이다. 얼마나 감격스러운지 모르겠습니다. 이는 하늘 위에서, 지하에서 지켜주시고 보살펴주신 음덕 아니겠습니까. 우내가의 가슴 절절한 축문에 모두들 눈시울을 적셨다. 그들은 제를 올리고 나서 되돌아와 사당에 제를 올렸다. 소도구야는 시종일관 가슴이 벅차올랐다. 제가 끝나고 술잔을 나눌 때까지 마음을 진정시킬 수가 없었다.

"제가 한 가지 소청을 드리겠습니다. 듣자니 이 사당을 대신하여 절을 짓겠다고 염원을 하셨다지요? 바다를 건너간 저의 조상들을 대신하여 저도 절을 짓는데 일조를 하겠습니다."

"그거야, 우내가 선친의 뜻이기도 하였고, 우리 모두의 서원이기도 한디, 갑작스러운 제안이라……."

사람들은 소도구야의 뜻밖의 제안에 가슴이 번연하게 열렸다. 지금까지 십시일반으로 재력을 모았으나 아직까지 여력이 닿지 않았다.

"제가 미력하나마 여러분의 뜻을 이루도록 하겠습니다."

"무어라 고마움을 말해야 할지 눈물겹네."

우내가는 천군만마를 얻은 기분이었다. 대를 이어 내려오면서 얼마나 염원하였던가.

"미적거릴 것 없이 우선 여러분들께서 십시일반으로 모은 종자돈과 제가 지니고 온 돈으로 불사를 일으키십시오. 기회 닿는 대로 다시 들러 부족한 자금을 보태겠습니다. 바다를 건너간 백제유민의 뜻으로 받아 주셨으면 합니다. 그리고 이 자리에서 우미소와 결의형제를 맺고 싶습니다."

"정말 감격스러운 한가위네."

마을사람들이 지켜보는 가운데 우내가는 두 사람을 마주 바라보게 한 다음 두 사람의 약지에서 피를 뽑아 술잔에 탔다. 그리고 천지신명과 조상신 앞에서 의식을 치렀다. 의식이 끝나자 두 사람은 피를 섞은 술잔을 나누어 마셨다.

"형님, 제 술잔을 받으십시오."

우미소는 아우의 예를 다하여 소도구야에게 술잔을 쳐올렸다. 앞으로 소도구야를 통하여 바다 건너 일본과 중국의 정서와 문물을 접할 수 있을 것이라는 기대치가 가슴에 들어찼다. 그만큼 견식이 넓어질 터였다.

"나도 뿌리를 찾아 기쁘기 한량없고, 듬직한 아우가 있어 마음 든든하이."

두 사람은 술잔을 주고받으며 형제애를 도타이 하였다. 그 모습을 곁에서 지켜보는 우내가와 주위사람들은 그저 흐뭇하였다. 사흘을 그렇게 보낸 소도구야는 다시금 항해에 올랐다. 고소녀는 정성으로 빚은 엿과 반찬새를 살뜰하게 챙겨주었다. 멀리 떠나는 아들을 보내는 기분이었다.

"무사히 잘 가시게. 풍랑은 예고 없이 불어닥치니께 항상 조심하고."

"바다를 육지처럼 누비고 사는 뱃사람 아닙니까. 바다 날씨보다는 불시에 나타나는 해적들이 골칫거리입니다. 날로 포악해지고, 그 숫자가 늘어나 가는 곳마다 피해가 막심합니다."

"형님, 어쨌거나 건강한 모습으로 또 봅시다. 마음 같아서는 아예 이곳에 붙들어 앉혀 함께 살았으면 합니다만……."

"아우, 나도 헤어지기 싫네만 타고난 방랑벽이 있는지라 한곳에 마냥 매어 있지 못한다네. 또 옴세."

서로가 헤어짐을 아쉬워하였다. 우내가와 몇몇 사람들은 배를 타고 나가 용두포구 너머까지 배웅하였다. 소도구야를 실은 배는 늠름한 기상으로 바다를 헤쳐 나갔다.

"우리도 돌아가 절 불사를 의논하세나."

우내가는 뱃머리를 돌렸다. 오늘따라 노를 젓는 아들의 모습이 믿음직스러웠다. 집으로 돌아온 우내가는 이웃들과 머리를 맞대고 불사에 대해 의논하였다. 사당을 헐어내고 그 자리에 어느 세월에 이르러서도 가슴을 모둘 수 있는 아담하고 정갈한 암자를 짓기로 하였다. 너무 초라해서도 안 되고 호화롭고 웅장해도 주위의 경관과 걸맞지 않을 것이다.

그들은 지체하지 않고 사당을 헐어낸 다음 땅을 다지고 주춧돌을 놓고 목재를 구해왔다. 울력으로 일사분란하게 마음을 합하여 기둥을 세우고 대들보를 올렸다. 상량식 때는 돼지머리를 올려놓고 천지신명과 조상신에게 제를 올렸다. 현령도 호기심어린 눈으로 행차를 하였다.

"흐흠, 아주 소박한 정감이 드는구먼. 지난번 다녀갔던 그 해상인이 시주를 하였단 말이지?"

"그렇습니다. 알고 본 즉 이곳에서 배를 타고 바다를 건너간 백제유민의 자손이었습니다."

"지독한 인연이로고. 험난한 바닷길을 왕래하자면 그만큼 위험이 따를 것인즉 불사를 일으켜 세우는 공덕도 필요하겠지. 다음에 오거든 나에게 알려라. 내 깊이 고마움을 나누고 싶구나."

"명심하겠습니다."

우내가는 말은 그렇게 하면서도 속으로는 곱지 않은 시선으로 눈을 흘겼다. 일본과 중국을 오가며 해상무역을 한다니까 진귀한 물건이라도 얻자는 속셈일 터였다. 상량식을 마치고 나서 서까래를 올린 다음 노랫가락과 함께 흙을 밟아 뭉쳐 지붕 위로 던져 올리고 기왓장을 깔았다. 모두가 한마음으로 일사분란하였다.

"덩실하니 귀품이 있네."

"암자의 구색을 갖추자면 불상도 들여와야 하고, 내친김에 석탑도 세웠으면 하는디……."

우내가는 말꼬리를 흐렸다. 우천소가 내놓은 돈과 소도구야가 시주한 돈, 마을 사람들이 십시일반으로 모은 재물로는 기왓장을 올리는 것으로 바닥이 났다. 다시금 한마음으로 돈을 모아 불상과 석탑과 단층을 하자면 하세월 시일이 걸릴 것이다. 우내가는 시름어린 마음을 가만히 누질렀다.

　소도구야가 다시 찾아온 것은 그로부터 삼년 남짓한 세월이 흐
른 뒤였다. 덩실하게 암자만 지어 놓고 여러모로 내부공사에 고
심하는 가운데 시절이 그렇게 흐른 것이다. 우내가는 암자 일에
매달려 자자분한 가사일을 아들 우미소에게 맡긴 터였다. 우미소
는 그날도 날선 파도를 타고 들어오는 소도구야의 배를 쉽게 알
아보았다.

　"아버지, 저기 보십시오. 소도구야 형님 배가 오는가 봅니다."

　짓궂은 날씨 때문에 바다에 나가지 못한 우미소가 암자에서 우
내가의 일을 거들다말고 반가움으로 소리쳤다.

　"어서 선창머리로 마중을 나가거라."

　우내가는 아들 못지않게 반가웠다. 정신적으로 피곤한 몸이 가
벼워졌다. 우미소는 한달음에 선창머리로 나갔다. 마을사람들도
하던 일손을 멈추고 지켜보았다. 배는 선창머리에 닻을 내렸다.
우미소를 발견한 소도구야는 환한 얼굴로 배에서 내렸다. 햇볕과
바닷바람에 검게 그을린 모습은 전보다 더 의젓하고 당당하였다.

　"잊지 않고 찾아 주셨군요. 반갑습니다."

　"나도 보고 싶었다네. 다들 건강하시제?"

　두 사람은 반가움으로 얼싸안았다. 그런데 일행 가운데 스님
한분이 따라 내렸다. 젊은 혜안을 지니고 있었다.

　"스님께 인사 올리게나. 스님께서는 중국에서 불법을 구하시다

가 이번에 나와 함께 나왔네. 백제유민을 위해 암자를 짓는다고 하였더니 기꺼운 마음으로 동행하였네."

"그러십니까. 부처님의 공덕이 우리의 머리 위에 내려앉는가 봅니다."

"소승도 신라 골품 승려가 아니라 백제 후손입니다. 이야기를 듣자니 이곳에서 백제유민이 배를 타고 바다를 건넜다니 두 손이 모아집니다."

스님은 정중히 답례를 하였다. 우미소는 일행을 암자로 모셨다. 우내가가 기다리고 있었다. 뒤이어 이웃들이 모여들었다. 소도구야는 반갑게 맞이하는 우내가에게 큰절을 올렸다. 그리고 스님을 소개하였다.

"혜선(慧船)스님이라고요? 무엇하시면 암자를 지켜주시어 몽매한 우리들을 일깨워 주십시오."

"그럴 마음으로 저와 동행하였습니다. 오는 김에 불상을 비롯하여 범종이며 절에 필요한 물건을 싣고 왔습니다."

소도구야가 대신 대답하였다. 이웃들은 그 말에 감격하였다.

"이렇게 고마울 수가! 그렇지 않아도 여러모로 불상이라도 모시려고 노심초사 하였는디……."

우내가는 말을 잇지 못하였다. 이렇게 진심어리게 마음을 써주다니. 평소에 불심이 마음바탕에 깔려있지 않고서는 어려운 일일 터였다.

"너무 마음에 두지 마십시오. 백제유민의 자손으로서 마땅히

해야 할 일을 했을 뿐입니다. 더구나 우리의 상주(商主)인 장보고, 정년 두 분도 불심이 남달라 부처님의 가피력에 의지하는 바가 큽니다. 항상 위험한 바닷길을 왕래하는 만큼 저 역시 부처님의 자비심에 의지합니다."

"한량없이 고마우이. 스님께서도 우리들에게 혜안을 밝혀 주십시오. 사뭇 기대가 가슴에 서립니다."

"미력하나마 인연이 다할 때까지 여러분과 함께 하겠습니다. 소도구야 선장님의 간절한 기원도 깃들어 있고요. 먼 훗날에는 유서 깊은 절이 되지 싶습니다."

"이제야 조상님들의 소원을 이루게 되었소이다."

우내가는 희열이 번져 올랐다. 이웃들은 혜선 스님에게 가슴 모두어 합장을 하였다.

"헌데, 춘부장께서는 몸이 전 같지 않습니다. 불사에 너무 신경을 쓰셔서 그런지는 몰라도……."

"나라고 세월의 무게를 이길 수 있겠는가."

우내가는 소도구야의 염려로운 눈길에 잔잔한 미소를 머금었다. 모든 생명은 살만큼 살다 가는 것이다. 삶에 대하여 욕심을 부리게 되면 하늘의 도리를 배반하는 것이다. 그렇다고 아직은 가을 낙엽 같은 위치에 이른 것은 아니지 않는가.

"내일이라도 불상이며 범종을 옮기고 스님의 지휘 아래 불사를 마치십시오. 저는 곧 떠나야 합니다."

"안 될 말이네. 불사가 완성되는 걸 보고 가야제."

"그랬으면 얼마나 좋겠습니까. 저는 이번에 장보고, 정년 두 분을 따라 당나라 군대에 들어가기로 하였습니다."

"당나라 군대에? 신라군대에 몸을 담지 않고⋯⋯."

우내가뿐만 아니라 모두가 놀랐다. 하필이면 당나라 군대에 몸을 담겠다니. 선뜻 이해가 되지 않았다.

"이 나라의 혼란스러운 골육상쟁과 가렴주구로 인한 부패상을 직시한 나머지 거기에 크게 실망하고 환멸을 느끼고 미래가 없다고 판단하셨습니다. 더구나 섬사람(海島人)이라는 신분 때문에 웅지를 펼 수 없지요."

"그렇게 출중한 분인가?"

"한 나라를 움직일 수 있는 장군의 기상이지요. 용맹과 지략이 뛰어나십니다. 해상무역을 하면서 일본과 중국간의 국제적 위상도 드높였고, 왜구와 해적들이 그 두 분 앞에 그림자도 보이지 않습니다. 미래를 열어갈 확고한 위상을 지니고 있습니다."

"그만한 인물이라면 나라에서 신분여하를 떠나 중히 써야 하거늘⋯⋯."

"너무 걱정 마십시오. 장군님은 미래를 내다보고 고향인 조음도녹원에 군사를 양성하여 장차 크게 세상을 경영할 것입니다."

"뜻이 그렇다면야 기대를 가져볼 수밖에. 무엇보다 왜구와 해적들의 노략질과 인신매매를 근절해야하네."

"해상을 제패하기 위해서는 그게 첫째 과제지요. 장군께서는 그러한 애국충정을 지니고 계십니다."

소도구야는 수하들이 가지고 온 선물을 주위사람들에게 돌렸다. 마을사람들도 그에 화답하듯 닭을 잡아온다, 술을 걸러온다, 지극히 환대를 하였다. 취흥은 밤이 깊어서야 잦아졌다.

다음날, 날이 밝기가 무섭게 선원들과 마을사람들은 불상과 범종을 옮겼다. 어영차, 어영차, 땀을 비쏟으며 조심조심 운반하였다. 혜선 스님의 지시에 따라 불상이 앉을 좌대를 만들고 범종을 매달 종각자리를 다듬었다. 모두가 신명이 났다.

"부처님을 법당에 모셔놓고 보니 신심이 절로 우러나는구랴."

"크지도 작지도 않고 암자와 딱 어울립니다. 스님의 조언이 컸습니다."

"스님께서 혜안이 있으십니다. 종각 터만 하더라도 닦아놓고 보니 바다와 산을 넉넉하게 아우르지 않으요."

"우미소 아우가 그 말을 하니 내 시야가 확 트이는 기분이네. 아무렴, 삼라만상을 일깨워야지."

"바다 멀리 백제유민의 영혼까지 일깨워야지요."

우미소는 말없이 충만한 미소를 짓는 아버지를 돌아보았다. 우내가는 바라만 보아도 마음이 드넓게 열렸다. 일꾼들은 쉬지 않고 종각을 지었다. 주위의 나무를 베어다가 뚝딱뚝딱 일심동체로 종각을 짓고 범종을 매달았다.

"스님께서 타종을 시험해 보시지요."

"아닙니다. 이리들 오세요. 다 함께 범종을 울립시다."

혜선 스님은 우내가를 비롯하여 마을의 원로들과 타종을 하였다. 몸집이 크지 않는데도 종소리는 바다 멀리멀리 퍼져 나갔다. 주위사람들은 두 손을 모두어 합장을 하고서 번뇌망상을 여의었다. 타종소리를 듣고 뜻밖에도 현령이 행차하였다.

"선장께서 오신 줄은 배를 보고 알았소만 이렇게 부처님과 범종을 모시고 온 줄은 몰랐구려."

현령은 소도구야에게 한껏 위엄과 예의를 갖추었다. 평소 주민들에게 대하던 태도와는 사뭇 달랐다.

"제가 먼저 찾아뵈어야 하는데 바쁘게 일을 하느라 여유가 없었습니다. 그렇지 않아도 현령께 특별히 드릴 선물도 있고 해서 떠나기 전에 찾아뵐까 하였습니다."

"뭘 귀한 선물까지……."

현령은 선물보따리를 가지고 왔다고 하자 입이 벙긋 열렸다. 지난번에는 당나라산 지필묵과 당채비단을 선물 받았었다. 마을 사람들은 불전에 공양을 올리고 나서 경건한 마음으로 두 손을 모두고 종각을 돌았다. 의식이 끝나자 소도구야를 비롯하여 수고를 아끼지 않았던 목수들을 위하여 잔치를 벌였다.

"스님이 거처할 요사채도 지어야겠네."

"어려울 게 있습니까. 주위에 목재 있겠다, 마음만 먹으면 금방이제."

"절 이름은 무엇으로 한다지?"

"그러고본께 절 이름도 없이 낙성식을 하였네, 그랴."

"스님께서 어련히 알아서 지을실까봐."

마을사람들은 흥겨운 기분으로 술잔 속에 덕담을 띄웠다. 그와는 달리 현령은 조급한 마음으로 뜸 들이지 않고 소도구야를 관아로 초대하였다. 성질머리 급하기는. 소도구야는 속으로 눈을 흘기고 나서 우미소와 함께 선물을 앞세우고 초대에 응하였다. 현령은 술시중을 드는 여인들까지 신경을 썼다. 음식상도 푸짐하고 풍류가 넘쳐났다.

"너무 과분한 접대만 같습니다."

"아니오. 바다를 누비며 국제적으로다 견문이 높으신 손님인데 소홀함이 있어서야 되겠소이까."

현령은 소도구야가 올린 선물에 퍽 만족해하였다. 진귀한 중국산 물건을 비롯한 선물들은 변방의 현령의 지위로서는 감히 만져볼 수 없는 것들이었다.

"차제에 현령께 부탁을 좀 할까 합니다."

"어려워 말고 하시오. 다른 사람은 몰라도 그만 소청이야……."

"다름 아니옵고, 이곳 주민들이 마음 편하게 생업을 할 수 있도록 선처를 바랍니다."

"듣고 보니 내가 원성을 살만한 실정(失政)이라도 한 것처럼 들리오."

현령은 민감하게 받아들였다. 도둑놈이 제 발 저린다고 하던가? 우미소는 실소를 머금었다. 온갖 구실을 붙여 토색질을 일삼는 주제에.

"현령께서는 주민들을 잘 보살피시겠지만, 제가 이곳저곳 해안을 돌아보건대 도처에 탐관오리들이 자신들의 배를 불리기 위해 백성들의 고혈을 쥐어짜는 실정이 눈에 보이더군요."

"그런 못된 자들이 어느 시대나 기생충처럼 있기 마련이지요. 약속하리다. 내 직분을 벗어난 파렴치한 행동은 하지 않겠다고."

"고마운 말씀입니다. 더욱 돈독한 믿음과 신뢰를 지니고 가겠습니다."

"역시 견문이 넓으신 분입니다. 애들아, 풍악을 울려라."

현령은 호탕함을 내보였다. 우미소가 볼 때는 그 모든 행동이 가식처럼 보여 역겨웠다. 당장 자리를 박차고 일어나고 싶었다. 소도구야도 별로 술맛을 감미롭게 받아들이지 않았다.

"어찌 그러시오? 흥겨운 기분으로 드시지 않고요."

"간밤에 마신 술이 좀 과했나 봅니다. 양해를 바랍니다."

소도구야는 무엇보다 현령의 시커먼 속내가 들여다보여 심기가 불편하였다. 이곳에 올 때마다 은근히 만족할만한 선물을 기대할 것이다. 적당히 술잔을 나누고 나서 자리에서 일어났다.

"아이고, 좌불안석이 따로 없었네. 고얀 작자 같으니라고."

우미소는 관아를 벗어나자 마신 술을 게워내듯 참았던 말을 내뱉었다. 오늘 마신 술과 산해진미가 어디서 나왔는가. 우리들의 고혈이 아닌가. 그 생각을 하니 모골이 송연하였다.

"참는 수밖에 없느니. 어쩌다 이 나라가 시궁창처럼 썩어가는지……."

"도무지 희망이 없습니다."

"미래는 있기 마련이네. 참고 견디다 보면 밝은 세상이 올 것이네."

"금메요. 지금 같아서는 희망이 절벽입니다."

두 사람은 암자로 돌아왔다. 혜선 스님은 무언가를 골똘히 궁리하고 있었다. 선정(禪定)에 든 모습은 아니었다.

"오늘은 심각한 얼굴이십니다."

"절 이름을 머릿속에 굴려 보았습니다."

"좋은 이름이라도 떠올랐습니까?"

"해조암(海潮庵)이 어떠시오?"

"바다소리라? 좋습니다. 뜻이 오묘하고 깊습니다. 그리고 미련 두지 않고 제가 보시를 좀 할 테니까 스님께서 석탑을 세웠으면 합니다. 그래야 암자로서 구색이 갖추어질 것 아닙니까."

"남무관세음보살. 보살이 따로 없습니다. 재량껏 그 뜻을 심겠습니다."

소도구야의 제안에 혜선 스님보다 우미소가 더 감격하였다. 정말 조상의 뿌리를 온전히 심을 모양이었다.

"아우, 내 장보고장군님을 모시고 중국에 건너가면 자주 못 올 것이네. 스님을 한 마음으로 모시기 바라네."

"형님을 대신하여 우리들의 마음기둥으로 모시겠습니다."

"고마우이. 장보고장군님은 평생 당나라 군인으로 숨 쉬고 살지는 않을 걸세. 그리 알고, 내 가끔 필요한 물건이다 싶으면 배편을 통해 보내줌세."

소도구야는 혜선 스님이 거처할 요사채를 짓는 것을 보고 배에
올랐다. 모두가 헤어짐을 아쉬워하였다. 우내가가 제일로 섭섭해
하였다.

"이 많은 불사를 온전히 감당하고 당나라로 간다니 섭섭하기
이를데 없구랴. 언제든 돌아올 것을 기대하며 무훈을 빌겠네."

우내가를 비롯하여 마을사람들은 소도구야의 배가 멀어질 때까
지 손을 흔들었다. 우미소는 무언가 마음 한구석에 허전한 바람
이 들이쳤다.

장군의 실체

　말복이 지나고 처서를 훌쩍 넘겼는데도 불볕더위는 식을 줄 몰랐다. 올여름은 유난히 무더웠다. 정연은 김형과 집을 나섰다. 더위를 피한답시고 집안에 마냥 눌러앉아 있기도 무엇하여 집을 나선 것인데, 오늘은 바람 끝이 서늘한 기운을 머금고 있었다. 아무리 불볕더위일지라도 계절의 순환은 어쩔 수 없는가 보았다.

　"문화원장과는 잘 아는 사이세요?"

　"초등학교 동창인 것만은 확실한데 기억 저 너머에서 맴돌아. 생판 낯선 얼굴이랄까, 전화통화로 몇 번 초등학교 시절을 떠올렸는데 기억이 나질 않아. 세월이 무상하지."

　"그럼, 이산가족 만나는 것만큼 설레겠는데요."

　"사춘기 시절 첫사랑을 이 나이에 만나면 어떤 감회가 어릴까, 그 생각을 하였지. 사뭇 비교가 되지는 않겠지만."

　정연은 출발하기 전 청해진 답사 겸 문화원장을 한 번 만나봐야겠다고 전화통화를 하였다.

　"기대가 됩니다. 저도 초등학교 친구들 가운데 모르는 사람이 많아요."

"그러게. 만남은 인연이라고, 길고 짧은 만남은 저마다 가슴에 지닌 숨결의 무늿살 아니겠어?"

정연은 쨍글쨍글 햇살이 부시는 들녘을 차창 밖으로 바라보았다. 새파란 물결로 숨 쉬고 있는 들판은 풍년을 노래하는데, 가만히 들여다보면 가뭄과 불볕더위를 이겨 나온 고뇌스러움이 잎새에 맺혀 있었다. 모든 동식물은 환경의 지배를 받기 마련이다. 물 한 방울의 고마움. 정연은 얼마 전 물 한 방울의 존재를 타는 목마름으로 실감하였다. 막힘없이 잘 나오던 상수도가 가장 무더울 때 갑자기 물이 나오지 않았다. 한 방울의 물은 생명의 원천수(源泉水)이자 삶의 양식이기에 한나절만 목이 말라도 가슴을 쥐어뜯게 하였다. 상수도가 막힌 원인을 알았을 때 그 벅찬 환희는 무어라 말할 수 없었다. 가장 흔하기에 귀하게 여기지 않는 물과 공기. 그러한 물과 공기도 이제는 상행위로 전락하여 돈의 단위로 매김한다.

"다 온 듯싶습니다."

김형은 상념을 일깨웠다. 다산초당을 언뜻 지났는가 싶었는데 완도 읍내를 들어서고 있었다. 조음도녹원. 장보고가 설치한 해상왕국 청해진. 오늘의 완도(莞島). 몇 년 전에 와보았던 전경과는 몰라보게 많은 변화를 가져왔다. 문화원장은 기다리고 있었다. 서로가 반백의 머리칼을 머리에 이고 있는 모습을 당연해 하면서도 기억에도 아슴한 초등학교 시절 코흘리개의 모습을 떠올릴 수 없었다.

"반갑고 감격스럽네. 자네 소식은 바람결로 알고 있었네만, 그래 이 친구야, 고향을 자주 찾아주면 우리가 낯설어 하겠는가."

정연은 문화원장의 말을 지청구로 달게 받아들였다. 초등학교를 나온 이후 오늘에 이르기까지 객지로만 떠돌지 않았는가. 낯설다는 푸념은 자신의 행동반경이 원인일 터였다.

"자네가 고향의 지킴이로 있어주어 고맙네."

"새삼스럽게 장보고장군에 대해 알아보고 싶다니?"

"자네도 만나 볼 겸 장보고의 유적지를 답사하고 싶었네. 오늘날 일본과 중국과의 교역과 국제정세, 그리고 나라안팎의 질서와 생활상이 청해진왕국을 세웠던 장보고 때의 정황과 비슷하다는 생각이 들어서 말이네."

"지난 역사와 현실을 오려붙이고 꿰매면 부합되지 않는 시절이 없지. 일어나게. 자네가 보고 싶은 만큼 안내를 해줌세."

정연은 문화원장의 뒤를 따랐다. 항구답게 활기가 넘쳐났다. 불현듯 배를 타고 윤선도를 만나보고 싶은 충동이 일었다.

"오는 길에 강진청자도요지를 비껴왔는데, 거기도 장보고와 연관이 있는가?"

"연관이 있다 뿐인가. 강진청자도요지는 천재지변에 의해 흉년이 거듭되자 삶의 근간을 잃은 민초들이 중국의 절동지방으로 유민, 또는 노비로 건너갔지. 그 뒤 당나라 정부의 신라인 노비해방령에 의해 자유의 몸이 된 신라인 도공들이 교역품(交易品)으로 이익을 추구하는 장보고의 인도를 받아 완도와 가까운 강진군 대구면 용운리에 이주하였던 것으로 추정되네."

그뿐만 아니었다. 해남 산이면 해변가에 이백여 곳의 도요지가 모여 있고, 화원면에 백여 곳의 도요지를 발견하였는데, 강진도요지보다 앞선 것으로 간주되었다. 장보고는 청해진을 거점으로 삼아 일본 하카다코(博多港)와 당나라 등 동북아시아 무역권을 지배하였다. 당나라와 무역하는 일본상인, 당나라 유학길에 오른 승려들 대부분 장보고의 상선을 이용하였다. 특히 절강성 동부에 위치한 명주월요(明州越窯)의 선진적인 청자기술이 한반도에 유입되는 결정적인 역할을 하였다.

장보고는 천년의 해상요새인 완도에 무역항의 본영과 군진(軍鎭)을 설치하였고, 항해술이 능한 서남해안의 인적자원을 활용하였다. 그리고 다도해의 풍부한 해산물과 근접 육지의 드넓은 평야에서 식량을 조달하였다. 해남의 산이면과 화원면, 강진의 대구면에서 나는 질 좋은 도기(陶器)재료와 많은 땔감과 해변가에서 불어오는 바닷바람은 가마(窯)의 높은 온도를 올릴 수 있어 질 좋은 녹청자 도자기를 생산할 수 있어 일본과 당나라에 유통시켰다. 동시에 그 시대에 완도에서만 나는 황칠과 풍부한 가시목 숯을 주 수출품으로 부를 축적할 수 있었고, 많은 군사와 가족은 물론이려니와 신라 신무왕(神武王)으로부터 하사받은 이천호 식읍을 관장하였다.

"황칠나무라면 나도 관상용으로 몇 그루 심었네만, 상당히 희소가치가 있는 게 아닌가?"

 "과다한 채취와 노역의 혹사로 훼손시켜 후대에 이르러 멸종위기에 내몰렸네만 황칠나무의 수액은 6,7월경에 채취하여 도료로 사용하였지. 당시 중국에서는 이것을 우리나라에 요청하면서 품질의 우수성을 찬미하였네. 금색으로 그 광채의 뛰어남은 천하에 비교할 수 없는 염(染)이라고 하였지."

 조음도녹원에는 그밖에도 노루와 사슴이 무리지어 뛰어 놀았고, 산야의 다래와 가시목 열매는 동지섣달에 채취하여 식용으로 사용하였다. 황송(皇松)과 노루와 사슴은 국가에서 관리하였고, 황칠과 더불어 산야초 또한 채취를 엄금하였다.

 "장보고와 정년과의 관계는 어찌됩니까?"

 김형은 장보고 동상 앞에 차를 세우며 물었다. 청해진 앞바다를 바라볼 수 있어 밤과 낮 언제든지 외적을 경계하는데 유일무이한 장소였다. 먼 바다까지 한눈에 조망할 수 있었다. 그런데 정년의 동상은 어디에 있는 건가?

 "장보고와 정년은 같은 동향인으로, 두 사람은 일찍부터 선박을 이용하여 당나라를 왕래하면서 무역을 해왔어요. 모든 정황으로 보아 할아버지, 아버지네들이 당나라와 무역을 해왔던 것으로 짐작되고요. 두 사람은 무예가 뛰어났지만 신라의 폐쇄적인 골품제 아래에서는 정치적, 사회적 입신을 못하게 되자 좀 더 개방적인 당나라를 택하게 되었지요. 전쟁에 참여하여 본인들의 무예의 경지도 확인해 볼 겸 야망의 뜻을 이루기 위해 당나라로 건너갔어요."

장보고는 당나라 무녕(武寧=徐州)에서 무녕군 대장의 총애를 받
게 되어 병법 습득과 불교의 사식(四息)과 진리(諸行無常)를 터득
하였고, 지위가 무녕군 중장(中將)에 오르게 되었다. 정년도 무예
가 출중하였고, 특히 잠수(潛水)에 능하여 바다 밑을 한번 숨 쉬
는 동안 약 오 십리쯤 갈 수 있었다. 장보고와 정년은 용기와 지
략에 있어 수레의 양 바퀴와 같아서 서로 없어서는 안 될 존재였
다. 나이는 장보고가 많아 정년은 장보고를 형으로 섬겼다.

장보고와 정년이 무녕군의 중장과 소장으로 승급할 수 있었던
것은 고구려 후예 이정기 일족과의 전쟁에서 무예와 병법이 탁월
하여 그에 따른 전공을 인정받은 것이다. 신라에서는 평민이나
해도인(海島人)은 성씨마저 쓸 수 없어 입신출세를 할 수 없었다.

"그럼, 무슨 연유로 당나라 지위를 버리고 신라로 들어와 청해
진을 창설하였는가?"

"때마침 당나라의 국내가 지극히 혼란하여 동쪽 연해안에서는
해적들이 빈번하게 출몰하였네. 기근과 흉년으로 심신이 고달픈
신라 서해안의 주민들을 노략질해다가 노예로 팔아넘기는 인간이
하의 풍속이 해가 갈수록 심하였지. 이를 목격한 장보고는 애족
심(愛族心)과 의분을 이기지 못하여 심히 마음 아프고 불쌍히 여
겨 고심 끝에 군직을 내던지고 신라로 돌아와 바다를 정화시키기
로 결심한 것이네."

장보고는 중장의 지위와 영달을 헌신짝처럼 버리고 흥덕왕 3년

(서기 828년) 과감히 신라에 귀환하였다. 그리고 왕에게 아뢰기를, 당나라 동해안 각 지방에서는 우리나라 서해안 바닷가 사람들을 생포하여 그들의 노예로 삼아 천대하기를 금수와 같이 하니 원하건대 청해(淸海)에 진(鎭)을 설치하여 그 피해를 막겠노라고 하였다. 왕은 그 말을 가상히 여겨 병사 만 명을 주어 청해에 진을 설치하도록 하였다. 청해진은 해로의 요충지로 당나라와 일본과의 해상무역항으로 이름이 났었다.

"거기에 한 가지 의문점이 있어요. 흥덕왕이 장보고가 당나라 장수가 되었다고 해서 처음 알현한 해도인에게 흔쾌히 만 명의 군사를 내주어 진을 설치하라 한 것은 이해가 되지 않습니다."

"맞는 말이야. 그 당시 신라의 국력으로는 만 명의 군사를 내줄 형편도 아니었을 것이고, 국가의 방위 목적도 아닌 군사를 쉽게 이동시킨다는 것은 납득하기 어렵구랴."

정연도 김형의 의문점에 대해 공감하였다. 골품제가 엄격한 그 시대에 미천한 해도인에게 선뜻 군사를 내주며 청해진을 설치하라니.

"그 점을 설명하자면 이렇네. 장보고가 흥덕왕을 뵙기 이전에 장보고의 역할에 힘입어 당나라 목종황제로부터 신라인 노예해방령이 내려졌네. 노예에서 풀려난 신라인들이 자유의 몸으로 막상 이국땅에서 살아가자니 막막할 수밖에 없었네. 장보고는 이들에게 봇짐장사도 시키고, 신라인 세력을 규합하여 적산법화원(赤山法華院)을 설립하고, 할아버지 때부터 당나라 무역을 하였던 경험을 토대로 회역사(廻易使)의 무역사정단을 형성하여 교관선(交關船)으로 무역을 시작하였지."

그와 함께 장보고는 그들을 훈련시켜 군사력을 증강하고 해적의 무리들을 제어할 수 있는 능력을 부여하였다. 청해진에도 진을 설치하기 이전에 이미 그의 수하들로 하여금 충분히 방어 능력을 갖출 수 있도록 훈련을 시켰다. 해상무역선은 군사적 기능을 갖추고 있을 수밖에 없었다. 신라조정에서는 이미 장보고의 해상능력을 파악하고 있었다. 국익과 국가선양에 막대한 힘이 될 뿐만 아니라 국가경제 창출에 기여할 것으로 판단하였다.

"그렇게 말씀하시니 이해가 갑니다. 장보고가 청해진으로 돌아온 것도 사전에 다져놓은 군사력을 믿었기 때문이었을 것입니다. 그러니까 일만 명의 군사를 내준 것은 기존의 장보고 군사라 해도 과언이 아니겠고요."

"아무튼 장보고는 청해진을 설치함과 동시에 청해진대사가 되었지요."

장보고는 점차 신라정부로부터 신망을 얻었고, 일반백성들로부터 칭송과 존경을 받게 되었다. 청해진과 변민(邊民)들이 부를 누리며 안심하고 생업을 할 수 있었다. 신라와 당나라, 일본을 연결하는 해상제해권을 완전히 장악하기에 이르렀다. 따라서 장보고의 지위는 점차 확고하게 되어 반독립적인 지위를 누렸다.

"장보고와 형과 아우로 동고동락한 정년은 어찌 되었지?"

"정년은 장보고와 함께 당나라 군직을 버리고 행동을 같이 하기로 하였으나, 어떤 연유인지 장보고가 청해진대사로 해상권을 장악하여 막강한 세력을 구축하는 동안 당나라 사주(泗州) 연수현(連水縣)에 체류하면서 춥고 배고픔을 이기지 못한 체 헤매고 있었지."

정년은 기한(飢寒)을 견디다 못해 장보고에게 의탁하기로 결심하였다. 장보고와는 헤어지는 과정에서 서로 사이가 좋지 않았지만 주위의 만류를 뿌리치고 정든 고향으로 돌아왔다. 장보고는 전일의 사소한 감정을 털어버리고 정년을 기쁘게 맞이하였다. 정년이 돌아옴으로써 한쪽 날개를 잃었던 것을 다시 찾은 기분이었다.

"그래서 더욱 지위가 공고하였겠네."

"당나라와 일본의 중계지점으로 확실한 자리매김을 할 수 있었지."

당나라와의 해상무역은 그렇다치고 일본과의 무역은 북구주(北九州)의 태재부(太宰府)를 상대로 하였다. 무역사절을 회역사라 하였는데 자주 북구주에 건너가 당나라와 하루 사이에 중계무역을 하였다. 당시 일본의 물화(物貨)는 장보고에 의존하여 당나라에 유통시켰다. 일본문화의 전성기와 부국(富國)도 이때부터 시작되었다.

"이제 청해진의 해산물을 맛볼 차례가 아닌가?"

"오랜만에 회포를 풀어야겠지."

정연은 문화원장의 제안을 흔쾌히 받아들였다. 문화원장의 단골횟집으로 가는 길에 장보고의 본영지인 죽청리와 동망대, 서망대, 남망대, 가리포진객사, 장군샘, 가리포진성터, 옥루정, 장군망대, 법화사지, 상왕봉을 돌아보았다. 단골횟집을 들어선 문화원장은 생선회를 주문하였다. 조금있자 청정해역에서 잡아 올린 생선회와 전복이 올라왔다.

"자, 들세. 장보고 때문에 우리의 어린 시절을 재생할 수 있겠네."

생선회가 입안을 신선하게 자극하였고, 오도독 찰지게 씹히는 전복은 어린 시절을 자맥질하게 하였다.

"그런데 장보고가 개척한 해상교통로가 조선시대에 이르러 일본군의 침략해상로가 되었다는 게 역사의 아이러니 아닌가."

"일본의 침략근성이랄까, 북상하는 태풍처럼 임진왜란을 비롯하여 일제 삼십육 년의 강점기는 그 같은 야욕을 여실히 드러낸 셈이지."

"임진왜란 때는 그나마 이순신장군의 수군 때문에 백척간두에 선 나라의 위기를 구했지만 왜구들의 침략행위는 장보고의 국제적인 해상교통로를 역이용한 셈이었다고나 할까요."

"그 점을 망각하고 사는 게 오늘의 현실인지 모르지요."

김형의 부언에 문화원장은 잠시 오늘의 역사적 현실을 술잔 속에 담았다. 독도가 우리네 땅인데도 자기네들 영토라고 어거지를 쓰는 후안무치한 속내는 정신대로 끌려간 위안부들의 한을 골수에 새겨 넣고 있지 않는가. 과연 몇 푼어치 위로금으로 해결할 수 있는 문제인가.

"청해진이 왕위다툼의 희생양이 되어 공도(空島)로 전락하였다는 것은 가슴 아픈 일일세."

"그러게. 흔연한 마음으로 자신의 위치를 헤아려 해상왕국을 지탱하였더라면 고려, 조선에 이르는 동안 장보고의 위상이 또 달라졌을지 모르지."

정연은 문화원장의 말에 머리를 끄덕이며 노을이 번지는 항구를 내려다보았다. 노을에 비낀 흥망성쇠. 역사는 그렇게 변화를 가져왔다.

봄날의 재회

　해조암은 아침부터 사람들로 붐볐다. 공양간에서는 음식을 분주하게 장만하였고, 인근마을 남녀노소가 모여들었다. 더러는 전날부터 밤을 지새우기도 하였다. 해조암은 삼층석탑을 비롯하여 불전, 종각, 산신각, 요사채 등 암자로서의 규모를 갖추었다. 마을 사람들은 혜선 스님의 감화에 힘입어 신심이 돈독하였다. 오늘의 법회는 다른 날과는 그 의미가 달랐다. 소도구야가 교역선을 타고 일본을 다녀오면서 백제유민의 후손들을 싣고 오기로 한 것이다. 말하자면 이곳에서 배를 타고 바다를 건너간 넋들을 기리기 위하여 그 후손들이 법회에 참석하기로 한 것이다.

　소도구야는 교역선을 타고 일본으로 가던 길에 이곳에 잠깐 들러 그간의 정세변화와 자신의 입지를 이야기하였다. 그동안 장보고장군의 휘하에서 선봉을 선 소도구야는 고구려계인 이정기일족의 반란군 토벌과 아사도 토벌에 참가하여 혁혁한 전공을 세웠다. 그리고 장보고장군은 법화사를 세워 당나라 노예에서 풀려난 신라인과 당나라에 유학 온 승려들과 사절단을 머물게 하였다. 소

174

위 신라방으로 일본의 사절단과 무역상들까지 신라방을 거쳐갔는데, 당나라 사절단이나 무역상들은 그곳에서 신라의 풍습과 예법을 익혔다. 국제적인 교류창구 역할을 한 것이다. 왜구와 해적들을 소탕한 그 위용은 해상무역의 주도권을 장악할 수밖에 없었다.

"이곳에서 생산되는 도자기도 청해진을 거쳐간다고 했던가?"

우내가는 소도구야를 통하여 여러 이야기를 들어 알고 있었지만 그 점은 긴가민가 선뜻 받아들이기가 어려웠다.

"서남해안에서 생산되는 상품은 대부분 청해진을 거쳐간다고 봐야겠지요. 이곳에 뿌리내린 차씨도 청해진을 통해서 들어온 것일 겁니다."

"그럼, 형님은 당나라에서 언제 청해진으로 돌아왔습니까?"

우미소는 소도구야의 무용담이 흥미로웠다. 자신도 소도구야의 무리 속에 합류하고 싶은 충동을 느꼈다.

"장보고장군의 명을 받고 청해진으로 돌아온 것은 청해진 설치 이전이네. 말하자면 사전정지작업을 위해 밀명을 받은 것이지. 장군께서 노예로 팔려가는 신라인의 참상과 왜구와 해적들의 노략질에 의분을 느낀 나머지 당나라 관직을 내버리기 직전이었네."

소도구야는 조음도녹원으로 돌아와 그곳에 둥지를 틀고 있는 군사들에게 장보고의 뜻을 전하고 나서 성벽을 쌓고 주위를 정비하였다. 만반의 준비가 끝났을 때 장보고가 당나라에서 돌아오고, 신라조정으로부터 청해진대사로 임명되었다. 당나라와 일본에 미친 장보고의 세력을 무시할 수 없었던 신라는 신분이 낮은 해도인이었지만 파격적인 대우를 할 수밖에 없었다.

"대단한 위인이여. 암만. 해상왕국을 아무나 건설할 수는 없을 걸세."

우내가는 그만한 위세를 떨치기란 쉽지 않을 위인으로 받아들였다. 소도구야는 이틀을 머문 다음 혜선 스님에게 필요한 불경과 탱화를 선물하고 일본으로 향하였다.

"올 시간이 되었는디, 아직이냐?"

우내가는 법회에 참석하기 위해 옷을 갈아입은 다음 저 멀리 바다를 바라보았다. 하늘을 품 안은 바다는 봄빛을 함초롬히 머금었다.

"오늘 오기로 약속하였으니께 반드시 올 것입니다."

우미소도 기다리는 마음은 마찬가지였다. 사시(巳時)가 가까워오고, 법회 준비가 거의 끝날 무렵 저 멀리 범선이 나타났다. 우미소는 뛸 듯이 기뻐하며 마주쳐 나갔다. 범선은 선창머리에 정박하였다.

"어서들 오시오. 반갑소이다. 먼 뱃길에 오시느라고 고생 많으셨소이다."

우내가는 소도구야가 소개하는 백제유민의 후손들을 따북한 마음으로 맞이하였다. 그들도 말로만 전해들은 터라 감회어린 모습으로 얼싸안았다.

"선조들을 대신하여 우리가 이렇게 만나다니요. 산천경개가 정말 아름답습니다."

"회포는 차차 풀도록 하시고, 모두들 안으로 드십시다. 곧 법회를 열어야겠습니다."

우미소는 백제유민의 후손들을 해조암으로 안내하였다. 그들은 가지고 온 시주물을 공손하게 법당에 올렸다. 혜선 스님은 곧바로 법회를 시작하였다. 범종이 울리고, 청량한 목탁소리가 향불로 피어올랐다.

— 만나고 헤어짐은 사바세계의 인연이라 누대에 걸쳐 인연의 순환은 반복되나니, 어찌 허공계의 도리가 아니랴. 백제유민의 후손들이 오늘 이 자리에 묻힌 조상들의 넋을 기리고, 바다를 건너간 선조들의 회한을 되새기며 기리니, 그 마음 무엇으로 다할 것인가. 앞으로 세세년년 망각의 늪에서 깨어나 떠나온 본향을 가슴에 담아 누리고, 그 인연의 순환과정은 푸른 바다 물결소리로 아우를 것이니⋯⋯. —

혜선 스님의 법문은 듣는 이로 하여금 숙연하게 하였다. 법회가 끝나고 나서 우내가는 백제유민의 후손들을 소도마을로 안내하였다. 그들은 소도를 보는 순간 절로 탄성을 지르며 가슴을 모두었다. 범상치 않은 고인돌 주위를 에워싸고 있는 숲은 상서로운 기운을 드리우고 있었다. 백제유민의 후손들은 경건한 마음으로 제를 올렸다. 선조들이 이곳에서 마지막으로 고향산천을 이별하고 머나먼 바다를 건넜다니⋯⋯!

"우리 마을에도 솟대를 세운 사당이 있습니다. 백제의 혼백을 기리는 의식을 해마다 치르고요."

"그래야지요. 아무리 바다 멀리 낯선 이국땅에 살더라도 뿌리의 근원을 잊어서는 안 되지요."

제를 올리고 나서 우내가는 술잔을 돌렸다. 그들은 둘레둘레 앉아 그간 가슴에 담아왔던 회포를 풀었다.

"한 가지 궁금한 게 있어요. 백제유민이 바다를 건너 일본 땅에 도착한 뒤의 생활상이오. 뱃길부터 험난하였을 것 아니오?"

"당연한 말씀이십니다."

이곳에서 배를 타고 떠난 백제유민은 바다를 건너는 동안 순탄치만은 않았다. 처음 고국산천을 뒤로 하고 큰 바다로 나아갈 동안 바람은 알맞게 돛폭을 부풀렸다. 항해가 순조로웠다. 앞으로 나아갈수록 미지의 땅에 대해 설레임이 안겨들었다. 그러나 저 멀리 신기루처럼 육지가 보인다고 했을 때 파도가 일기 시작하였다. 지금까지 순항해 왔던 해류가 역류하면서 배가 파도 속에 파묻혔다. 해는 바다 속에 숨어들고, 파도는 거세게 날을 세우는 어둠 속에서 방향을 잃은 그들은 사투를 벌였다. 우지끈 돛대가 부러지고 거센 파도가 뱃전을 휘때릴 때마다 침몰 직전의 배는 비명을 질렀다.

정신을 잃지 말라, 동요하지 말라, 존장의 쉰 목소리는 날선 파도가 집어삼켰다. 부녀자들과 어린아이들은 초죽음으로 나뒹굴었고, 노인네들은 뱃멀미까지 겹쳐 토사물을 게워냈다. 그런 가운데

서도 정신을 놓아버리지 않았다. 살아야 한다는 일념으로 성난 파도와 싸웠다. 그들은 한밤을 꼬박 사투를 벌였다. 동이 트고 난 파직전의 배는 파도에 떠밀려 해안가에 곤두박이쳤다. 모두가 혼절하다시피 하였다. 제 정신을 차렸을 때는 해가 중천에 떠 있었다. 그들은 흐트러진 정신을 수습하고 살아있음을 확인하였다. 다행히 목숨을 잃은 사람은 없었지만 노인네들과 어린아이들이 운신을 못하였다. 그들은 해안가에서 몇 날을 노숙하였다. 그리고 하늘의 도움으로 낚시꾼을 만나 그의 인도로 백제계 사람들이 집단으로 살고 있는 마을을 찾아 나섰다.

"조상신들이 돌본 게요."

우내가는 생각만 해도 전율이 흘렀다. 이 호수 같은 바다도 성난 파도가 갈기를 세우면 생사의 갈림길에 이르렀다.

"천신만고 끝에 바다를 건넌 백제유민은 규수(九州) 야자키현(官崎縣) 백제마을에 도착하였지요. 미미쓰(美美津) 해안을 따라 깊은 산속에 있는 난고(南鄕)마을입니다."

"백제마을의 품에 무사히 안겨들었다고는 하나 새롭게 삶을 일구는 동안 고충 또한 컸을 게요."

"고충보다도 수난의 역사가 펼쳐졌지요."

그들이 찾아간 곳은 백제가 멸망하자 백제의 왕족인 정가왕(禎嘉加王)과 두 아들과 왕비를 비롯하여 시종들이 원시림으로 둘러싸인 깊은 산 속에 피신해 살고 있었다. 정가왕과 큰아들 복지왕(福智王)은 만일을 위해 서로 떨어져 이웃한 이백리 남짓한 기조

성(木城町)에 살면서 십여 년 동안 농경기술과 의술을 주민들에게
가르쳤다. 그리고 백제의 생활문화와 노래와 춤, 제사 지내는 법
을 가슴에 심어 주었다. 그런데 우려했던 대로 그들을 추적한 군
사들이 짓쳐들어와 정가왕을 시해하였다. 그 보고를 받은 복지왕
은 곧장 이백 리 길을 달려와 응전하다 전사하기에 이르렀다. 왕
족일가는 결국 전멸하였고, 거기에 참전한 백제유민들도 사상자
가 수두룩하였다.

"그곳에 쳐들어온 배후세력은 누구였소?"

"규수 구석진 산골까지 백제왕족을 끈질기게 찾아내어 죽음으
로 몰아간 것은 일본에서 백제왕가의 부활을 막기 위한 신라왕족
의 무리들이었지요. 우리들은 그날을 기려 제를 올립니다."

"망국의 한이 일본 땅에서 더욱 뼈저리게 서리었구려."

우내가는 백제유민이 살아온 여정을 생각하자 왈칵 눈물이 솟
구쳤다. 이곳에서도 백제인으로 살아가자니 알게 모르게 보이지
않는 제약과 차별을 받지 않는가.

"지금은 우리들만의 공동체의식으로 잘 극복해 나가고 있소이
다. 앞으로도 백제마을의 전통의식을 대대로 이어나갈 것입니다."

"그래야지요. 뿌리의 근본을 망각해서는 안 되지요."

그들은 해가 기웃해서야 해조암으로 돌아왔다. 혜선 스님은 차
반을 준비하여 내오고, 마을촌로들은 잘 빚은 가주(家酒)와 엿을
내왔다. 바다를 건너온 백제유민의 후손들을 한 점 불편함이 없
도록 배려하였다.

"이 엿의 유래를 선조들로부터 익히 들어 알고 있소이다. 아직도 엿을 조상들에게 올린다니 감개가 무량합니다."

"전설을 이야기하듯 대대로 대물림으로 내려갈 거요."

"우리들도 명절 때와 백제마을 행사 때 빠뜨리지 않고 엿을 고아 올립니다. 선조들의 간곡한 유언이지요."

"바다가 가로 놓이지 않았다면 이쪽저쪽 행사 때마다 넘나들며 기쁨을 나누어야 하는디 안타까운 마음이오."

"제가 일본과 중국을 오가는 동안은 그런 기회를 만들어 보겠습니다."

소도구야의 진심어린 말에 마을노인들은 머리를 끄덕였다.

"고마운 말이네. 자고로 사람은 자주 만나야 없는 정도 생겨난다고 하였네. 누가 아는가. 먼 훗날 뿌리의 근원을 잊어버리고 서로가 낯선 얼굴로 적대행위를 할지."

"그런 지경에 이르면 서로가 불행이지요. 항상 문이 열려있어야지요."

"암만. 우리 모두의 바램 아니겠소. 헌디, 역사를 조금만 거슬러 올라가 가늠해봅시다. 백제, 고구려, 신라, 가야까지 다 같은 홍익인간으로 일컫는디, 결국 어떻고롬 되었소이까."

"역사의 귀감 아니겠어요. 형제간의 피 흘림은 천륜을 저버리는 행위인디 인간의 욕망은 어디 그런가요. 그 점을 우리 후손들에게 단단히 각인시켜야겠지요."

그들은 밤이 깊어갈수록 화기애애하게 담소를 나누었다. 술 향기가 짙어가는 가운데 혜선 스님도 반가부좌를 흩트리지 않고 귀를 기울였다.

"이번에 오신 김에 고국산천을 두루 구경하고 가십시오."

"그렇지 않아도 소도구야를 따라 청해진도 구경하고 당나라에 가서 그쪽 문물도 눈여겨 볼까합니다. 아직도 우리가 사는 곳은 후미진 산골이어서 미개한 구석이 있소이다."

"중국의 진화된 문물이라든가 농작물 재배며 학문적 바탕 등, 시대가 변할수록 새로운 문물을 필요로 하지 않습니까."

모처럼 혜선 스님이 한마디 거들었다. 혜선 스님은 일찍이 당나라에 불법을 구하러 가서 그 나라 문물을 몸에 익혔다. 당나라 수도는 세계의 중심지로 각국의 문물이 범람하였다. 그만큼 사람들의 눈이 밝아지고 마음의 문이 크게 열렸다. 미개한 나라일수록 우물 안 개구리랄까, 달을 가리키는 손가락만 보았지 정작 허공에 뜬 둥근달을 보지 못하였다.

"스님께서는 누구보다도 당나라의 발전된 모습을 잘 알겠지요."

"그래서 말인데, 문물의 융성기에는 필연적으로 타락과 방종의 기운이 싹트기 마련입니다. 백제만 보더라도 부국강토라고 자부하였을 때 위로는 왕실부터 부패와 타락으로 빠져들지 않았습니까. 결국은 나라를 잃게 된 비운을 맛보았고요. 지금의 신라도 백제의 전철을 밟아가고 있습니다. 국가나 개인이나 항상 초심을 잃지 말아야 하는데 어디 그렇습니까. 세월의 변화에 편승하다보면 본질을 망각하기 쉽지요."

"흥망성쇠. 그 고유한 역사의 변천사를 항상 교훈으로 가슴에 담아야 하는데, 옛말에 집이 가난해지면 현처를 생각한다고 하지 않던가요?"

우내가는 혜선 스님의 평상한 설법을 잘근 깨물었다. 늘 자신이 깨어나야 하고, 욕심과 불순한 야망과 간사한 꼬드김에 이성을 잃어버리는 분별심의 상실은 독약과도 같다고 하였다. 혜선 스님은 나아가 소도구야가 장보고장군이 청해진대사가 되었다고 하였을 때, 해상왕국을 언제까지 지탱할 것인가 반문하였다. 무엇보다 야망이 큰 사람이라는 것이다. 그만큼 소탈하고 의(義)를 중히 여기고 무예가 출중한 통솔력을 지닌 만큼 어떠한 계기가 주어질 것인지, 어떻게 변화를 일으킬지, 아무도 예측할 수 없다는 것이었다. 우내가는 거기에 생각이 이르자 자신도 모르게 마음 한구석에 허전한 바람이 들이쳤다. 혜선 스님은 과연 앞날을 내다보고 하는 소리인가?

백제유민의 후손들은 일주야를 머물다가 소도구야를 따라 청해진으로 향하였다. 모두가 작별을 아쉬워하였다. 이제 가면 언제 다시 만나볼 것인지, 소도구야가 일본을 왕래하는 동안은 만남이 이루어질 것이라고 하였으나 쉽지만은 않을 터였다. 잘 있으시오, 잘 가시오. 서로가 손을 흔들며 다음 만날 날을 기약하였다. 비록 메아리로 그칠지 모르겠으나 헤어지는 아쉬움과 서러움 속에서 한 가닥 희망을 버릴 수 없었다.

"저들을 내 생애에서 만나보았으니 여한이 없구나."

우내가는 백제유민의 후손들이 탄 배가 까무룩히 모습을 보이지 않을 때까지 지켜보았다. 갑자기 피로가 몰려오면서 핑그르 눈시울을 붉혔다. 우미소가 아버지를 부축하여 집으로 돌아왔다. 우내가는 바다를 건너간 백제유민의 후손들을 떠나보내고 나서 자리에 누워 지냈다. 허탈한 기운이 엄습하면서 기력을 잃었다.

"암만해도 내 운명이 다한 듯싶다. 손자 녀석을 불러 오너라."

우내가는 자리에 누워 손자를 찾았다. 손자 우대고는 친구들과 바다에 나가 뱃놀이를 하다가 급히 돌아왔다. 사춘기 문턱에 다다른 우대고는 체구가 다른 애들보다 건장하였다.

"할아부지 부르셨습니까?"

우대고는 할아버지 앞에 무릎을 꿇었다. 평소 할아버지의 사랑을 받아온 터라 할아버지의 병환이 가슴을 아프게 하였다.

"너를 보면 세월이 잠깐이라는 생각이 든다. 콧밑 수염도 검싯하고 내 마음이 든든하다. 이 할아버지가 말이다. 너에게 간곡히 부탁하니 잘 새겨 들거라."

우내가는 숨이 차올라 밭은기침을 하고 나서 숨을 골랐다.

"할아부지 말씀을 명심해 새겨들어야 한다."

곁에서 우미소가 긴장어린 말투로 일렀다. 우미소의 할아버지 우천소도 마지막 가는 길에 우미소를 불러 앉혀놓고 유언을 남겼었다. 방안 분위기가 침중하였다.

"장차 너는 우리 가문을 짊어지고 가야한다. 그러자면 무엇보다 해조암에 깃들어 있는 백제유민의 혼백을 잊어서는 안 된다.

그리고 대대로 빚어온 엿을 올곧이 품 받아 이어나가야 한다. 우리는 어떠한 경우라도 백제의 자손임을 가슴에 지녀야 한다. 더불어 망국의 한을 품고 바다를 건너간 백제유민의 자손들과의 유대감을 돈독히 지녀야 할 게야……."

"할아부지, 명심하겠습니다. 어서 건강을 찾으십시오. 할아부지가 건강해야 우리 모두가……."

"네, 마음을 알겠다만, 운명을 거스를 수는 없느니라. 우미소, 내 아들아. 이제부터 네가 가족을 위하고, 모든 대소사를 관장하거라. 시절이 어떻게 도래하고 변할지 모르겠다만, 매사 넉넉한 마음가짐으로 세상사를 갈아 엎거라. 인생사란 일엽편주로 험난한 파도를 헤쳐 나가는 것과 다를 바 없다는 것을 너도 잘 알 것이다."

"아부지, 굳건하게 뿌리를 내리겠습니다."

"그럼, 됐다. 안심하고 조상님들 곁으로 간다."

우내가는 가족들이 지켜보는 가운데 조용히 눈을 감았다. 참으로 평온한 운명이었다. 곡성소리가 울 밖으로 새어나가고 지붕 위에 망자의 옷이 던져졌다. 마을사람들이 달려왔다.

"어찌 이다지도 말없는 죽음이랑가?"

"금메 말이여. 그냥 몸살인갑다 생각했는디 눈을 감을 줄이야. 심지가 깊어 가는 길도 편안하게 가는구랴."

마을사람들은 저마다 우내가의 죽음을 슬퍼하였다. 모든 생명은 낳고 죽음에 이르지만 막상 죽음을 목격하게 되면 새삼 살아

온 여정이 가슴에 밟혔다. 마음이 서러운 사람, 삶이 고달프고 한
이 많은 자일수록 더욱 슬픔이 맺히기 마련이었다. 살아온 지난
날이 타인의 죽음에 의해 북받쳐 오르기 때문이리라. 더구나 한
마음으로 공동체 삶을 영위함에 있어서랴.

　마을사람들은 십시일반으로 음식을 장만하고 장지를 다듬었다.
혜선 스님은 장례가 끝날 때까지 고인을 천도하였고 장례 절차
를 주관하였다. 마을사람들의 애도 속에 장례식이 끝나자 해조암
에서 사십구제를 올렸다. 우미소는 아버지를 대신하여 집안의 가
장으로서 그 모든 슬픔을 가슴으로 받아 안았다. 동트는 아침이
나 해지는 서녘을 바라보노라면 세상은 하나도 달라진 게 없는
데, 한 무더기 바람이 짓쳐오듯 무언가 허전한 먹장구름이 머리
위를 짓눌렀다. 아버지의 그늘이 그렇게 큰 줄 몰랐다. 집안 구
석구석 아버지의 음성과 영상이 눈앞에 밟혀 아릿한 그리움과
슬픔을 자아냈다.

말발굽소리

한가로운 한낮, 말발굽소리가 들리는가 하였는데 말을 탄 군사들이 먼지를 뽀얗게 일으키며 이내 마을로 들이닥쳤다. 놀란 개들이 마루 밑으로 기어들며 앓는 소리로 짖어대고, 한가로이 모이를 쪼던 닭들도 놀라 풀숲으로 숨어들었다. 말을 탄 군사들은 곧장 우미소 집에 이르러 말에서 내렸다. 말들은 먼 길을 달려오느라 지친 듯 콧김을 내뿜었다. 군사들도 뿌연 먼지를 둘러쓴 채 피로한 기색이 역력하였다. 우대고가 잔뜩 긴장한 모습으로 밖을 내다보았다.

"허어, 이녀석. 어른이 다 되었구나. 아부지 계시느냐?"

너털 웃으며 마주쳐 온 사람은 소도구야였다. 투구와 갑옷차림이어서 얼른 알아보지 못하였다.

"아저씨네요. 어디 싸움터라도 나가는가요?"

우대고는 반가움과 더불어 놀란 가슴을 진정시켰다. 소도구야의 늠름한 기상이 한없이 우러러보였다.

"싸움터에서 돌아오는 길이다."

"아부지는 바다에서 곧 돌아올 겁니다. 안으로 드시게요."

우대고는 소도구야를 비롯하여 군사들을 집안으로 모셨다. 스무 명 남짓한 군사들인데도 마당이 가득찼다.

"졸지에 들이닥쳐 놀란 모양이구나. 시원한 물이나 한잔 마셔야겠다."

우대고는 소도구야의 말이 떨어지기가 무섭게 물동이를 들고 나왔다. 군사들은 기갈 들린 사람들처럼 물을 마셨다. 우대고는 마당에 덕석을 펴고 군사들이 편안하게 쉴 수 있도록 자리를 마련하였다. 우미소가 고기통주리를 어깨에 둘러메고 집에 들어섰다. 울 밖에 매어있는 말이며 마당에 앉아있는 군사들을 보는 순간 아연 긴장하였다. 군사들이 말을 몰아 짓쳐오기는 처음이었다. 무슨 일일까? 잔뜩 긴장한 얼굴로 군사들을 일별하던 우미소는 소도구야를 발견하고 일시에 긴장이 풀어지며 밝은 미소가 어리었다.

"형님이십니까?"

"동생! 반갑구라."

두 사람은 반가움으로 얼싸안았다.

"어디서 소요라도 일어나 출정하였어요?"

"아닐세. 정년장군을 따라 서라벌까지 갔다가 먼저 소식을 전하기 위해 청해진으로 가는 길이네. 나머지 군사들은 군선으로 돌아올 것이고……."

"서라벌에요? 무슨 일이 일어난 게요?"

"장보고장군이 왕위골육상쟁(王位骨肉相爭)에 관여한 것이네."

"정치적 야욕에 본마음이 흔들린 게 아니오?"

"그런 점도 없지 않았네."

소도구야는 우미소가 쳐올리는 술잔을 단숨에 들이켰다. 흥덕왕이 죽고 나서 왕위를 이을 적자가 없자 왕의 당제(堂弟)인 김균정(金均貞)과 또 다른 당제의 아들인 김제륭(金悌隆)이 왕위를 다투는 왕위골육상쟁이 일어났다. 이때 김양(金陽)은 김균정의 아들인 아찬 김우징(金祐徵)과 김균정의 매부 예징(禮徵) 등과 김균정을 왕으로 받들려 하였으나, 김명(金明)이 이홍(李弘) 등과 합세하여 김제륭을 희강왕으로 추대하고서 반란을 일으켰다. 흰백의 반군에 의해 김균정은 살해되고 김우징 휘하 김양 등은 청해진대사 장보고에게 의탁하여 보호를 받게 되었다. 김명은 자신이 추대하였던 희강왕을 살해하고 스스로 민애왕으로 즉위하였다.

김우징은 그의 부친의 원수인 김명 등의 역적행위에 분노하며 기회가 오기를 기다렸다. 어느 날, 김우징은 장보고에게 부친의 원수를 갚아 달라고 간청하였다. 부친의 원수를 갚는데 성공할 경우 장보고의 무남독녀를 자신의 맏아들의 배필로 삼겠다고 선약하였다. 태자비로 삼겠다는 것이었다. 이에 장보고는 딸의 신분 상승과 자신의 입지를 한층 굳건히 하겠다는 야망으로 흔쾌히 승낙하였다. 그리고 정년(鄭年)의 용맹을 믿은 나머지 기마부대 오천을 정년에게 내주어 내란을 평정할 것을 부탁하였다. 정년은 김양, 염장, 장변, 낙금, 장건영, 이순량 등을 거느리고 파죽지세

189

로 서라벌을 함락하고 민애왕을 처단하였다. 김우징 등은 순조롭게 서라벌에 입성하였다.

"그러니까 불의를 보고 그대로 있는 것은 용맹이 없는 비겁한 자라는 옛 성인의 말을 앞세운 그 이면에는 딸을 태자비로 삼아 자신의 신분을 높이려는 야망이 작용하였군요."

"자네의 그 말은 송곳과도 같으이. 장차 그 같은 야망이 암울한 기운을 드리울지도 모르겠네. 귀족사회에서 비록 청해진대사로 사해(四海)에 이름을 떨치고 있으나, 미천한 해도인의 여식을 과연 순순히 태자비로 받아들일지 걱정스럽네."

"아무래도 욕심이 지나친 듯싶습니다."

"앞으로 김우징이 왕위에 오르면 가닥이 잡히겠지."

소도구야는 어두운 그늘을 털어버리며 술잔을 들었다. 이곳에 들러 잠시 쉬어가자는 것도 복잡한 기분을 밀어내고 싶어서였다.

"오천여 군사로 어떻게 그렇게도 날렵하고 용맹스럽게 서라벌을 평정하였습니까?"

우대고는 아까부터 좀이 쑤시던 무용담을 듣고 싶었다. 신라의 심장부를 단숨에 잠재우다니 생각만 해도 가슴이 뛰놀았다.

"전쟁은 무엇보다 지리를 훤히 꿰뚫어야 한다. 그리고 적의 허점을 간파하고 나서 망설임 없이 기습작전을 감행해야 한다."

"아무리 그렇다하더라도 오천의 기병으로는 도저히 상상이 가지 않아요."

"안에서 내통하는 자도 있어야겠지. 잘 알겠지만 이미 화랑도 정신이 타락한 궁궐의 정예부대는 종이호랑이에 불과하였다. 부정부패와 음락으로 물든 고관대작들이며 호위무사들은 벼락치듯 달려드는 아군의 기세에 창검을 휘둘러보지도 못하고 목숨 부지에 바빴다. 새로운 왕은 나라의 기강을 바로 잡아야 할 것인데 그게 큰 과제이다."

"어쨌거나, 승전보를 가지고 가면 장보고장군의 위상이 달라지겠지요."

"달라지다마다. 해도인으로서의 자부심과 위세가 한층 높아지겠지."

"한 가지 부탁하고 싶습니다만……."

"뭘 그리 망설이고 어려워하느냐. 내가 들어 줄만하면 흔쾌히 들어주마."

"저도 아저씨 대열에 합류하고 싶구만요. 어려운 부탁인가요?"

"갑옷을 입고 전쟁터에 나서고 싶다는 게냐?"

"전쟁터에 나서기보다 청해진군사가 되고 싶습니다."

"허허, 녀석 같으니라고. 대장부라면 능히 큰 뜻을 품을 만하다만, 잘 생각해야 한다. 부모님 허락도 있어야 하고……."

소도구야는 우미소를 돌아보았다. 장차 가대를 짊어지고 가야 할 아들을 내보내고 싶지는 않을 것이다.

"아버지, 허락해 주실 거지요? 저도 큰 바다에서 노니는 물고기가 되고 싶습니다."

"네 마음은 잘 알겠다. 어떤가? 아들의 장래를 나에게 맡길 건가?"

"갑자기 방문을 떨치고 나서겠다니 당황스럽소."

우미소는 무엇에 홀린 듯한 아들의 결심에 어안이 없었다.

"사람이 살아가자면 견문을 넓혀야 해요. 당나라로 불법을 구하러 가는 승려들을 보시게요. 우물 안 개구리가 되어서는 안 되지요."

마침 소도구야가 왔다는 말을 듣고 온 혜선 스님이 거들고 나섰다. 혜선 스님이 그렇게 말하는데서야 우미소는 어찌하는 수가 없었다.

"스님의 말씀도 있고 해서 허락은 한다만, 언제 어디서나 뿌리의 근원을 잊어서는 안 된다. 형님께서 그 점을 잘 깨우쳐 주시고 가르쳐 주시오."

"부모님과 조상님들께 실망을 안겨드리지 않겠습니다."

우대고는 뛸듯이 기뻐하며 마음의 준비를 하였다. 소도구야는 이틀을 쉬고 나서 말위에 올랐다. 우대고는 소도구야의 말 잔등에 올라탔다. 설레임과 기대감으로 가슴 벅찼다.

"아부지, 어무니. 잘 계십시오. 기대를 저버리지 않겠습니다."

"오냐. 행동 하나하나 허투루 해서는 안 된다."

우미소 내외와 이웃들은 흙먼지를 일으키며 멀어져 가는 소도구야의 일행을 손짓해 보냈다.

세월은 덧없이 흐르기 마련이다. 우대고가 소도구야를 따라 나선지도 몇 해가 되었다. 소도구야도, 우대고도 소식이 없기는 마찬가지였다. 우미소는 으레 잘 지내려니 마음 다잡고 생활에 전념하였다. 밥상머리에서, 계절이 바뀔 때마다, 그리고 명절이 다가오면 우미소는 어엿한 군인의 모습을 눈앞에 그려보며 아들 생각을 하였다.

"큰 배가 한 척 들어오네요."

우미소의 아내가 점심상을 내오며 바다를 가리켰다. 그간 마누라는 아들이 보고 싶을 때면 해조암에서 아들의 무운을 빌었다. 그리고 청해진으로 가는 뱃길을 눈으로 헤아렸다.

"보아하니 소도구야 형님이 타던 배만 같구려."

우미소는 점심상을 받으려다말고 자리에서 일어났다. 아들의 소식을 가지고 올게 틀림없었다. 바쁜 걸음으로 선창가로 나갔다. 짐작한 대로 소도구야의 배였다. 소도구야가 앞장서 배에서 내리고 뒤따라 우대고가 내렸다. 우미소는 아들을 발견하자 출렁 그리움과 반가움이 일었다. 그런데 어찌된 영문인지 모두가 지난번 말을 타고 내달려왔던 용맹스러운 모습이 아니었다. 어딘지 모르게 한쪽 날갯죽지를 잃은 솔개만 같았다.

"어서들 오시오. 그간 많이 변한 듯합니다. 아들 너도 어엿한 장부의 기상을 지니고 있고……."

"어느 시절이나 산천은 변함없는데, 인간사는 변하기 마련이네."

"서라벌에라도 가는 길이오? 어쩐지 분위기가 착잡합니다."

"그렇게 느꼈는가? 자세한 이야기는 집에 들어가서 차분하게 나누세. 갑자기 마음이 고단하네."

소도구야는 한숨을 내쉬며 우미소의 집에 들어섰다. 우미소의 아내가 맨발로 내달으며 아들을 얼싸안았다. 모자의 상봉. 아버지와 아들의 상봉과는 그 질량이 다를 터였다. 우미소는 닭을 잡고 아침나절에 바다에 나가 잡아온 생선을 술안주로 장만하였다. 적요한 기운이 떠돌던 집안이 반기는 마음으로 꽉 들어찼다. 우대고는 집에 들어서기가 무섭게 땀에 절은 갑옷을 벗어버리고 평상한 모습으로 돌아왔다. 훨씬 성숙한 기운이 서리었다.

"한잔 드십시다. 그리고 그간 지내온 이야기를 들려주시게요. 장보고장군은 왕의 장인(國舅)이 되었는지요?"

"그랬으면 오죽이나 좋았겠는가. 그로 인하여 멸문지화를 당하였네."

소도구야는 다시금 한숨을 깨물었다. 장보고에 의해 신무왕(神武王)으로 즉위한 김우징은 왕위에 오른 지 4개월 만에 승하하였다. 장보고의 비운은 거기서부터 시작되었다. 신무왕이 죽자 그의 아들이 왕위를 이어 받았다. 문성왕(文聖王)이었다. 신무왕이 장보고에게 의탁하고 있을 때 부친의 원수를 갚는데 성공할 경우 장보고의 외동딸을 문성왕의 배필로 삼겠다고 선약하였다. 문성왕은 부왕의 유지를 받들기 위해 장보고의 딸을 둘째비(次妃)로 삼겠노라고 중신들과 의논하였다. 중신들은 장보고는 근본이 미천한 해도인으로 어찌 그 딸을 감히 왕궁에 배려(配侶)할 수 있겠는가, 반대하는 사람이 많아 선왕의 유지를 받들어 지키지 못하였다.

"성골과 진골이라는 소위 골품계급으로 이어져 내려온 왕실에서 흔쾌히 신무왕의 유지를 받아들이기 어려웠겠지요."

"장보고장군께서는 그 소식을 듣고 신의 없는 왕의 배신감에 분노하였네."

"더구나 중국의 문물과 개방적인 사고방식을 몸에 바른 장보고장군으로서는 폐쇄적인 위정자들의 행위를 용서할 수 없었겠지요."

"누가 아닌가. 자신이 쌓아올린 업적과 명예가 실추된 데에 실망과 함께 응징하려고 하였지."

그러한 정보를 입수한 문성왕은 사전에 장보고를 토벌하지 않으면 화를 면치 못할 것이라 판단하고 그 대책을 노심초사하였다. 장보고의 용맹과 지략과 위세는 적은 군사로도 능히 서라벌을 함락하였다. 민애왕을 처단하고 부왕인 신무왕을 왕위에 오르게 하지 않는가. 그때 서라벌에 머물고 있던 장보고의 수하인 염장이 장보고의 머리를 베어오겠다고 비밀리에 말하였다. 염장은 높은 벼슬에 눈이 멀어 주위의 은근한 협박과 달콤한 부추김에 힘입어 장보고를 배신한 것이다.

염장은 일부 군사들을 거느리고 청해진에 내려갔다. 장보고는 염장을 신의 있는 사람으로 알고 있었으므로 옆자리에 앉히고 주연을 베풀었다. 주연은 시간가는 줄 모르고 이어졌다. 만취가 된 장보고를 본 염장은 미리 준비한 비수로 장보고를 살해하고 계획대로 청해진을 함락하여 자기 수중에 넣었다. 그리고 장보고의 머리를 홍보에 싸가지고 문성왕에게 바치니 왕은 대단히 기뻐하며 염장에게 아간(阿干) 벼슬을 내렸다. 국경을 초월하여 해상무역을 장악하고 국가로부터 보호를 받지 못한 민초(民草)들을 위해 심혈을 기울였던 해상왕 장보고는 모사꾼의 신료들과 거기에 놀아난 염장에 의해 비운의 죽음을 당한 것이다.

"부하의 배신이라니, 어처구니없는 최후였습니다."

"정말 하늘이 진노할 일이네. 더욱 마음 아픈 것은 염장은 장보고장군에게 서라벌을 함락할 수 있는 계략을 거론하면서 신라 조정을 칠 것을 진지하게 거짓 건의를 한 것이네. 장보고장군은 흔쾌한 기분으로 술에 만취하여 자리에 눕자 잽싸게 살해한 뒤 그의 수하 이소정(李小貞)을 비롯하여 졸개들과 계획대로 청해진을 점령하였네. 장보고 따님에게는 청해진 내의 부장들의 반란이라 말하고 신변보호를 자청하고 나서는 한편 장보고장군의 휘하 부장들과 중추적인 인물들을 차례로 불러내어 살해하였네."

"아주 간교한 놈이군요. 형님은 어떻게 몸을 피신할 수 있었소?"

우미소는 자신도 모르게 두 주먹을 말아쥐었다. 높은 벼슬에 현혹되어 자신의 상관을 배신하고, 장보고가 이룩한 해상왕국마저 비운에 잠기게 하다니. 누가 생각해도 통탄할 일이었다.

"나는 그때 상거래차 일본에 가 있었네. 우대고도 나와 동행한

탓으로 참변을 모면하였고……."

염장이 청해진을 완전히 장악한 뒤에야 비로소 해외에 나가 있었던 장보고의 부장들은 염장의 모사였음을 알게 되었다. 그들은 의분의 칼을 빼어들고 악전고투, 불의를 무찌르기 위해 신명을 바쳤다. 그러나 고전을 면치 못하고 더러는 피살되기도 하였다. 더불어 청해진 사람들은 설 자리를 잃었다. 염장은 신변에 위협을 느낀 나머지 청해진의 해상권을 운영할 수 없게 되자 왕에게 건의하여 청해진을 혁파하고 전북 김제 벽제골과 정읍으로 전 주민을 강제로 이주시켰다. 청해진은 불시에 공도(空島)가 되었다.

"정말 기막힌 몰락이었습니다."

"내가 목숨을 부지한 것은 언젠가는 염장과 그 부류들을 한 칼에 응징하기 위해서네. 장보고장군의 원수를 갚아야 하지 않겠는가."

"어디에 근거를 마련하셔야 다음 대책을 세울 수 있지 않겠소. 마냥 해적처럼 바다를 떠돌 수는 없는 노릇 아니겠어요."

"난 일본으로 돌아가기로 하였네. 은인자중 복수의 칼을 갈아야겠네. 그래서 자네와 마지막 작별을 하기로 한 것이네."

"당연히 부모형제를 찾아가야지요. 가장 안전한 곳 아니겠어요?"

"일본과 교역을 할 때마다 집에 들르곤 했네만, 아주 간다고 생각하니 만감이 서리네."

소도구야는 일찍이 장보고를 만나 당나라와 일본을 왕래하며 세상을 두루 섭렵하였다. 장보고를 처음 만났을 때가 언제였던가? 이십대 초반 친구들과 산골오지에서 바다구경을 하기 위해 바닷가에 나갔다가 왜구에게 붙잡혀 당나라로 끌려가 노예로 팔려갈 신세였다. 청해진 앞바다를 지날 때 장보고의 군선이 나타나 왜선들을 불시에 쳐부수었다. 구사일생으로 왜구로부터 풀려난 소도구야는 심문 끝에 장보고의 휘하에 들어갔다. 백제유민의 자손이라는 사실이 인정되어 흔쾌히 부하로 받아들인 것이다.

일본 현지를 잘 안다는 것과 일본인과의 상거래에서 자유자재로 통역을 할 수 있는 능력도 한 몫 하였다. 장보고는 일본인과 상거래를 틀 때마다 통역관으로 소도구야를 데리고 다녔다. 그리고 당나라 군장이 되었을 때는 소도구야를 절대 신임하였다. 청해진대사가 되어 청해진을 경영하게 되자 일본통으로 소도구야를 인정하였고 일본과의 상거래 책임자로 임명하였다. 소도구야는 그만큼 장보고의 의중을 잘 헤아렸고 무예 또한 뛰어났다. 장보고가 좀 더 이성을 잃지 않고 자신을 다스렸다면 정치적 야망을 꿈꾸지 않았을 것이고 참담한 최후를 낳지 않았을 것이다.

"일본으로 가시고 나면 장보고장군의 원수는 어떻게 갚습니까?"

우대고는 패잔병 신세로 떨어져 일본으로 간다는 것은 무언가 아귀가 맞지 않은 처사라고 생각하였다.

"네 마음을 모르는 바 아니다. 허나, 현재로서는 어찌해 볼 수가 없다. 믿었던 동료들은 뿔뿔이 흩어졌거나 피살되었고, 일신의 영달과 안위를 위한 자들은 염장의 이간질과 협박에 넘어가 배신을 하지 않았느냐."

"그 점을 모르는 것은 아닙니다만, 정년 같은 장군이 있지 않습니까?"

"정년장군은 참으로 고뇌가 많았을 것이다. 왕으로부터 정식으로 경주 정씨 교지를 받고 신분이 상승된 데다 감시의 눈초리가 예리한 가운데 서라벌로 끌려간 장보고의 무남독녀의 신변보호에도 신경을 쓰실 것이다. 나아가 은인자중 대의(大義)를 생각하여 나라를 어지럽히지 않기 위해 마음을 삭히고 있을지 모르겠다. 현실이 그렇다."

"정년장군만 서라벌에 머물러 있지 않았더라면 염장 같은 간사한 무리들에게 당하지 않았을 텐데 분통스럽습니다."

"흥망성쇠란 그렇게 오는 법이다. 그리고 청해진을 혁파한 그 후유증은 머지않아 현실로 나타날 것이다. 벌써 해상권을 잃지 않았느냐. 그렇게 되면 왜구와 당나라 해적이 출몰할 것이고, 그만큼 무역에서 벌어들인 신라의 재정은 궁핍해질 것이다. 그렇지 않아도 권력다툼과 부정부패로 찌들어가는 나라꼴이 더욱 참담할 것이다."

"형님의 그 말씀은 일리가 있소. 이렇게 나가다가는 민란이 일어나지 말라는 법도 없지요."

우미소는 흉흉한 나라의 민심을 먼산바라기로 바라보았다. 해마다 세금은 부풀려지고 관아의 횡포는 악독하였다.

"민초들이 마음 놓고 생업에 매달려야 하는데 장차 이 나라가 어느 진수렁으로 빠져들지 모르겠네. 우대고 너는 불의에 짓눌리지 말거라. 혼탁한 세상일수록 당당하게 살아야 한다."

"제가 청해진에서, 바다 위에서, 무술을 익히며 배운 게 무엇입니까. 이 작은 마을일망정 굳건히 지키겠습니다."

"그래야지. 또 모른다. 장차 큰 재목으로 쓰일 데가 있을지."

"큰 기대는 하지 않습니다만 염장의 무리들을 응징하는데 있어 저를 필요로 하시면 언제든지 불러 주십시오."

"그 점은 이미 생각해 두었다. 내 비록 일본에 가 있을지라도 기회만 닿으면 언제든지 달려오기로 하였다. 정년장군은 우리들의 뜻을 은밀히 전해 들었을 것이다. 그리 알고 때를 기다리고 있거라."

소도구야는 우대고가 믿음직스러웠다. 사려가 깊었고 무예를 가르칠 때도 남들보다 뛰어났다. 의협심과 자존심 또한 스스로 헤아려 지킬 줄 알았다.

"형님의 말씀을 가슴 깊이 심을 겁니다. 일어나시지요. 밤도 깊었고, 내일은 소도마을과 해조암에서 마음을 내려놓읍시다."

우미소는 굳이 배로 돌아가려는 소도구야를 잠자리로 안내하였다. 안방으로 돌아오니 아들이 보이지 않았다. 가족끼리 오붓하게 정회를 나눌까 하였는데 어디로 간 걸까?

"우대고는 어디 갔소?"

"금방 다녀올 데가 있다고 나가드만요."

우미소는 아내의 말을 듣는 순간 아들의 간 곳을 어림짐작으로 떠올렸다.

"이참에 아들을 장가보내면 어떻겠어요?"

"그것도 좋을 듯싶소."

우미소는 아내의 말에 머뭇거리고 미적거릴 게 없다고 생각을 여미었다.

집을 나선 우대고는 웃뜸으로 바삐 걸음을 옮겼다. 벌써부터 가슴이 설레었다. 낮에 배에서 내릴 때 사람들 속에서 말없이 반기는 소래녀(素萊女)의 모습을 보는 순간 기쁨으로 심장이 뛰었다. 얼마나 보고 싶었던가! 훈련이 고달플 때도, 뱃길에 풍랑이 사나울 때도 그녀를 생각하면 평탄한 길을 걷는 듯하였다. 그녀는 품속에 지닌 부적과도 같은 존재였다. 소래녀의 집은 아직 불이 밝혀져 있었다. 그녀의 집에 들어선 우대고는 그녀의 부모님을 뵙고 절을 올렸다.

"몰라보게 헌헌장부가 되었구나. 그래, 지나가다 들린 건가?"

"아닙니다. 아주 고향으로 돌아왔습니다."

"왜? 계속 장부의 기개를 펼치지 않고."

"사정이 그리 되었습니다. 차차 이야기해 드리겠습니다. 소래녀는……."

말이 채 끝나기도 전에 소래녀가 들어섰다. 낮에 볼 때보다 더 어여쁘고 성숙한 자태였다.

"허허, 그러고 보니 이 야밤에 온 건 소래녀를 보기 위해서였구만."

"아이, 아부지도⋯⋯. 인사차 오신게지요."

소래녀는 종주먹을 쥐듯 얼굴을 붉혔다. 우대고는 벌떡 일어나 그리움으로 담뿍 안고 싶었다.

"네년 속내를 모를 줄 알고야. 좋은 혼처자리를 마다한 건 누구 때문이냐? 잠깐 니 방에 가서 이야기를 나누거라. 철모를 때는 마구 대하더니 치마주름살 같은 수줍음을 담기는⋯⋯."

그녀의 어머니는 눈을 해맑게 흘겼다. 싫지 않은 얼굴이었다. 그리고 곧이어 야식으로 엿을 들여보냈다. 우대고는 엿을 보자 잊고 있었던 향수가 지펴났다. 우두둑 엿가락을 깨물었다.

"엿을 그렇게 먹으면 어떡해요. 우리 엿치기해요."

"좋아. 진 사람은 팔뚝 맞기다."

두 사람은 금방 소꿉장난을 하였던 옛 시절로 돌아갔다. 이기고 지는 것은 아무래도 좋았다. 소래녀의 팔뚝이 빨갛게 부풀어 올랐다.

"연약한 아녀자를 이렇게 만들다니, 심기가 너무 고약해요."

"승패의 결과는 어쩔 수 없는 거야. 자, 이리와. 내가 식혀줄게."

우대고는 그녀의 팔뚝을 입김으로 불었다. 살결이 고왔다. 자신도 모르게 입술을 가져갔다.

"어머나, 이제 보니 생뚱맞기 짝이 없네."

"날 기다리느라 얼마나 한숨지었나?"

"한숨짓기는……."

"방금 어무니가 그러셨잖어. 좋은 혼처자리를 마다하고 나만 기다렸다고."

"그런 자기는 날 잊고 지냈남?"

"난 소래녀를 눈앞에 그리며 고달프고 험난한 생활을 이겨나온 거여."

"피장파장이네. 정말 아주 고향에 내려온 거여?"

"세상이 그렇게 되었어. 소래녀하고 알콩달콩 살라는 운명인지 모르제."

"아이 좋아라! 이제야 근심걱정 다 날려 보냈네."

소래녀는 우대고의 품에 안겨들었다. 얼마 만에 맡아보는 그녀의 향기냐! 우대고는 뜨거운 가슴으로 그녀를 안았다. 안방에서 소래녀 아버지의 기침소리가 들렸다. 우대고는 다음날을 기약하고 방문을 나섰다. 소래녀가 삽짝까지 따라 나왔다. 내일 또 만나. 그녀의 속삭임이 귓전에 맴돌았다.

우미소는 아침 일찍 웃뜸으로 올라갔다. 소래녀의 아버지는 부지런하게도 마당을 쓸고 있었다. 나이가 들수록 새벽잠을 설친다고 하던가?

"아침 일찍도 오시네."

"내, 긴히 할 말이 있어서 왔네."

우미소는 마당가에 있는 평상에 엉덩이를 내려놓았다.

"보아하니 상당히 심각한 얼굴인디."

"거두절미하고 본론으로 들어가겠네. 사돈을 맺자고 왔네."

"아침부터 실없는 소리는 아닐 태고, 너무 성급한 게 아닌가?"

"더는 미룰 수 없다고 결론을 내린 거네."

"그렇지 않아도 간밤에 우대고가 문안인사를 왔더구만."

"날짜를 받아 보내겠네. 아니지. 쇠뿔은 단김에 빼랬다고, 사흘 말미를 줌세. 어떤가?"

"성질머리하고는. 무슨 사정이 있는 겐가?"

"우리 집 손님이 떠나기 전에 혼례를 치렀으면 해서네."

우미소는 단칼로 내려치듯 담판을 짓고 자리에서 일어났다. 소래녀의 아버지는 어안이 없어 하면서도 이왕 매를 맞을 바에야 망설이고 자시고 할 것 없다고 생각하였다. 집으로 돌아온 우미소는 아침식사를 하며 아들의 결혼을 선포하였다.

"뭐라고요?"

가장 놀란 사람은 우대고였다. 벼락치듯 결혼이라니?

"놀랄 것 없다. 밤마다 밀회를 즐기는 것보다 낫지 않겠느냐. 소도구야 형님이 결혼식을 보고 가도록 하게."

"아무리 그래도 너무 성급한 것 아니에요?"

"혼사는 이렇게 해야 하느니. 자네는 서둘러 준비를 하게나."

우미소는 아내의 반대의사를 물리쳤다. 남녀의 사랑이란 지극하고 간절할수록 오래 묵혀서는 안 된다. 만에 하나 혼전 임신이라도 해보라. 우미소는 간밤에 그 생각이 가슴을 짓누르자 소도구야의 축복을 받으며 결혼식을 올리는 것도 좋으리라 단안을 내린 것이다.

우대고의 결혼식은 일사천리로 진행되었다. 해조암에서 혜선 스님의 주관으로 조촐하고 간소하게 치렀다. 하례객들도 어안이 없어 하였다.

"무슨 혼사를 콩 구워 묵듯 하는 겐가?"

"금메 말이여. 평소 우미소가 아닐세."

"이왕 맺어줄 것 쌈박하잖은가. 참으로 어울리는 한 쌍이네."

하례객들의 분분한 축하 속에 혼례식을 마친 신랑신부는 소도마을을 참배하였다. 소도구야도 함께 마지막 하직인사를 하였다.

"이렇게 떠나신다니 마음 착잡합니다."

"잘 살아야 하네. 무엇보다 내 마음이 든든하다."

소도구야는 소도마을을 참배하고 나서 못내 아쉬워하는 우대고의 결혼을 축하해 주고 배에 올랐다. 우미소는 바다를 건너는 동안 불편함이 없도록 식수며 일용의 양식을 배에 실어 주었다. 혜선 스님이 선창머리까지 나와 배웅하였다. 두 사람의 각별한 인연. 소도구야의 진심어린 간청에 못 이겨 바다를 건너간 백제유민의 넋을 기리는 절을 창건하였고, 오늘에 이르기까지 무지한 사람들을 부처님의 품안에 들게 하였다.

"스님, 편안히 잘 계십시오. 언젠가 뵈올 날이 있을 겁니다."

"내 염려랑 마시고 알뜰한 마음으로 지내시구려. 우리의 인연은 변함이 없을 겁니다."

두 사람은 못내 안타깝고 아쉬운 마음으로 작별을 하였다. 소도구야는 저 멀리 한바다로 나갈 때까지 뱃전에 서서 손짓해 보내는 정겨운 사람들과 멀어져가는 산천을 바라보았다. 언제 다시 찾아올까? 마음만 먹으면 언제든지 올 수 있는데 그날이 언제일런가. 혜선 스님의 한마디 법어가 해조음으로 뱃전을 두드렸다.

백제의 혼으로 일어서다

달빛 아래에서 창검을 휘두르는 기합소리가 들렸다. 창연한 달밤이어서 기합소리는 당차게 밤하늘을 흔들었다. 마을 뒤편 동산에서 벌써 열 달 째 밤마다 무술을 익혔다. 소도구야가 떠난 뒤 우대고는 인근 청년들을 모아 무술을 가르쳤다. 마을의 안위를 위한 자위대로서의 사명감을 인지시켜 마을사람들의 호응을 얻었다. 거기에는 소도구야가 장보고의 복수를 위해 군사를 일으키면 일조를 할 것이라는 우대고의 속내가 자리하고 있었다.

"암만. 믿을 건 우리 스스로의 힘이여. 각지에서 도적들이 출몰하는디 우리 고을이라고 안전할 리 없제. 미리 대비책을 세워야 한다고."

"그려. 우리 스스로가 방어의 벽을 쌓으면 마을이 안전할 거여. 우대고의 무술 실력이면 충분히 정예부대를 가다듬을 수 있을 거여."

마을의 중론이 거기에 이르자 우대고는 지체하지 않고 인근 청년들을 모았다. 낮에는 생업에 종사하고 저녁 시간에 무술을 연마하였다. 처음에는 영 엉성하고 서툴더니만 기초가 한걸음씩 다져지자 제법 품새를 잡을 줄 알았다.

"내년 봄 삼월삼짇날 우리 고을 결사대를 정식으로 출범시키겠다. 그리들 알고 더욱 신명을 내어 열심히 하도록."

우대고는 결의에 찬 얼굴로 자신의 의지를 내보였다. 어찌 마을뿐이랴. 드넓은 앞바다를 온전히 지켜야 한다. 뒤돌아보면 여왕이 왕위에 올라 국정을 혼란에 빠뜨리고 이어서 왕위를 다툰 왕위골육상쟁은 피비린내가 진동하는 가운데 국가의 재정을 바닥나게 하였다. 그 위에 권신들을 비롯하여 지방 말단관리에 이르기까지 가렴주구와 탐학(貪虐)은 민초들의 설 자리를 잃게 하였다. 뿌리의 근간을 잃은 부평초처럼 떠돌게 하였다. 자연 도적의 무리들이 도처에서 반기를 들고 일어설 수밖에 없었다.

한겨울로 접어들수록 밤은 길어 훈련 시간이 길어졌다. 농한기여서 특별히 농사일도 없는지라 바다에 나가 그물이나 들추어 오거나 사랑방에 모여 앉아 짚방석을 짜거나 새끼를 꼬는 일로 소일하였다. 하여 더욱 훈련에 매진하였다.

"오늘은 눈깨나 내릴 모양이여."

"하늘 쌍다구를 보아하니 몇 날 내리겠는디."

"그렇다고 훈련을 쉬면 안 되제. 눈 내리는 달밤에 무예를 익히는 것도 괜찮지 싶네. 목검을 휘두를 때와 실제로 창검을 손에 쥐고 보니 감각이 달라. 마음 자세도 다르고 말이여."

"칼날에 싸늘한 달빛이 실리어 야릇한 살기마저 어리잖어."

그들은 바다에서 돌아오면 곧바로 훈련장으로 모여들었다. 그리고 쌓인 눈을 치우는 것으로 훈련을 시작하였다. 군기가 잡히고 기합소리도 똑 부러졌다. 우대고는 그들의 동작 하나하나를 바로 잡아주며 뿌듯함을 느꼈다. 그리고 그때마다 소도구야의 가르침을 상기하며 그리움을 베어 물었다. 바다길이 멀지 않으면 자주 모셔와 더 깊은 경지를 터득할 것인데 안타까웠다. 바다에 나가 그물을 들어 올릴 때마다 바다 너머 수평선을 바라보며 소도구야를 그렸다. 소도구야의 항해술은 빈틈이 없었다. 이렇게 눈보라가 휘날리는 밤바다를 항해하노라면 참으로 앞길이 막막하였다. 소도구야는 은빛가루로 흩날리는 고립무원한 눈보라 속에서 날선 파도를 헤쳐 나갔다. 노련한 경험과 감각으로 한 치의 오차도 없이 가는 방향을 정확히 헤아렸다.

우대고의 열정어린 가르침으로 한겨울을 난 자위대는 봄기운과 함께 저마다 자신감에 차 있었다. 실전을 방불케 한 훈련은 어떠한 적이 눈앞에 나타날지라도 통쾌하게 무찌를 기세였다. 우대고는 거기에 만족하지 않고 소도구야에게서 가르침을 받은 대로 전술적인 병법도 숙지시켰다. 특히 해상전략과 기술도 전수하였다. 그리고 한걸음 더 나아가 기존 성곽도 보수하고 각 포구마다 방책을 세웠다.

드디어 삼월삼짇날이 돌아왔다. 연례행사로 내려온 백제유민을 위한 추모제를 소도마을에서 지내고 해조암에서 행사를 마친 다음 정식으로 자위대를 출범시켰다.

"우대고가 수고스럽게도 잘 가르쳤구만. 저만하면 어떠한 불량배가 쳐들어와도 너끈히 감당하겠어."

"관군을 믿을 수는 없고, 우리의 안위와 평화는 우리 스스로 지켜야제. 숫자가 다소 적어보이네만 일당백이라는 말이 있지 않는가."

"듣자니 사방에서 들고 일어난 무리들이 하나 둘 통합되어 무시 못 할 세력집단으로 변해간다면서?"

"그런 소문이 낭자하데. 황해도와 철원지방에서 일어난 무리들이 세력을 떨치고, 서해 남쪽에서도 그에 못지않은 세력이 일어났다하고……."

"서해 남쪽에서 일어난 사람은 견훤이라든가? 무진주에서 깃발을 세우고 호령한다는구랴."

"이쪽도 거, 뭐시냐, 하는 사람이 여러 무리들을 규합한다고 하든만."

"이쪽은 아직 통일된 세력보다 잡다한 도적들이 삼삼오오 영웅행세를 한다는디, 언제 이곳을 넘볼지 모르네."

"이놈의 나라가 어떻게 되어가는 건가? 사방에서 일어난 도적의 무리를 소탕하지 못하고 난장트기로 혼란을 가중시키니."

"국고도 바닥이 난지 오래라는구랴. 세금을 걷을라 해도 부패한 지방관리들이 저들 뱃속 채우기에 여념이 없어 파발마들이 헛발질만 한다지 않던가."

"완전히 망할 망자가 든 거여. 아, 이곳도 엄연히 관군이 지켜

야 하는디, 뒷짐 지고 허세나 부리며 가렴주구나 일삼고 에먼 백
성들만 못살게 굴지 않는가."

사람들의 분노어린 숙덕거림은 하루해를 채웠다. 우대고는 해
조암을 본부로 하고 조(組) 편성을 한 다음 야간 경계를 게을리
하지 않았다. 그 소문을 바람결로 전해들은 이웃고을에서도 자원
하여 모여들었다. 개중에는 정처 없이 떠도는 부랑자도 있었고,
억울하게 수탈을 당한 자도 있었다. 우대고는 그들을 기꺼이 받
아들였다. 낮에는 바다에 나가 고기를 잡아 생계를 이어나가도록
하였고, 밤에는 구슬땀을 흘리며 훈련에 임하도록 하였다. 질서와
체계 있는 군기를 확립하였다.

그러자 이번에는 고을현령이 가만히 있지 않았다. 불순한 의도
가 있지나 않는지 불안한 마음으로 우대고를 불렀다. 주위사람들
은 마을의 안녕을 위해 자발적으로 결성한 자위대를 색안경을 끼
고 보느냐고 현령을 질타하였다.

"한마디로 싸가지 없는 작자 아니여. 지놈이 감당하지 못하는
치안을 대신 자발적으로 감당한다는디 불순한 시선으로 내려다
보아?"

"이참에 아예 내쫓아 버려? 백성들의 고혈이나 빨아묵는 작자
들은 있으나마나 백해무익한 존재들이여."

우대고는 주위의 여론을 잠재우고 현령의 부름에 응하였다. 현
령은 기생들을 끼고 앉아 거나하게 취해 있었다. 민초들은 허기
가 지고 부황 든 얼굴로 하늘을 우러러보며 탄식을 하는데 백주

대낮부터 음주가무라니. 성질 같아서는 불같이 대청마루에 뛰어올라 단칼에 목을 날리고 싶었다.

"오, 저 자가 무리를 모아 창검을 번득인다고 하였느냐?"

현령은 게슴츠레한 눈으로 우대고를 내려다보았다.

"불순한 마음으로 자위대를 결성한 것은 아니오니 오해는 말아주십시오."

"그럼, 우국충정에서 비롯된 것이더냐?"

"사방에서 도적의 무리들이 들끓어 고을의 안위를 위해 자위책을 강구한 것입니다. 그리 헤아려 주십시오."

"듣기에 따라서는 아주 고무적이고 진취적인 동기에서 출발한 것 같구나. 그걸 나더러 어떻게 믿으란 말이냐?"

"두고 보시면 알 것입니다. 우리 스스로 마을의 안위를 생각한 나머지 자구책을 강구해야 한다는 현실이 안타깝습니다."

"뭐라고? 방금 그 말은 상당히 가시가 박혀 있구나. 아주 불순한 저의가 깔려 있어. 이곳 치안을 담당하고 있는 나를 폄하한 말이렷다?"

"너무 지나친 말씀입니다. 저는 어디까지나 현실을 말하였을 뿐입니다."

우대고는 현령의 언사에 비윗장이 뒤틀렸으나 의연한 자세로 조금도 흔들리지 않았다. 작금의 사회혼란을 일으킨 장본인들은 누구인가? 그때 군관 하나가 현령에게 귓속말을 하였다. 현령은 머리를 끄덕였다.

"내 듣자니 자네가 청해진에서 무술을 익혀왔다면서?"

"세상의 문물을 두루 익혔습니다."

"장보고의 비운과 몰락은 어디에서 기인된 줄 알렸다?"

"잘 압니다. 감히 넘보지 못할 정치적 야욕이 화를 불러일으켜 희생양이 된 것입니다."

"허면, 장보고의 죽음에 대한 복수심을 밑자리에 깔고 있는 게 아닌가?"

"장보고장군께서 정쟁(政爭)의 희생양이 된 억울함을 통분한 나머지 항쟁의 대열에 선 것은 사실이나, 거기에 분노한 것은 장보고장군이 이룩한 해상왕국을 혁파한 실정(失政)이었습니다. 그로 인하여 지금의 해상권은 어찌 되었습니까?"

"허어, 감히 어느 안전이라고 입바르게 까발리자는 겐가. 아무튼 좋다. 지난날의 이력은 더 이상 문제 삼지 않겠다. 내가 똑바로 지켜볼 것이니 조금이라도 불순한 행동을 하였다가는 용서치 않겠다. 그리고 유사시에는 관군의 명령에 따르도록 하라."

현령은 무슨 생각에서인지 우대고를 순순히 돌려보냈다. 우대고는 씁쓸한 마음을 떨쳐버리지 못하였다. 유사시에는 자신의 수족으로 이용하겠다? 안 될 말이지. 타락한 군상들의 이용물이 되기 위해 자위대를 필요로 한 것은 아니다. 집으로 돌아온 우대고는 더욱 훈련에 힘썼다. 현령을 비롯하여 부패한 관군에게 고을의 안전을 기대한다는 것은 무리였다. 현령의 감시 따위는 신경쓰지 않기로 하였다. 어쩌면 현령은 곧바로 우대고의 존재 따위는 잊어버리고 가렴주구에 빠져 지낼 것이다.

"간밤에 재 너머 마을에 산돼지들이 한바탕 소란을 피우고 갔다합디다."

"피해는 없었고?"

우대고는 긴장하였다. 산돼지는 그들의 은어로 산적의 무리를 지칭하였다.

"피해가 왜 없었겠어요. 그리고 우리의 동정을 시험해 보려는 의도가 다분한 듯 싶은디요. 일종의 도전 아니겠는가라우."

"어쨌거나, 긴장의 끈을 늦추어서는 안 된다. 이곳은 바다와 뭍의 열린 공간이어서 풍요로운 만큼 눈독을 들이는 무리들이 많다."

우대고는 다시금 지형을 꼼꼼하게 살피고 매복 장소와 길목마다 함정을 팠다. 그리고 유사시에는 번개처럼 내달을 수 있도록 연결망을 구축하였다. 재 너머 마을에 도적의 무리들이 휩쓸고 갔다는 것은 선전포고나 다름없을 터였다. 아니나 다를까, 닷새가 지났을 때 매복조에서 신호가 왔다. 우대고는 도적의 무리들을 함정을 파놓은 곳으로 유인한 다음 매복조에게 도적의 후방을 교란하라는 명령을 내렸다.

도적의 무리들은 우대고의 유인책에 손쉽게 말려들었다. 보아하니 훈련이 덜된 오합지졸이나 다름없는 무리들이었다. 폭정에 시달린 울분과 굶주림으로 모여든 무리들이었다. 다 같은 민초들이라고 생각하니 살생만은 애써 피하고 싶었다. 싸움은 싱겁게 끝났다. 천방지축 무질서하게 내달려온 도적의 무리들은 함정에 빠져 속수무책 허우적거렸다.

"되도록 살생은 하지 말도록. 저들도 알고 보면 우리와 같은 민초들이다. 마음을 다잡아 선량하게 일으켜 세우면 본심으로 돌아올 것이다."

우대고는 사로잡힌 도적의 무리들을 한 사람씩 심문하였다. 예상대로 살길이 아득하여 이판사판 도적의 무리가 된 것이다.

"여러분의 형상을 보니 측은한 마음이 드오. 창검 하나 제대로 다룰 줄 모르는 무지랭이들이 도적의 무리가 되다니요. 이제부터 이곳에서 살길을 열어주겠소. 우리와 같이 바다에 나가 고기를 잡고, 농토를 일구어 자족하며 자위대의 일원으로 긍지를 가지시오. 무예를 익히면서 우리 스스로 이곳을 지키자는 것이오. 고향으로 돌아가고 싶은 사람은 떠나도 좋소."

"고향을 잃은 지가 오래요. 그렇게 드넓은 가슴으로 받아주신다면 무어 바랄게 있겠소. 당장 처자식을 데려와 평화롭게 살고 싶소."

도적의 무리들은 우대고의 설득에 마음을 내려놓았다. 금방 지순한 양민으로 돌아왔다. 우대고는 그들에게 처자식을 데려오게 하는 한편 공동체의 정신으로 집을 마련해 주었다. 그리고 자위대의 일원으로 무예를 가르쳤다. 그렇게 입소문이 퍼지자 산지사방에서 떠돌던 부랑자들이 모여들었다. 갑자기 자위대가 활성화되면서 세력이 커졌다.

"이렇게 나가다가는 저들을 다 수용할 수 없겠어요. 무슨 방도를 강구해야만 되지 않겠소?"

"나도 그 점을 고심하고 있네. 내 생각이네만, 우리 고을의 안위만을 고려할 게 아니라 이웃 고을의 안위도 책임을 지면 어떨까. 그래서 말인데 일부 자위대를 이웃 고을에 파견 형식으로 내보냈으면 하네."

"좋은 묘책이오만, 그로 인하여 무슨 오해나 빌미를 주지 않을까 싶네요."

"그건 내게 맡기게나."

우대고는 떠도는 부랑자로 합류한 자, 처자식이 없는 자들을 가려내어 별동대를 조직하였다. 그리고 그들에게 엄숙하게 사명의식을 심어 주었다.

"이웃 고을도 우리와 같이 평화롭게 살 권리가 있소. 관군과 토호들의 착취와 핍박으로부터 벗어나야 하고 주위의 도적무리들을 본래의 양민으로 돌아오도록 해야 하오. 그리고 치안을 책임져야 하고. 이곳과 수시로 연락을 취하여 유사시에 대비해야 할 것이오."

그들은 우대고의 충정어린 마음을 헤아리고 다음날로 출발하였다. 그 기상이 자못 늠름하였다. 이웃 고을도 사전에 묵계가 되었는지라 그들을 흔쾌히 받아들였다.

백제의 숨결

"들어 보셨지요? 견훤이 백제의 부흥을 내걸고 무진주에서 일어섰다는 풍문을요. 그런가 하면 북쪽에서는 양길이라는 두목 밑에서 활약하던 애꾸눈 궁예라는 중 출신이 세력을 넓혀간다고 하고요."

"그렇게 되면 다시금 백제, 고구려, 신라의 세 갈래 혼백들을 일어서게 하는 후삼국시대가 되겠어."

"장차 우리는 어느 쪽에 가담하는 게 좋을까요?"

"물어보나마나 백제의 깃발을 내건 쪽이제."

"그 점은 알겠는데 이런 난세일수록 흥분하거나 마음 들뜨면 안 되지. 우리는 어디까지나 고을의 안전이 우선 아니겠어?"

"결국은 어느 한쪽을 택해야 하지 않을게?"

"좀 더 두고 보세나."

우대고는 여러 중론을 신중히 헤아리고 소화하였다. 난세일수록 서로가 영웅이라고 떠벌리며 민심을 현혹시켰다. 인간의 부질없는 욕망이 민초들을 더욱 혼란스럽게 내몰았다.

"견훤이 서라벌을 쑥대밭으로 짓이기고 임금을 새로 세웠다 안 하오. 그리고 정식으로 나라를 후백제라 하고 스스로 왕이 되었다는군요."

"우리도 가만히 동정이나 살피며 움츠리고 있지들 말고 이참에 깃발을 내걸든지, 견훤의 휘하에 들어가 백제의 혼을 되살리든지 해야 하지 않겠소."

"망설일 것 없이 우리 현(縣)부터 접수합시다. 우리대로 주위의 고을을 손아귀에 넣으면 자연적으로 견훤의 부대와 마주칠 것이고, 보다 대등한 위치에서 우리의 지분과 명분을 확보할 수 있을 것 아니겠소."

"맞는 말이여. 그냥 아무 전과 없이 견훤의 휘하에 들어가는 것보다 훨씬 위상이 다르겠제."

"아직은 성급하게 결정할 일이 아니네. 견훤의 야심이 어느 경계에까지 나아갈 수 있는지 판단하기 어렵네. 신중해야 하느니. 제이 제삼 견훤이 얼마든지 나올 수 있으니께."

우대고는 경거망동을 삼가자는 신중론 쪽으로 분위기를 다스렸다.

"세상이 어떻게 돌아가는 줄도 모르고 관망이라니요? 머뭇거리고 뜸들이다가는 시절을 놓치기 마련이오."

"이 눈치 저 눈치 볼 것 없이 우리대로 깃발을 내걸고 일어섭시다. 도 아니면 모 아니오."

"아닐세. 무엇보다 명분이 있어야 하네. 그래야 민심과 실리가 따르는 법이네. 나라의 흥망성쇠도 그렇지만 혁명의 깃발을 올리는데도 민심을 외면할 수 없네. 자칫 도적의 무리로 떨어지게 되면 어찌 되겠는가."

우대고는 가까스로 흥분한 여론을 잠재우며 차분해지자고 하였다. 견훤이 발 빠르게 백제의 혼을 계승하겠다고 일어선 것은 그만큼 이쪽의 민심을 꿰뚫어 본 것이다. 명분 하나는 분명하였다. 알게 모르게 백제인으로서 얼마나 설움을 받아왔는가. 신라의 성골, 진골의 신분 아래에서 육두품 이하는 아무리 출중하고 헌걸차더라도 상위(上位)의 벼슬은 할 수 없듯이, 백제인은 뛰어난 인재일수록 세상을 한탄하고 은둔자연하지 않는가. 비천한 해도인으로 각인된 장보고의 최후도 다를 바 없을 터였다.

견훤은 그 같은 민심을 재바르게 등에 업은 것이고 거기에 견훤의 웅지가 엿보이나, 서라벌을 무자비하게 짓밟은 처사는 또 다른 회의와 의구심을 낳게 하였다. 왕실의 부패와 무능력, 권신들의 타락을 준엄하게 타일러 질서 있게 다스렸다면 백성들은 혁세주로 믿었을지도 모른다. 상하를 가리지 않고 무자비한 살육은 아무리 그 창칼이 정의로웠다 할지라도 환영을 받지 못할 것이다. 우대고가 판단하기에는 무식의 결과물 아니면 사적인 원한이 작용한 것 같았다. 그것도 아니라면 썩은 기둥과 대들보를 갈아치우고 새집을 짓 듯 썩어빠진 신라를 송두리째 들어내고 새 왕조를 세우든지 할 것이지 겨우 자기 입맛에 맞는 임금만 새로 바꿀 것은 또 무언가. 그리고 후백제의 깃발을 내세웠다?

우대고는 불원간 견훤의 군사와 조우하리라 예견하고 더욱 군사를 단련시켰다. 비록 수적으로 열세지만 용맹과 무예만은 뒤지지 않으리라 구슬땀을 흘렸다. 고맙게도 모두가 한마음으로 단결된 힘을 내보였다.

"우리의 고을을 침범해 오는 무리들이 먼지를 일으키며 짓쳐옵니다."

우대고는 예상보다 보폭 빠른 기세에 긴장하였다.

"견훤의 군대더냐, 아니면 신라의 관군이냐?"

"아직은 잘 모르겠습니다."

"적을 알아야 대적할 수 있지."

우대고는 앞으로 나섰다. 대오를 정비하고 마주쳐온 적군과 마주쳤다. 상대편 진영도 사뭇 기세가 높았다. 어디서 오는 군사며, 이곳을 넘보는 이유는 무엇인가, 소리 높여 따져 물었다. 백제를 다시금 일으켜 세운다는 견훤의 군대라면 한눈에 깃발을 알아보았을 것이다.

"우리는 부패한 정부와 도적이 들끓는 이 강산을 온전히 평정하기 위하여 일어섰다. 너희들도 부화뇌동하지 말고 우리에게 합류하라. 그렇지 않으면 응분의 대가를 치를 것이다."

"무엄하게도 예의를 모르는구나. 뜻을 같이 하겠다면 사전에 일말의 전언(傳言)이 있어야 하거늘, 무뢰배들처럼 먼지바람을 일으키며 창검을 들이대다니. 그러고도 무슨 큰 뜻을 이루겠다는 거냐?"

"싸움에 예의라니?"

상대는 가소롭다는 듯 코웃음을 쳤다.

"당연히 예의가 있어야 한다. 비록 목숨을 다투는 전쟁마당이지만 상호 예의를 지켜야 한다. 그래야 서로가 후회가 없는 법이다. 어디서 배워먹은 무뢰배냐, 그래."

"잔챙이 같은 오합지졸들을 앞세우고서 누굴 가르치려드는 거냐? 매운맛을 봐야겠다."

그와 동시에 벌떼처럼 앞으로 내달았다. 진영을 보아하니 병법도 제대로 모르는 무리들이었다. 우대고는 사전에 정찰한 지형을 이용하여 매복과 공격의 양면작전을 펼쳤다. 신속하고 날렵한 공격술과 후방을 교란시키는 기습작전과 매복전술은 적군을 혼란에 빠뜨리기에 충분하였다. 싸움은 수적인 열세에도 불구하고 단숨에 승리로 끝이 났다. 아군의 전사자와 부상자가 다소 있었으나 속전속결, 통쾌한 승리였다. 적군의 우두머리가 피를 흘린 채 붙잡혀 왔다. 오십대의 사내였다.

"그대는 어느 군대의 소속이오?"

"내 스스로 깃발을 일으켜 세웠다."

"그럼, 견훤의 휘하는 아니겠군."

"백제를 부흥시키겠다는 내 큰 뜻이 어찌 견훤 따위와 같을 수 있겠는가."

"그게 과대망상이 아니고 무엇이오. 어리석게도 백제의 혼은 하나지 둘이 아니지 않소."

"누가 껍데기 백제의 혼을 내세웠는가, 하늘만 알 게야."

"내가 보기에는 그대가 껍데기 백제의 혼을 둘러쓰고 있소. 그 엉성한 통솔과 군졸로 무엇을 이루겠다는 건지 삼척동자도 웃을 일이오."

"내 오늘은 너무 얕본 나머지 이런 수모를 당한다만 지리산 부근을 다 아우른 사람이야."

"그러고 보니 산적 출신이구랴. 어쩐지 예의도 모르는 무뢰배라고 생각했지. 그동안 세력을 규합한답시고 무고한 백성들을 핍박하고 살생도 서슴치 않았겠구나."

"산적이 되고 싶어 된 줄 아느냐? 나를 어쩔 셈이냐."

우두머리는 끝까지 자신을 굽히지 않았다. 우대고는 처음 당한 일이라 난처하였다. 따지고 보면 적대시할 이유가 없었다. 일방적으로 저들이 싸움을 자초하였으나 같은 울안의 백성이요, 핍박받아왔던 민초들이 아닌가. 다만, 산적의 무리로 출발하여 분수를 모르는 허황된 욕망의 깃발을 내세운 오합지졸이었다.

"어떻게 했으면 좋겠소?"

우대고는 순간 장보고를 떠올렸다. 부하막료들을 너무 믿고 신임한 나머지 부하의 손에 죽임을 당하였다. 믿음과 신뢰가 없으면 자신의 입지를 세울 수 없는데도 세상은 어디 그런가. 난세에는 믿음을 저버리기 다반사라 하였다. 저자를 살려준다 해서 믿음을 바라지 않는다. 그리고 목을 친다 해서 무슨 이로움이 있겠는가.

"허어, 내 목숨을 내가 알아서 하라, 그 말이여? 아주 예의가 돈독하구려. 나는 이 자리에서 혀를 깨물고 죽기는 싫으이. 억울한 마음이오."

"그럼, 다시 산으로 돌려보낼까?"

"이거, 점점 사람 목숨 가지고 장난을 하는 건가? 조롱을 하는 건가?"

"이 자식이 어디서 불뚝성질로 알량한 자존심을 내보이는 거여? 큰 맘묵고 목숨만은 부지해 주겠다는디, 이 싹수가리 없는 놈은 눈 질끈 감고 목을 쳐버려야 해요. 저 성질머리를 보아하니 죄 없는 양민을 비롯하여 부하들마저 마음에 들지 않으면 댕강 목을 쳤지 싶소."

우대고의 수하가 우두머리의 허구리를 내지르며 일갈하였다. 우두머리는 어이쿠, 얕은 비명소리와 함께 주질러 앉았다.

"목숨만은 살려줄 테니까 허황된 꿈은 버리고 선량한 마음가짐으로 이 난세를 헤쳐 나가시오. 고향에 처자식도 있을 것이고. 무엇하면 우리와 뜻을 같이 하였으면 좋겠소만. 우리는 고을의 안위를 위해 자발적으로 자위대를 결성한 것이오. 더 큰 뜻이 있다면 큰 나무 아래로 가시오."

우대고는 우두머리를 풀어주었다. 그리고 붙잡힌 자들 가운데 우대고를 따르겠다는 사람들은 수하로 들였다. 우대고의 자위대가 돌아오자 주민들이 대대적으로 환영을 하였다. 현령이 직접 나와 환영대회를 열어 주었다. 뜻밖이었다. 자위대원들은 떨떠름한 얼굴들이었다.

"우리 고을의 치안을 위하여 이렇게 힘을 써주어 고맙기만 하오. 오늘의 전과는 실로 대단한 것이었소. 그동안 내가 여러분의 충성심을 오해한 점이 있었다면 이 자리에서 이해들 하시오."

현령은 자기 기분에 도취되어 미사여구를 늘어놓다 말고 먼저 술에 취하였다. 저런 썩어빠진 자가 현령이랍시고 나서기는. 자위대원들은 현령의 존재를 아예 무시하였다. 객담을 풀어놓으며 술잔을 주고받았다. 우대고는 긴장이 풀려서인지 피로가 엄습하였다.

그렇게 한해가 가고 두해가 갔다. 시월상달 가을걷이와 보리갈이가 끝나자 새로운 마음가짐으로 훈련을 시작하였다. 훈련을 마치고 집에 돌아온 우대고는 뜻밖의 손님을 맞이하였다. 초라한 행색으로 보아 변복을 한 게 틀림없었다. 수하사람도 두셋 거느리고 있었다. 아버지 우미소는 바다에서 아직 돌아오지 않았다.

"어디서 오신 손객들이시오?"

우대고는 정중하게 모셨다. 서녘 해를 가늠하고 찾아온 손객들에게 매몰차게 대할 수는 없었다. 비록 행색은 초라해 보여도 몸가짐이 기품 있었다.

"익히 명성을 듣고 먼 길을 찾아왔소이다."

"명성이라니요? 첫마디부터 당치도 않는 말씀이십니다."

"아니올시다. 아무리 미풍이어도 바람은 멀리까지 갑니다. 하여……."

"우선 안으로 드시지요. 먼 길 오시느라 지쳐 보입니다."

우대고는 손객들을 사랑으로 모셨다. 곧바로 저녁을 곁들여 주 안상이 들어왔다. 그들은 몹시 시장하였는지 사양하지 않고 저녁을 달게 들었다. 비로소 통성명을 하였다.

"저는 백제를 일으켜 세우기 위해 일어선 견훤장군 군사참모의 한사람인 최한경이라고 합니다. 이 사람들은 휘하 막료들이고요."

"견훤장군의 소식은 바람결로 들어 알고 있습니다. 백제의 망국의 한을 저라고 어찌 가슴에 지니고 있지 않겠습니까."

"그런 뜻을 지니고 있을 거라 예견하고 찾아온 것입니다. 잘 알다시피 신라는 쇠망의 길로 접어들었소이다. 군웅할거 시대라 할까, 도처에서 민란이 일어나고 서로가 자웅을 겨루고 있지 않습니까. 견훤장군도 난세를 평정하고 백제의 망국의 한을 풀기 위해 과감하게 깃발을 높이 들었소이다."

"백제의 피를 품 받은 사람이라면 이 난세를 모른 체 할 수 있겠습니까."

"그래서 하는 말인데 견훤장군께서 두루두루 뜻 맞는 사람들을 규합하기 위해 노력하십니다. 제가 찾아온 이유도 거기에 있습니다. 견훤장군께서 손수 친필을 내려주시어 함께 백제를 재건하자는 것입니다."

최한경은 품속에서 두루마리를 꺼냈다. 우대고가 보기에도 구구절절한 내용이었다. 우대고는 처음 견훤의 야심찬 봉기를 들었을 때 과연 견훤이란 위인이 백제의 재건을 말할 자격이 있겠는가, 반문하지 않을 수 없었다. 견훤도 양길 같은 부류에 지나지 않을까 일말의 의구심을 가지며 지켜보기로 하였다. 그런데 친서를 보니 그 뜻이 굳건하였다.

"감명 깊게 큰 뜻을 지녔습니다."

"견훤장군의 뜻을 헤아려주시고 기꺼운 마음으로 받아주시니 마음 기쁩니다. 듣자니 바다길(海路)에 대해 잘 아신다고 들었습니다."

"저에 관한 정보를 소상이 알아 보셨군요. 청해진 시절 해상을 익히 숙지하였습니다."

"지금 견훤장군께서 가장 시급해 하는 것은 수군입니다. 아시다시피 삼면이 바다인 까닭에 수군을 소홀히 할 수 없소이다. 동해바다는 신라에 인접해 있어 그렇다치고 서해와 남해바다는 우리의 거점지역이자 궁예의 영역과 맞닿아 있습니다. 더구나 서해는 중국과 잇닿아 있고, 남해는 일본을 본거지로 한 왜구가 시시때때로 골머리를 앓게 하지 않습니까. 그 점은 우대고께서 누구보다도 잘 아시리라 믿습니다."

"물론입니다. 청해진대사 장보고장군께서 좀 더 굳건히 바다를 지켰더라면 태평하였을 텐데 두고두고 아쉽고 안타깝습니다."

"저도 공감합니다. 어쨌거나 서해와 남해는 국제적으로는 중국과 일본과 맞닿아 있고, 국내로는 궁예의 세력이 우리를 피곤하게 합니다. 더구나 궁예의 막하에 있는 왕건이라는 자가 수군을 동원하여 서해로 남하하여 우리의 뒤통수를 치고자 합니다. 그에 대적할 사람이 필요하다는 것입니다."

"신라로의 진출도 지상군 못지않게 수군이 요긴하게 쓰일 것입니다. 군량보급에 있어서도 그 적재량이라든가, 안전에도 도움이 되고요."

"신라를 병탄하자면 바다와 인접한 해안지역의 장악력이 필수조건이지요. 자, 그러면 우대고께서 수군양성과 해안진지구축에 심혈을 기울여 주시기 바랍니다. 거기에 따른 장비와 물자는 견훤장군께 보고하여 지원하겠습니다."

"알겠습니다. 제 생각에는 수군이라 해서 꼭 바다에서만 활동하는 게 아니라 뭍에서도 지상군으로서의 의무를 다할 수 있어야 합니다. 저는 그 점을 아우르며 자위대를 단련시켰습니다."

"역시 현명하십니다. 견훤장군을 도와 백제를 다시금 일으킵시다."

"저를 그렇게 알아주시고 믿음을 주시니 감개무량입니다. 그런데 어째서 왕으로 잠칭하였다고 들었는데 견훤장군으로 부르십니까?"

"우리 막료들은 초심을 잃지 말라는 뜻에서 당분간 그렇게 부르기로 하였소이다. 견훤장군께서도 흔쾌히 받아들이시고요."

"겸양지심을 잘 알겠습니다. 일찍이 백제가 망하고 부흥운동이 일어났을 때 잿밥부터 먼저 욕심낸 자들의 권력다툼으로 분열이 일어나 뜻을 이루지 못하였지요. 저의 윗대선조께서도 그 같은 한을 가슴에 품은 채 이곳에서 일생을 마쳤고, 나머지 백제인은 이곳에서 배를 타고 바다를 건너갔습니다. 그러한 역사의 우(愚)

를 범하지 않기를 기원합니다."

"시절의 변화란 예단할 수 없지만 장보고만 하더라도 초심을 잃은 결과가 어떻게 되었습니까? 선대께서도 백제부흥운동에 참전하셨군요."

"그러기에 백제망혼의 한이 이곳에 뿌리 깊게 박혔지요."

"더욱 믿음이 갑니다. 앞으로 우리 모두가 견훤장군 곁에서 한치의 흐트러짐 없이 잘 보좌합시다."

우대고는 최한경의 사심 없는 대화에 신뢰가 갔다. 이제 백제를 다시금 일으켜 세우는 원대한 길로 나서자. 그렇게 다짐하자 최한경과의 술자리가 즐겁기만 하였다. 술이 들어갈수록 최한경의 선비다운 면모와 군사적인 식견과 지략에 감탄하였다. 최한경은 우대고가 생각보다 포용력이 있고 장군다운 풍모를 지니고 있다고 만족스러워하였다. 의외의 수확이었다. 우대고를 찾아올 때만 해도 궁벽한 해안가에서 치졸한 자위대를 거느린 사람으로 인식하였다. 우대고의 명성을 귓결로 들었을 때 별로 기대를 하지 않았었다. 다만, 수군이 필요하다는 절박한 현실을 무시할 수 없어 견훤장군에게 진언하였고, 견훤장군 또한 무슨 생각을 하였는지 선뜻 서찰을 써 주었다.

다음날, 우대고는 최한경을 모시고 자위대가 훈련하는 연병장으로 나갔다. 벌써 최한경의 소식을 들은 자위대는 사기가 충천한 가운데 기상이 늠름하였다. 하늘을 찌를 듯한 기합소리가 최한경으로서는 천군만마를 얻은 기분이었다. 어디에 내놓아도 일당백을 능히 하지 싶었다. 훈련을 마친 우대고는 자위대를 이끌고 보무도 당당하게 소도마을로 향하였다. 이제부터는 한낱 고을의 자위대가 아니라 백제를 다시금 일으켜 세울 임무를 부여받은 정예부대가 아니냐. 우대고는 소도 앞에 정열한 자위대 앞에서 엄숙하게 선언하였다. 출정식이었다.

"이제부터 우리는 고을의 치안을 담당한 자위대가 아니오. 백제를 다시금 일으켜야 할 사명감을 안고 출정하는 임무를 부여받았소. 오늘 이 자리에서 하늘신과 땅의 신과 조상신에게 고함과 동시에 모두가 한마음으로 가슴에 새겨 신명을 다 바쳐야 할 것이오."

자위대의 함성소리가 하늘과 땅을 울렸다. 최한경도 앞에 나서 앞으로의 사명감을 주지시켰다. 소도에서 신고식을 치른 자위대는 내일을 위해 뜨거운 마음으로 하나가 되었다.

"정말 마음 든든합니다. 견훤장군을 뵙는 대로 군선을 지을 제반 경비를 보내드리겠소이다. 용맹한 수군으로 거듭나기를 바랍니다."

"제 경험을 살려 결코 실망스러움을 드리지 않겠습니다."

최한경 일행은 우대고의 진심어린 충정에 흐뭇해하였다. 우대고는 최한경 일행을 보내고 나서 마음이 바빠졌다. 군선을 만들자면 그에 필요한 목재와 지금까지 뭍에서 익혀온 전술적인 훈련을 수군으로서의 전환이 급선무였다. 최한경은 약속대로 뜸들이지 않고 군선을 건조할 비용과 목수들까지 보냈다.

출전

　출전 명령이 내려왔다. 우대고를 비롯하여 군사들은 흥분과 긴
장감을 감추지 못하였다. 배를 처음 타는 군사들은 더욱 긴장감
으로 충만하였다. 우대고는 소도마을에서 출정식을 갖기로 한 전
날 밤, 소래녀와 석별의 정을 나누었다. 그동안 부부로서의 사랑
이 남달랐기에 보내는 마음이 자칫 슬픔으로 번질까 염려되어 이
밤이 더욱 애틋하였다.

　"전쟁터에 나가시면 언제 돌아올지 모르겠군요."

　"당신을 두고 멀리 떠나야 하다니 마음 아프오."

　"제 염려는 마시게요. 당신을 기다리는 심정으로 무훈을 빌겠
어요. 한낱 아녀자 때문에 당신의 웅지를 접을 수는 없잖아요."

　"고맙소. 내가 없는 동안 가정과 아들을 잘 돌보시오."

　"저에게 주어진 덕목 아닌가요? 아, 이 밤이 영원하였으면 좋
겠어요."

　소래녀는 끝내 참았던 눈물을 떨구며 우대고의 가슴을 파고 들
었다. 우대고는 드넓은 가슴으로 아내를 안았다. 늘 새로운 마음

으로 아내를 사랑하였고, 아내의 지순한 사랑을 받았다. 석별의 정을 나누어야 한다니 이 밤이 너무나 짧았다.

소래녀와 한밤을 지새운 우대고는 출정식을 마치고 배에 올랐다. 이제 갓 건조한 군선은 송진 냄새가 코를 자극하였다. 돛폭을 달아 올리자 날렵한 기상으로 방향을 가늠하였다. 군선의 위용을 갖춘 만큼 여느 깃발과는 달랐다. 선창가에서 그들을 보내는 부모형제와 이웃들의 모습이 배가 앞으로 나아갈수록 아련하게 멀어졌다. 그 속에 소래녀의 눈물어린 모습이 파도위에 어리었다.

"어디로 향합니까?"

"청해진을 수성(守城)하라는 명령하달이야."

"청해진이라면 아군의 군사가 지키고 있을 것인디 수성이라니요?"

"궁예의 휘하에 있는 왕건이 남하하여 진도와 나주성을 장악했다는구나. 이웃한 청해진이라 해서 안전할 수 있겠느냐. 더구나 장보고의 해상왕국이 혁파된 뒤로 공도(空島)로 버려졌는지라 무주공산이나 다름없을 것이다."

우대고는 부장의 궁금증을 풀어주며 지난날 청해진에서 장보고 장군을 모시고 바다를 누볐던 기억을 떠들렸다. 일본으로 돌아간 소도구야와 오늘의 출정을 함께 하였다면 얼마나 마음 든든할까. 백제유민의 자손으로서 백제의 망국의 깃발을 다시 일으켜 새운 오늘의 현실을 수수방관하지는 않을 것이다. 소도구야는 어느 누구보다도 의협심이 강하였다.

"후백제 수군도 만만치 않을 것인디 왕건이라는 자가 뒤통수를 치다니요? 이해가 잘 안갑니다."

"그러게 말이다. 지략과 용병술이 뛰어나지 않고서는 감히 엄두를 낼 수 없는 일이다."

"후백제 군사도 감때사납다고 들었는디 긴장감이 더 드네요."

"나도 가슴이 울렁인다. 한번 부딪쳐 싸워봐야 비로소 적의 무게감을 알 수 있다."

우대고는 포악하기로 이름난 왜구들과 접전을 벌였을 때의 일을 상기하였다. 바다에서의 싸움은 뭍에서의 싸움 이상으로 전술적인 요건이 뒤따라야 한다. 용감하다 해서 승리를 가져오는 것은 아니다. 바다의 지형과 조류까지도 전술적으로 이용해야만 적을 제압할 수 있었다. 배에서의 격전은 육지보다 제한된 선상 위에서 승패를 가늠하기에 그만큼 위험을 감내해야 한다.

"앞으로 얼마를 더 가야합니까?"

조약도 앞바다를 가로 지르자 물살이 드셌다.

"해거름에 도착할 것이다."

우대고는 군사들을 점호하였다. 더러는 뱃멀미로 고통스러워하였다. 저렇게 약해 빠져서야. 뱃멀미는 가장 곤혹스러운 고통을 안겨줌과 동시에 경계해야할 자신과의 싸움이다. 적군이 만약 그 사실을 안다면 패배는 불 보듯 뻔한 것이다. 그 사이 배는 청해진을 들어서고 있었다. 서산낙조가 새파란 바다를 붉게 물들인 전경은 저절로 감탄사를 자아내게 하였다. 이렇듯 아름다운 강토를 서로가 찢어발기기 위해 피를 흘리다니! 인간의 욕망으로 인한 잔학성과 파괴의 본능은 어디에서 오는 걸까? 우대고는 잠시 자연과 벗하며 고기를 잡는 어부의 마음으로 돌아갔다. 전쟁이 없는 세상. 누구나 평화로운 강산을 팔 베게 삼아 한평생을 근심 걱정 없이 살기를 원하지 않는가.

"저쪽에서 배를 타고 나오는디요."

"우리의 깃발을 보고 마중 나오는가 보다."

우대고는 그들을 기다렸다. 그들은 배에 올라 우대고를 찾았다. 최한경이 반가운 얼굴을 하였다.

"약속한 날짜와 시간을 잘 맞추셨구려. 내 미리 내려와 기다리고 있었소."

"생각지도 못한 환영입니다."

두 사람은 반가움을 나누었다. 새삼 최한경의 무한한 신뢰와 두터운 인간애가 고마웠다.

"대왕께서 친히 저더러 내려가 확인하라 하셨습니다. 그만큼 해상권 장악이 중요하다는 겁니다. 아시겠지만 왕건이란 자가 바다를 이용하여 우리의 뒤통수를 치지 않겠습니까. 앞만 보고 내달리는 판국에 뒤통수를 얻어맞는다는 것은 치명적일 수밖에요. 우대고께서 그러한 상황을 깊이 인식하십시오. 대왕의 기대하는 바가 큽니다. 그리고 사석에서는 견훤장군이라 불러도 좋으나 공적인 자리에서는 대왕으로 군신의 예를 잊지 마시오."

"알겠습니다. 제가 생각하기에는 애초에 수군의 중요성을 깊이 인식하지 못한 결과만 같습니다."

"처음에는 막강한 수군력으로 해안경비를 게을리하지 않았지요. 그러다 점차 영토가 넓어지면서 지상군이 절대적이어서 수군이 약해졌다고나 할까요. 그 틈을 타서 왕건이 잠입한 게요."

"전술적으로 상당히 뛰어난 장군인 듯싶습니다."

"궁예가 가장 총애하는 사람입니다. 더구나 개성에서 나고 자라 할아버지 때부터 중국과도 해상무역을 할 정도로 바다의 생리를 잘 알뿐만 아니라 수군의 중요성을 누구보다도 꿰뚫어 알고 있지요. 그리고 후고구려를 표방한 궁예가 날로 세력이 커지자 교만방자한데다 주위사람들을 의심하는 버릇이 부쩍 늘어, 왕건은 그러한 분위기를 재빨리 간파한 나머지 우리의 후방을 공략한다는 구실을 내세워 되도록 궁예의 시야에서 멀리 벗어나려는 간계가 깔려있다는 게요."

"그 말을 듣고 보니 보통 사람이 아니군요. 지략을 겸비한 명장이랄까……."

"잘 보셨소이다. 결코 만만히 보아서는 안 될 위인이오. 내 판단이 맞다면 우리의 가장 큰 적은 궁예가 아니라 왕건이오. 궁예의 폭정과 사치스러움은 백성의 신망을 잃어가고 있어요. 장차 궁예를 대신할 사람은 왕건인지도 모르지요. 나머지 이야기는 청해진에 들어가서 나눕시다."

최한경은 우대고가 타고 온 군선을 안전한 곳에 정박하도록 안내하였다. 청해진은 몰라보게 쇠락한 모습이었다. 옛날의 막강한 군세와 영화는 어디로 갔는가. 한숨을 깨물며 청해진에 오르자 곧바로 연회를 베풀었다. 청해진을 지키는 김대수 장수는 나이가 지긋하였다. 전쟁터에서 잔뼈가 굵은 사람이었다. 청해진을 그나마 온전히 지킬 수 있었던 것은 전쟁터에서 터득한 오랜 경험에서였다.

"왕건의 수군과는 몇 차례나 부딪쳐 보았는지요?"

"여러 번 있었소만 승패는 우리 편이 열세였소."

"아무래도 모든 면에서 이쪽이 유리하였을 텐데요."

"그 유리함을 너무 과신한 게지요. 그리고 처음에는 저들이 이곳 후방을 침범할 것이라고는 생각도 못하였지요. 기습을 당한 게요."

"전선은 전방이고 후방이고 한 치의 빈틈을 주어서는 안 되지요."

"그 점을 알면서도 자칫 방심하기 쉽지요. 나라의 흥망성쇠도 안일과 자만심이 화를 불러오잖아요. 더 나아가 내부의 부패와 권력다툼과 불신과 반목에 의해 비운을 맞기도 하고요."

"그 말씀은 신라를 두고 하는 듯합니다."

"어디 신라뿐입니까. 일찍이 고구려, 백제도 좋은 본보기지요. 지금의 후고구려나 후백제라고 그러한 길로 접어들지 말라는 법은 없지요."

"옳은 말씀입니다. 나라를 일으켜 세우는데 있어 교훈으로 삼아야지요."

최한경이 깊은 사색에서 깨어난 목소리로 말하였다.

"지금은 전황이 어떻습니까?"

"기습적으로 나주성을 점령한 왕건은 방어벽을 구축한 채 숨죽이고 있어요. 민심을 자기편으로 끌어들이려는 속내도 엿보이고요. 기회를 보아 진도에 은거하고 있는 적들부터 무찔러야지요. 저들의 후방이랄까, 보급로를 끊어놓아야 해요."

"저들이 나주성을 수성하고 있다는 것은 군량이며 모든 것을 철저하게 준비했다는 것 아니겠습니까. 더구나 나주성은 목포로 나아가는 수로가 열려있고, 평야가 비옥하여 자체조달도 가능할 거구요."

"잘 보셨소. 지금의 전세(戰勢)를 볼 때 전방에서 첨예하게 대립하는 까닭에 우리의 병력이 자연 북방에 치중할 수밖에 없다는 것을 알고 있을 거요. 말하자면 양동작전을 쓰는 게지요. 후방에서 유린하고 호응함으로써 전술적으로 유리하다 할까……."

"그래서 한시바삐 후방의 암적인 적을 토벌해야 합니다. 제가 내일이라도 출전하겠소. 우대고 군장도 오시어 마음 놓고 청해진을 맡길 수 있겠고요."

"제가 나서야지요."

"아니오. 김대수 장수께서 나서는 것이 좋을 듯싶소. 적들과 맞부딪친 실전경험이 많은지라 능히 적을 꿰뚫어 볼 것이오. 우대고 군장은 청해진을 굳건히 지키면서 남은 군사들을 조련하는 게 좋지 싶소. 오늘이 아니더라도 앞으로 얼마든지 선봉에 설 날이 많을 것이고, 김대수 장수는 언제 전방으로 차출될지도 모르고요."

최한경은 지금의 전세가 어떻게 돌아간다는 것을 암묵적으로 말하였다. 우대고는 잠자코 최한경의 결정에 따르기로 하였다.

"자, 오늘의 축하연회는 이것으로 마칩시다. 곧바로 출전준비도 해야겠고."

김대수 장수의 말에 따라 연회가 끝났다. 우대고는 숙소로 돌아왔다. 밤하늘의 별들을 품 안은 고요한 밤바다의 해조음이 자장가처럼 부서졌다. 평화롭고 아름다운 밤이구나. 우대고는 불현듯 소도구야와 청해진에서 날밤을 지새웠던 지난날을 그립게 떠올렸다.

그때는 청해진 진영이 웅장하였다. 군사들 또한 규율이 엄정하였고, 사기가 드높았다. 해상왕국이라는 자부심으로 바다를 누볐다. 왜구는 물론 중국해적들까지 청해진 깃발을 단 군선을 보면 줄행랑을 쳤다. 그리고 중국과 일본과의 교역은 풍요를 누리게 하였다. 그런데 지금의 형세는 한마디로 사기 저하였다. 보아 하니 군율도 제대로 갖추지 못한 듯싶었다. 오죽하면 코앞의 적들에게 둘러싸여 전전긍긍한단 말인가. 영토를 침범한 적들을 가차 없이 몰아내야 하거늘. 우대고는 김대수가 적진을 향해 나아가 싸울지라도 전과 없이 돌아오리라 예견하였다. 흐트러진 군기와 침체된 사기를 추스르지 않고서는 승리를 장담할 수 없을 터였다.

우대고의 예감은 맞아 떨어졌다. 진도에 주둔하고 있는 적들을 소탕하러간 김대수는 소득 없이 패잔병 신세로 돌아왔다. 단 일합도 겨루어 보지 못하고 적의 유인술에 휘말려 전의를 상실한 채 만신창이가 된 것이다. 참으로 민망하고 볼썽사나운 모습들이었다.

"적들이 우리의 동정을 어떻게 파악하였는지 민첩하게 잘 이용하더이다. 혹여 우리 내부에 내통자가 있는지도 모르겠소."

김대수는 침통한 얼굴로 부상당한 부위를 치료받았다.

"오늘의 패배를 거울삼아야겠지요."

우대고는 짧게 오늘의 패배를 베어 물었다. 모든 면에서 내공이 깃들지 않으면 허수아비에 불과하다. 우대고는 연병장으로 나가 군사들을 사열하고 지난날 습득하였던 해전의 실제경험을 주입시켰다.

"역시 우대고 군장께서는 지상전과는 다른 해전의 실제상황을 여실히 보여줍니다."

최한경은 훈련하는 모습을 지켜보며 만족스러워하였다. 우대고에게 청해진을 맡기고 해전에 취약점을 드러낸 김대수를 전방으로 차출한데도 무리가 없을 듯하였다. 최한경은 나주성에 진을 치고 있는 왕건을 의식하고 우대고에게 뭍에서의 지형전술을 진언해 주고 나서 김대수와 전방 최일선으로 향하였다. 청해진 사령관으로 임명된 우대고는 혹독한 훈련으로 군기를 바로잡았다. 군사들은 점점 강도 높은 훈련을 이겨내며 사기가 충만하였다. 지난번 김대수의 참패를 만회하고도 남을 듯하였다. 적의 동태를 감지한 척후병의 보고에 의해 출전 날짜를 정하였다.

출전의 그날은 봄비가 그친 뒷날이어서 해무가 바다위에 자우룩하게 깔렸다. 지척을 분간할 수 없을 정도였다.

"아무래도 날씨가 걱정스럽습니다."

"아니다. 이런 날이 오히려 기습공격하기에 좋을 게다. 적들도 방심할 것이고……."

"우리가 우리 덫에 걸린다면요?"

"그 점도 생각해야겠지."

우대고는 묵묵히 앞으로 나아갔다. 치막한 해무로 둘러싸인 밤바다. 바람 한 점 없는지라 배는 느리게 나아갔다. 자칫 방향이라도 잘못 잡으면 엉뚱한 곳 아니면 암초에 부딪칠지도 모를 일이었다. 군사들은 말없는 가운데 주위를 살피며 긴장을 늦추지 않았다. 우대고는 지난날 뻔질나게 왕래하였는지라 눈을 감고도 주위를 훤히 꿰뚫어 보았다. 항해기술은 경험만큼 중요한 게 없으리라.

"갑자기 물살이 거셉니다."

"알고 있다. 우리의 목표물이 곧 포착될 것이다."

우대고는 전투준비 명령을 내렸다. 물길 사나운 울둘목 깊숙한 곳에 적의 진지가 두억시니처럼 나타났다. 우대고는 망설임 없이 신속하게 짓쳐들어 갔다. 예상하였던 대로 적들은 무방비상태였다. 음주로 기강이 흐트러질 대로 흐트러져 우왕좌왕 갈피를 잡지 못하였다. 싸움은 순식간에 일방적으로 끝났다. 적의 패잔병들은 허겁지겁 도망치기에 바빴다.

"탁월하십니다. 첫 출전에 대승을 거두다니요."

"날씨 덕을 보았다고 해야겠지. 한 번의 승리로 우쭐해서는 안 된다. 허투루 볼 만만한 적들이 아니야. 군영의 위세가 그러하지 않는가."

"자만은 금물이지요."

"주민들의 마음을 편안히 위로해 다스리고 나서 곧바로 돌아 간다."

우대고는 불안과 두려움에 떨고 있는 주민들에게 백제인으로서 의 긍지를 심어주고 청해진으로 향하였다. 민심을 어떻게 얻느냐 에 따라 전쟁의 양상이 달라진다는 것은 삼척동자도 아는 사실일 터였다. 적진으로 나아갈 때와는 달리 한밤을 지새우고 난 한낮 은 봄바람이 산들거리고 햇살은 따사로웠다. 순풍에 돛을 달고 물결 따라 청해진에 도착하였다. 비워둔 청해진은 한편으로는 염 려가 되었는데 너무나 평온하였다. 우대고는 군사들에게 잔치를 베풀어 쉬게 하고 견훤에게 장계를 올려 보냈다.

우대고는 군사들을 위로한 다음 더욱 경계를 철저히 하였다. 적들이 복수심에 불타 언제 쳐들어올지 모를 일이었다. 최한경이 승전보를 듣고 왕의 명으로 찾아왔다. 우대고는 해안을 순시하고 군사들을 조련하다말고 최한경을 맞았다. 그런데 최한경의 일행 속에 앳된 처녀가 낯설게 다가왔다.

"경계가 철저하십니다. 마음 든든할 수밖에요. 왕께서 치하하시고 정식으로 사령장(辭令狀)을 교시하였소이다."

최한경은 사령장을 하달하였다. 우대고는 무릎을 꿇고 사령장을 받았다.

"운 좋게 한 번의 승리를 가지고, 그저 황송한 마음입니다."

"그만큼 믿고 신임한다는 뜻 아니겠소. 왕께서 시중을 들 시녀까지 직접 하사하셨소이다. 왕의 그 마음을 잊지 마시오."

최한경은 데리고 온 시녀를 우대고에게 인사시켰다. 유신녀라 하였다. 단정한 모습이 나무랄 데가 없었다.

"저에게 너무 과분합니다."

"전쟁터에서는 마음이 적적한 법이오. 어여삐 거두시구려."

"안으로 드십시다. 푸짐한 생선안주를 대접해 드리겠습니다."

우대고는 군사들을 쉬게 하고 최한경과 밤이 깊도록 이야기를 나누었다. 최한경은 전방에서 전개되는 전쟁의 양상을 소상하게 담아냈다.

"철원으로 도읍을 옮겨간 후고구려왕 궁예는 점점 폭군이 되어 갑니다. 초심을 잃어버린 게지요. 백성들의 원성이 자자합니다. 부쩍 신임하는 각료들도 의심하는 버릇이 생겼고요. 그래서 왕건이 한껏 몸을 낮추고서 궁예로부터 멀리 나앉아 자신의 안전과 세력 확장을 꾀하고 있어요."

"그 점을 피부로 느끼기에 경계를 철저히 하고 있습니다."

"언젠가는 정면으로 승부를 가름해야 할게요. 자꾸만 후방을 유린하니 신경이 쓰일 수밖에요."

"눈앞에서 어른거리는 적을 가만 내버려 둘 수는 없지요."

우대고는 최한경의 고심에 찬 조언을 이해하였다. 유신녀는 조용한 자태로 술시중을 들었다. 너무나 곱고 아름답구나! 꽃다운 나이로 그에 걸맞는 배필을 만나 행복한 가정을 꾸려야 하거늘 어찌하여 여기까지 오게 되었는가? 우대고는 문득 지난날 중국 해적들이 서해안의 부녀자들을 잡아가 노예로 팔던 전경을 떠올렸다. 거기에 비할 바는 아니지만 왠지 가련한 마음이 들었다. 최한경은 다음날 동이 트자마자 떠났다. 우대고는 며칠 더 붙잡고 싶었으나 최한경으로서는 한가한 몸이 아닐 터였다. 우대고는 유신녀를 조용히 불러 앉혔다.

"어떤 인연으로 여기까지 오게 되었느냐?"

"저의 조상은 본래 백제인이었사온데 신라통일과 함께 볼모로 서라벌로 이주하였습니다. 저는 서라벌에서 태어났고요."

"신분이 있는 집안이었구나. 허면, 서라벌에서 어떻게 오게 되었느냐?"

"견훤대왕께서 회오리바람처럼 서라벌을 짓쳐들어와 아수라장을 만들었습니다. 포석정에서 연회를 즐기던 임금을 시해하고 고관대작들을 도륙낸 다음 새 임금을 세우고 나서, 방화로 불탄 아비규환 속에서 저희들을 강제로 끌고 갔어요. 개중에는 백제를 다시 일으켜 세운다는 감언에 속아 옛고향을 찾아간다는 들뜬 마음으로 견훤대왕의 뒤를 따른 자도 있었고요."

"그런 참상을 겪었단 말이냐?"

우대고는 어느 정도 풍문으로 들어 알고 있었지만 직접 참상을 목격한 유신녀로부터 말을 들으니 마음이 무거웠다. 견훤대왕과 비교할 때 왕건은 비록 적장일망정 전혀 다른 인물로 다가왔다. 나주 일대를 수중에 넣을 수 있었던 것은 민심을 헤아린 후덕함에서일 터였다. 덕치(德治). 백성을 아우르지 않고서는 대업을 이룩할 수 없다. 민심을 거스르지 않는 지도자. 누구나 난세에 그걸 원하지 않는가.

"소녀는 앞으로 장군님을 지성으로 모시겠습니다."

"그게 네 운명인지도 모르겠다만, 예견할 수 없는 게 사람의 운명이다. 네가 내 앞에 다가올 줄 누가 알았겠느냐."

우대고는 유신녀의 장래가 아득하게 느껴졌다. 체념어린 그녀의 말을 어떻게 받아들여야 할까.

"운명의 파도를 넘다보면 어느 지점에 이르겠지요."

"그 말을 들으니 더욱 마음이 아리구나. 내, 너를 다시금 부모님이 계신 곳으로 보내주마. 시간이 걸릴지라도."

"저는 이미 모든 걸 다 잃었습니다. 이 아름다운 천혜의 고장에서 따뜻한 마음가짐으로 보냈으면 합니다."

유신녀는 처음 최한경을 따라 이곳에 왔을 때 낯설기만 한 이곳이 두렵고 불안하였다. 사람에 대한 공포심은 그녀를 숨 막히게 하였다. 그러나 우대고를 대면하고 나서는 마음속으로 우대고의 너그러운 인품에 감사를 드렸다. 유신녀는 조용히 일어나 침상으로 향하였다.

"너의 처소는 따로 마련하였다."

"아니옵니다. 소녀가 정성껏 모시겠습니다."

"그렇게 마음을 쓰지 않아도 된다."

우대고는 유신녀를 미리 마련한 처소에 들게 하였다. 꽃다운 청춘을 함부로 꺾거나 짓밟는 것도 죄악일 터. 우대고의 눈앞에 이제 갓 걸음마를 떼기 시작한 아들을 데리고 뱃머리에서 손을 흔들던 소래녀의 얼굴이 다가왔다. 유신녀의 시중은 정성스러웠다. 잠자리까지는 이르지 않았으나 매사 한 점 소홀함이 없었다. 그럴수록 애틋한 마음이 들었다. 최전선에서는 연일 긴장 속에서 치열한 전투를 벌인다는 소식이 들려왔으나 남녘 해안전선은 서로가 관망상태였다.

유신녀의 정성어린 시중은 백척간두에 선 듯한 긴박감 속에서 위안이 되었다. 달 밝은 밤이면 그녀의 청아한 단소가락은 푸른 바다에 넘실거리는 파도를 타고 자맥질을 하는가 하면 애수 어린 포말을 일으키기도 하였다. 좋구나! 무릎장단과 함께 절로 탄성이 나왔다. 만 가지 시름에서 놓여나게 하였고, 바다의 고혼이 된 전사자들의 넋을 불러와 한없이 마음을 바다 밑으로 가라앉게 하였다.

"이 밤에는 너야말로 가녀린 선녀로구나."

우대고는 그런 날에는 한 잔 술을 들었고 향수에 젖었다. 그러나 자신을 완전히 놓아버릴 수는 없었다. 긴장감과 경계심을 게을리 하지 않았다. 적의 동태도 긴밀히 살폈다. 전쟁은 속도감이었고, 적의 허실을 틈타 일거에 진압해야 한다.

"적의 움직임이 아무래도 수상합니다. 밤을 이용하여 적의 전선이 물길을 따라 내려옵니다. 아무래도 지난번 패배를 만회하려는 속셈인 듯합니다."

"내, 이날을 기다렸다. 병사는 싸움을 두려워해서는 안 된다. 기필코 승리하여 백제의 위상을 되찾아야 한다."

우대고는 척후병의 보고에 비장한 마음으로 군사들의 사기를 북돋운 다음 선제공격으로 적의 예봉을 꺾기로 하였다. 적이 미처 전선(戰線)을 펼치기 전에 치고 들어가는 작전이야말로 해전에서는 유리하였다. 우대고는 군선(軍船)을 거느리고 신속하게 마주쳐 나갔다. 그리고 적의 전선이 채 포진을 펼치기도 전에 적진 깊숙이 파고들었다. 적의 군선은 제대로 싸우지도 못하고 후퇴하였다. 우대고는 조금도 여유를 주지 않고 적들을 밀어붙였다. 적의 군선을 깨부수며 진도 울돌목에 이르렀을 때는 자정 무렵이었다. 조류의 흐름을 잘 알기에 신속하게 적을 제압한 것이다. 적의 방어망을 격파하고 적의 기지를 탈환하였을 때는 먼동이 터오고 있었다. 지난번 해무를 이용한 기습작전과는 다른 전과였다.

"역시 장군님의 전략은 신출귀몰합니다. 적의 패잔병은 섬 안 깊숙이 숨어들었고, 나머지는 나주성 방면으로 도망쳤습니다."

"수고했다. 병사들을 편히 쉬게 하라. 그리고 붙잡힌 적들과 백성들에게는 두려움을 덜게 하고, 따뜻한 온정으로 굶주리는 사람이 없도록 하라."

우대고는 군사들을 점고하고 나서 사로잡힌 적군들을 심문하였다. 따지고 보면 다 같은 백성들이 아닌가. 서로가 적으로 대치하며 죽이고 죽이는 현실을 어떻게 설명해야 할까. 업보요, 숙명이라고 하기에는 너무나 마음이 아렸다. 그렇다고 마냥 자기감정에 잠겨있을 수도 없는 노릇이었다. 이 기회를 놓칠 수는 없었다. 후방을 유린하는 암적인 적군들을 섬멸해야만 나라의 기강이 제대로 설 것이다. 후환을 없앰으로써 나라의 미래가 밝게 열릴 것이다. 우대고는 군사들을 독려하며 서해 쪽으로 나아갔다.

군사들의 사기는 충만하였다. 전략상 목포에 이르러 적의 주력 전선을 무찌른 다음 왕건이 주둔하고 있는 나주성을 일망타진할 것이었다. 우대고는 최한경에게 파발마를 띄워 보냈다. 지상군과 수군의 양동작전을 펼치자는 것이었다. 그러나 미처 예상하지 못하였던 강풍을 만나 뱃길이 순탄치 못하였다. 지상군과의 협공 작전을 펼치자면 한 치의 오차가 생겨서는 안 되는 법인데 낭패였다. 가까스로 뱃길을 잡아 목포에 도착하였을 때는 군사들이 거센 파도와 싸우느라 탈기한 상태였다. 삼학도 근처에서 잠시 휴식을 취해 군사들의 원기를 회복시키고 전열을 가다듬기로 하였다.

그런데 누가 알았으랴. 적들은 마치 기다리고 있었다는 듯 바로 그 점을 노리고 기습해 왔다. 이런 중차대한 군사기밀을 어떻게 감지하였을까? 황급히 전열을 가다듬어 맞부딪쳤다. 불화살이 하늘의 별똥별처럼 난무하고 뱃전과 뱃전이 부딪치고, 난장판을 이루듯 육탄전이 벌어졌다. 이쪽저쪽 전선들이 화염에 휩싸이고 바다는 핏물로 물들었다. 이쪽의 전선들이 점점 수세에 몰렸다. 눈물을 머금고 퇴각할 수밖에 없었다. 적의 군선을 맞바로 치고 나가며 혈로를 뚫었다. 적의 시야에서 막 벗어나려는 순간 화살 한 개가 우대고의 등에 꽂혔다.

"장군님이 쓰러지셨다. 바삐 퇴각하라!"

우대고는 그 소리를 아스라이 들으며 의식을 잃었다. 군사들은 간신히 적진 속에서 빠져나와 대오를 가다듬고 보니 전선은 절반으로 줄어들었다. 예상치 못한 패배의 아픔과 분노를 삭이며 침통한 분위기 속에서 청해진으로 돌아왔다. 우대고는 유신녀의 지극한 간호에도 쉽사리 의식을 회복하지 못하였다.

유신녀의 마음은 찢어질 듯 아팠다. 우대고와의 만남. 그 인연은 비록 시종관계라 할지라도 크나큰 의지처요 안식처였는데 이 무슨 불행이란 말인가. 장차 앞날을 예측할 수 없는 자신의 운명을 생각하니 눈앞이 아득하였다. 튼실한 명주동아줄에 의지한 영혼이 삭둑 끊어져 천길낭떠러지 아래로 굴러 떨어지는 듯하였다. 눈물도 메말라 버렸고, 말문도 막혀 버렸다. 지극정성으로 우대고가 깨어나기를 기원하며 밤낮으로 그 곁을 지켰다.

그러나 우대고는 끝내 깨어나지 못하였다. 등줄기에 꽂힌 화살은 급소에 깊이 박혔고, 의원의 말로는 독화살이어서 회복이 불가능하다는 것이었다. 우대고는 일주야를 버티지 못하였다. 마지막 맥박이 잦아지는 날 우대고의 얼음장처럼 차가운 손이 유신녀의 손을 잡았다. 마지막 유언이었다. 그 차가운 손길에서 무언가를 말하고 있었다. 고향으로 돌아가라. 그 소리가 이명처럼 유신녀의 가슴을 울렸다.

우대고의 시신은 조용한 가운데 고향으로 운구 되었다. 병사들이 하나같이 오열하며 우대고의 넋을 보냈다. 최한경이 달려 내려오고, 우대고의 시신을 실은 배는 슬픔을 가득 안고 앞으로 나아갔다. 뱃전에 부딪치는 파도소리와 자연 경관은 변함없는데 무상하여라, 장부의 숨결이여. 바다도 슬픔으로 잠이 들어 파도마저 잦아진 가운데 시신을 운구한 배는 고향 선창가에 이르렀다. 전혀 예상하지 못하였던 우대고의 시신을 맞이한 마을사람들은 울음바다를 이루었다. 소래녀의 통곡은 결국 혼절로 이어져 모든 사람들의 가슴을 찢어지게 하였다. 가장 용감한 장수이며, 출중한 지략가로 고을의 평화와 백제의 넋을 일으켜 세우기 위해 온몸을 바치지 않았는가.

우대고의 장례는 최한경의 주도로 온 고을사람들의 깊은 애도 속에 엄숙하게 치러졌다. 견훤대왕이 내린 작호와 함께 조상 곁에 안장되었다. 백제인의 원혼이 깃든 소도에서의 장례식은 유신녀의 가슴에 깊이 새겨졌다. 우대고는 백제인의 후손으로 새롭게 태어나 그 품에 고이 잠든 것이다. 유신녀는 그의 환생을 기원하며 눈물을 삼켰다. 우대고의 영정은 해조암에 봉안되었다. 해조암에서 사십구제를 지낼 것이었다.

"잠깐 나를 보도록 하라."

장례식을 마치고 바삐 길 떠날 차비를 하던 최한경이 아직도 슬픔에서 벗어나지 못한 유신녀를 따로 불렀다.

"그동안 우대고장군의 시중을 드느라 고생이 많았다. 슬픔 또한 클게고……. 우대고장군께서 너를 자유인의 신분으로 되돌려 네가 태어난 곳으로 가도록 하였구나. 이게 유언장이 될 줄 누가 알았느냐. 오늘을 예견하고 너를 각별히 배려한 듯싶다. 어찌할 것이냐?"

"감읍할 뿐입니다. 장군님의 사십구제가 끝나는 대로 제 갈 길을 정하겠사옵니다. 심려치 마십시오."

"멀리 생각할 것 없이 나를 따라 가지 않겠느냐? 우대고장군의 뜻을 받들어 적당한 배필도 물색해 줄 것이고……."

"그렇게 어여쁘게 생각해 주시어 한없이 고맙습니다. 저의 결정은 장군님의 사십구제 이후에 하겠습니다."

"뜻이 갸륵하구나. 그리 하여라."

최한경은 갈 길이 바쁜지라 길을 재촉하였다. 우대고의 사십구제는 장엄하고 엄숙하였다. 소도에서 한 차례 의식을 치르고 나서 해조암에서 사십구제를 마쳤다. 유신녀는 우대고의 사십구제가 끝났는데도 떠나지 않았다. 아직도 몸과 마음을 추스르지 못하는 소래녀를 간호하였고, 부처님 앞에 사시마지를 올릴 때마다 우대고의 영정 앞에 나앉아 축원을 드렸다. 그 정성이 지극하여 소래녀마저 감동하였다.

우대고의 일주기가 지나고, 세 해째가 되던 해 왕건은 폭정으

249

로 시달린 백성들의 염원에 따라 궁예를 몰아내고 자신의 고향인 개성에 도읍을 정하고 고려를 세웠다. 그리고 신라의 경순왕은 나라를 들어 고려에 바쳤다. 설상가상으로 후백제는 왕자의 난으로 견훤이 고려에 귀의하고, 결국 고려에 병탄되었다. 백제의 재건을 염원하고 갈망하였던 백제인들은 크게 실망하였다.

우대고의 고향 사람들도 그 실망감을 안고 바다를 건너간 무리가 있었다. 그 무리 속에 유신녀의 모습이 보였다. 자신이 태어난 곳 서라벌로 돌아가자 해도 신라는 이미 멸망하였고, 후백제 또한 다시는 일어날 수 없을 터였다. 유신녀는 멀어져 가는 고국산천을 바라보며 대금을 꺼내들었다. 그 소리는 너무나 애잔하여 떠나보내는 사람들의 심금을 울렸다.

그 위에 혜선 스님의 열반은 또 다른 슬픔을 자아냈다. 후백제의 멸망과 함께 사바세계를 하직한 것이다. 마지막 가는 길도 선정에 드는 듯하였다. 사람들은 크나큰 의지처를 잃은 슬픔으로 몇 날을 지새웠다.

"우대고가 장렬하게 순절하고, 후백제가 망하더니만 혜선 스님마저 열반하셨으니 신산하기만 하네."

"마음의 피안처를 잃은 셈이지."

사람들은 침통한 얼굴로 혜선 스님과 함께한 지난날을 가슴으로 새기었다. 그와 함께 소래녀의 발길은 우대고가 잠든 곳으로 향하였다. 매일 새벽같이 일어나 산책을 나서듯 우대고의 묘지를 찾았다. 눈이 오나 비가 오나 하루도 거르지 않았다.

"열녀가 따로 없네. 청승도 아니고, 해가 거듭될수록 마음이 아리구랴."

마을사람들은 소래녀를 전설처럼 바라보았다.

항몽(抗蒙)의 후예들 1

봄이 무르익기 시작하였다. 들판은 겨우내 움츠렸던 보리가 하루가 다르게 자라고, 마늘이며, 상추, 시금치, 봄동, 유채가 봄의 향기를 가득 머금었다. 동백과 매화는 봄눈 속에 이미 봄을 알린 뒤였고, 연분홍 진달래가 마음을 빼앗았다. 봄기운을 머금고 정연은 김형과 가지산을 돌아보았다. 산사가 고요하였다. 경내를 기웃거리다 머위를 캐는 처사를 발견하였다.

"저 좀 읍내까지 데려다 주시면 고맙겠소만……."

처사가 먼저 반가움으로 말꼬리를 흐렸다. 머위꽃을 가득 따 담았다.

"그러지요. 읍내 볼일이라도 있으신가 봅니다."

"아닙니다. 읍내에 사는디 일주일에 두어 번 보림사에 와서 경내 주위를 청소해 줍니다. 그런데 나가는 차는 없고 약속한 시간이 촉박해서요. 절에 오는 신도 분들의 차편으로 오가는디 오늘은 신도 분들의 내방이 없습니다."

"낮은 자세로 좋은 일을 하십니다. 타시죠."

"제가 간식으로 부침개를 조금 준비해 왔습니다."

처사는 보온병에 담아 온 녹차와 함께 부침개를 펼쳤다.

"이 절과는 어떤 인연으로 숨결이 와 닿았습니까?"

"몇 년 전 이 절과 주위의 유적지 해설사로 일했습니다."

"그럼, 가지산에 대한 역사를 잘 아시겠습니다."

"떠도는 바람결로 조금 알고 있지요. 아시다시피 가지산 보림사는 860년 경 신라 헌안왕(憲安王)의 선유(仙遊)를 받들어 보조선사(普照禪師)가 개산(開山)하였으며, 9대선문(九代禪門)의 하나인 가지산학파(迦智山學派)의 근본도량이었습니다. 인도의 가지산 보림사, 중국의 가지산 보림사와 함께 3보림이라 일컬었습니다. 가깝게는 6.25전쟁 때 좌익분자들의 최후의 거점지로서 피로 물들었고, 동학농민혁명군의 마지막 격전지였는가 하면, 임진왜란과 정유재란 때의 피폐한 상황은 이루 말할 수 없었지요. 그리고 멀리 고려 때 삼별초가 진도를 거점으로 완도, 강진, 장흥, 보성, 고흥, 남해, 사천 등지를 휩쓸었다고 합디다만……."

"6.25전쟁 때의 참상이라든가, 동학농민혁명군의 마지막 격전, 임진왜란과 정유재란의 실상은 어느 정도 알고 있소만, 삼별초에 대해 고증할만한 단서라든가, 지명이 있는지요?"

"글쎄요. 역사적인 기록이 너무 미미해서 거기까지는 잘 모르겠소만 어딘가에 있지 싶은디……."

처사는 퍽 자신 없는 투로 말하였다. 부침개를 먹고 녹차로 입가심을 한 후 차에 오르기 전에 처사의 안내로 김삿갓을 추모한 시비를 찾아보았다. 버려진 듯 초라한 시비만큼이나 연민이 앞섰다. 가지산 굽이굽이를 돌아 나오는데 역사의 희생양이 되어 구천을 떠도는 원혼들의 모습이 눈앞에 밟혔다. 산천은 말이 없는데 구천을 떠도는 원혼들은 아직도 혼불로 떠돌고 있음에랴. 세월과 더불어 가을 낙엽이 겨울산에 묻히어 따사로운 봄 햇살 아래 썩어 진토가 되듯이, 구천을 떠도는 원혼들도 역사의 뒤안길로 묻히기 마련이나 산 자는 그들을 순간순간 망각에서 깨어나 가슴에 새기리라.

처사는 가지산을 한참 돌아 나와 생각난다는 듯 수인산성(修仁山城)을 안내하였다. 장흥과 강진의 경계였다. 높이 9척, 둘레 삼천 칠백 오십 육 척으로 6킬로미터에 달하는 험준한 산세였다. 산 정상까지 오백육십 일 미터의 요새였다. 고려 말 왜구 침입이 있자 강진, 보성, 영암, 장흥 백성들이 그곳에 피신, 결사적인 항쟁을 하였다는 것이다.

"고려 말 왜구 침입의 항쟁지였다면 좀 더 거슬러 올라가 삼별초의 난과도 연계해 볼 수 있지 않을까요?"

"그 점도 유추해볼만 하겠네."

김형의 말에 정연은 어떤 가능성이 있지 않을까, 생각을 여미었다.

"아직 거기까지는 사료가 미치지 못하였습니다만, 저 역시 가능성이 있지 싶습니다. 고려 말 몽고군의 침략은 전국을 누비지 않았습니까. 그 참상과 피해 또한 컸고요."

처사는 꼼꼼하게 산성을 어루만지는 정연과는 달리 시간을 가늠하였다. 김형은 차를 몰아 처사를 읍내에 내려준 다음 귀가 길에 올랐다. 정연은 삼별초에 대해 새삼 생각을 곱씹었다. 아득한 세월 속에 묻히어졌지만 그 어딘가에 흔적이 남아 있지 싶었다.

삼별초는 좌별초, 우별초, 신의군을 총칭하는 군대로써, 원래는 최씨 무신정권의 사병이었다. 삼별초의 효시는 최이가 도둑을 막기 위해 만든 야별초였다. 그런데 점차 인원이 늘어나면서 야별초는 좌.우별초로 다시 확대 개편되었고, 그 뒤 몽고군에 잡혀 있다가 돌아온 자들로 신의군이 조직되면서 삼별초란 이름을 얻게 되었다.

삼별초는 최씨 집정하에서는 말할 것 없었고, 그 뒤 권신들의 사병 노릇을 하였지만 녹봉은 국가로부터 지급받았다. 따라서 사병조직임에도 불구하고 국가의 정규군과 같은 성격의 군사조직이기도 하였다.

권신들의 사병 노릇을 하던 삼별초는 몽고 침입 이후 근거지를 강화도로 옮겨가며 외적을 막는 군사조직체로 변신하였다. 무신정권의 일개 사병조직이 대몽항쟁(對蒙抗爭)의 일선에 나선 것이다. 그러나 무신정권의 몰락과 함께 이들의 앞날을 불투명하게 하였고, 정부는 몽고에 굴복하여 개경으로 환도한다는 사실은 대몽항쟁의 일선에 선 그들로서는 마지막 생존권마저 위태롭게 하였다.

배중손은 군사들에게 무기를 나누어주어 강화도 방비를 굳건히 하는 한편 왕손인 승화후 온(溫)을 왕으로 옹립하고 관부를 설치하였다. 그러나 육지와 가까운 강화도가 전략상 좋지 못하다고 판단한 배중손은 무려 일천여의 배를 모아 온갖 재물과 가족은 물론 노비까지 태우고 강화도를 떠났다.

강화도를 떠난 삼별초는 서해일대의 섬들을 차례로 장악하면서 남쪽으로 내려가 두 달 반 만에 전라도 진도에 도착하였다. 그들이 멀리 남쪽 해상으로 옮겨간 것은 최이 때 강화도 천도와 비슷한 것이었다. 더구나 일찍이 왕건이 후백제를 공략하기 위해 그 후방인 나주를 수중에 넣고자 진도에 진을 친 인연도 작용하였다. 그런데 배중손이 남하하여 진도에 진을 치게 된 여러 가지 이유 가운데 진도는 위치상 해로의 요충지로서 관군을 물리치기에 용이하다는 것과 도참설의 영향도 컸다.

진도를 도읍지로 삼은 삼별초는 멀리 남해, 창선, 거제, 제주 등을 비롯하여 그 인근의 섬 30여개를 장악하였다. 남해안 일대를 석권한 배중손은 지방 세력들을 규합하여 반란을 일으키게 하였고, 해로를 장악하여 경제적으로 중앙에 큰 타격을 주었다.

"다 왔는데 저녁식사를 하고갑시다. 새로 개장한 수산센터 생선회가 신선하게 미각을 자극하지 싶습니다."

김형은 이미 수산센터를 들어서고 있었다. 정연은 삼별초에 대한 상념을 접었다. 차에서 내린 김형은 곧장 단골집을 찾아들었다.

"이층에 올라가 계셔요. 두 분이 맛볼 수 있을 만큼 올려 보낼게요."

주인은 보기보다 날렵한 솜씨로 생선회를 장만하였다. 두 사람은 이층 전망 좋은 곳에 자리를 잡았다.

"생각보다 풍광이 시원하군."

내려다보이는 바다는 호수같이 잔잔하였다. 고기잡이배들도 정물처럼 보였다. 고요한 이 바다가 선사이래로 얼마나 많은 사람들을 품에 안았을까? 삶의 애환은 시대마다 질량이 달랐을 것이나, 바다 깊이로 서린 삶의 질곡은 별반 다를 게 없었을 것이다. 선사시대의 조개무지로부터 오늘에 이르기까지 삶의 변화는 발전을 거듭하였을지 몰라도 생존법칙은 유구한 세월로 매김하지 않았겠는가.

"아까 수인산성을 돌아보면서 삼별초를 연관시켰는데, 그럴듯한 추리처럼 들렸어요. 그런데 어째서 이 주위에 삼별초에 관한 흔적은 없을까요?"

"그러게. 향토사에도 언급이 없고, 나름대로 한번 파고 들어야겠지."

"그들의 발자취가 이곳에 남아있지 않는 한 공허한 추리에 지나지 않겠어요?"

"삼별초가 남해안을 장악하였다면 이곳도 그들의 흔적이 어딘가에 남아있을 거야. 하다못해 구전으로나마 전해들을 수 있을게고……."

주문한 생선회가 나왔다. 곁가지로 딸려 나온 멍게, 해삼, 주꾸미, 낙지, 피조개가 싱싱함을 더해 주었다. 생선회를 들며 봄날의 미각을 누렸다. 날 것을 주식으로 하는 미개인들을 야만인으로 가름하는데, 미개인이라는 어원은 농경사회시대 농사를 짓지 않는 사람들을 그렇게 가름하였다.

"삼별초를 난으로 규정하는데, 최씨 무신정권, 다시 말해 고려 무신정권이 대몽항쟁의 정당성을 들어 강화도로 옮겨가 몽고에 항쟁한 것을 어떻게 생각하세요?"

김형은 정연에게 술잔을 건네며 대화를 이어나갔다. 민족자존 이랄까, 최씨 무신정권의 장기집권으로 피폐해진 국정농단 속에서 마지막 숨결과도 같은 어떤 정당성을 찾기 위한 질문으로 들렸다.

"몽고족은 징키스칸의 출현으로 일시에 세력이 팽창하여 세계 정복을 꾀하였지. 금국을 정벌한 몽고는 동쪽 정벌을 단행하였고, 고려는 28년에 걸쳐 몽고침입을 받게 되었고……."

"그로 인하여 결국 고려의 멸망을 가져왔고요."

"강화도 천도는 몽고군이 수군에 약하다는 것을 알고 당시 집권하였던 최이가 임금에게 건의하였지. 임금의 반대에도 불구하고 군사를 동원하여 강화도에 새 궁궐을 짓는 한편 임금과 백관들을 강압적으로 옮겼잖은가. 고려군은 강화도 방어에만 힘을 쏟게 되어 전국의 백성들은 거의 무방비상태였다고나 할까. 백성들은 산성이나 섬으로 피신할 것을 명령 받아 백성들의 피해는 이루 말할 수 없었지. 최이는 심지어 울릉도가 안전할 것이라 믿고 백성들을 그곳으로 이주시키려고 하였으나, 풍랑으로 물에 빠져 죽은 자가 많아 수포로 돌아간 게야."

"몽고군이 마음껏 고려전역을 유린하였다면 우리네 문화재 손실은 물론 산간 두메 촌락까지 막대한 피해를 입었을 겁니다."

"많은 정도가 아니었지. 부인사 대장경 초판이 소실되었고, 경주 황룡사탑이 소실된 것이 그 대표적이랄까. 그 시기에 부처님의 가피력을 입기 위해 현재 해인사에 보관되어 있는 팔만대장경 각판을 완성시켰고……."

"그때 혹시 우천리에 남아 있는 삼층석탑의 절도 소실되지 않았을까요?"

"그럴 가능성이 있다고 유추해 볼 수 있겠지."

몽고군의 침략이 가장 가혹하였던 것은 제6차 침입 때였다. 몽고군에 잡혀간 사람들은 남녀 20만6천8백 명에 이르렀고, 들판은 죽은 사람들의 해골로 뒤덮였다. 몽고군이 휩쓸고 지나간 곳은 잿더미로 변하였다.

"삼별초의 난은 대몽항쟁의 마지막 사건이라는 점에서 민족자주정신의 한 갈래를 엿볼 수 있지 않을까요? 그래서 삼별초를 난으로 규정하는 것보다 삼별초 대몽항쟁이라고 하는 게 좋을 듯싶네요."

두 사람은 자리에서 일어났다. 김형과 헤어져 집으로 돌아온 정연은 지난날 삼층석탑 앞에서 시아버지 삼년상을 지냈던 여인네가 건네준 가문(家門)의 기록사를 다시금 펼쳐들었다. 지난번에 대충 일별하고 지나쳤던 대목이 눈에 들어왔다.

항몽(抗蒙)의 후예들 2

후백제가 멸망하고 고려가 삼국을 아우르고 나서 시절마다 변화의 조짐이 많았으나 조양현은 그런대로 평화로웠다. 수도인 개경과는 거리가 멀었고, 묘청의 난이라든가, 무신정변 등등 크고 작은 나라 일에도 직접적으로 영향이 미치지 않았다.

그러나 국운은 어쩔 수 없는가, 몽고의 세력이 팽창하면서 고려는 강대한 적을 맞이하게 되었다. 세상이 어지러운 위기의식 속에서 민심이 흉흉하였다. 하지만 조양현 주민들은 왕실이 개경을 버리고 강화도로 천도하였을 때도 별반 위기의식을 피부로 느끼지 못하였다.

"몽고군이 나타났다!"

어느 날, 외마디소리와도 같은 절박한 외침이 들림과 동시에 뿌연 먼지를 일으키며 한 무리 군사가 말발굽소리도 요란하게 질풍노도와 같이 짓쳐들어왔다. 사람들은 혼비백산 배를 타고 바다로 피신하였다. 몽고군은 텅 빈 고을을 쑥대밭으로 만들었다. 그리고 짓쳐들어올 때처럼 먼지를 일으키며 다음 고을로 사라졌다.

그러나 몽고군이 찰나적으로 휩쓸고 간 자리는 너무나 처참하였다. 마을은 화염에 휩싸였고, 미처 바다로 피신하지 못한 사람들은 잔인하게 능욕을 당하거나 목숨을 잃었다. 가축들은 전리품으로 가져갔다. 사람들은 망연자실하였다. 어떻게 한 순간에 이렇게 만들 수 있는가. 차마 눈뜨고 볼 수 없는 참상에 가슴이 떨렸다. 시신을 붙들고 통곡하는 울음소리가 몇 날 며칠 계속되었다.

그 가운데 해조암의 방화는 사람들을 분노케 하였다. 백제유민의 염원을 담은 곳이 아닌가. 몽고군에 대한 적개심은 그들의 마음을 하나되게 하였다.

"우리는 몽고군의 만행을 절대로 잊어서는 안 되오. 그리고 허약할 대로 허약한 썩어빠진 왕실을 한없이 원망하오. 저들만의 안위를 위해 강화도로 도읍을 옮겨가고, 백성들은 죽든 살든 안중에도 없는 모리배들을 반드시 응징해야 하오."

그들은 한목소리로 질타하고 성토하였다. 그리고 화재를 입은 가옥들을 힘을 모아 복구하고 시간이 걸리더라도 해조암을 다시 복원하기로 뜻을 모았다. 그 해 따라 흉년이 들어 엎친 데 덮친 격으로 허리띠를 졸라매야 했다.

그렇게 흉흉한 시절을 이겨나가는 사이 나라의 정세는 무신정권이 몰락하고 개경으로 환도한 임금은 몽고군에게 백기를 들었다. 몽고군의 무리한 요구 속에 고려는 몽고의 속국으로 떨어진 바나 다름없었다.

"삼별초가 반기를 들고 몽고군과 항쟁한다지 않는가."

"글씨. 그런 풍문이 바람결로 들리네만 그게 가능할게?"

"아니여. 삼별초라면 최씨 정권 아래서 막강한 군사조직 아니었는가. 그들이 서해로 내려와 진도에 도읍을 정했다는구만."

"진도에? 몽고군이 해전에 약하다지만 섬나라를 세우다니. 아무튼 나라 임금도 가만히 있지 않것는디……."

"몽고군의 힘을 빌려 여러 차례 마주 싸웠는디도 그때마다 거뜬히 물리쳤다지 않는가."

바람결로 들리는 소문은 현실로 다가왔다. 삼별초가 용두포구에 나타난 것이다. 주민들은 그들을 환영해야 할지, 경계의 대상으로 삼을지 잠시 혼란스러웠다. 삼별초의 기세는 대단하였다. 가는 곳마다 관군들은 대항 한번 제대로 해보지 못하고 항복하거나 도망을 쳤다. 삼별초는 강진, 장흥, 보성, 고흥, 여수, 남해, 사천, 거제, 창원에 이르기까지 종횡무진으로 단숨에 제압하였다. 그 민첩성과 능숙한 해전은 파죽지세였다. 조양현도 용두포구에 진입한 삼별초의 수중에 떨어졌다. 내륙으로 통하는 관문이라는 점에서 중요한 거점지가 되었다. 모든 행정권과 사회질서를 장악한 삼별초군은 주민들을 통제하였다.

몽고군의 무자비한 침입으로 항몽의식이 가슴 깊이 각인되었던 주민들은 처음과는 달리 삼별초를 거부감 없이 받아들였다. 혈기방장한 젊은이들은 삼별초에 가담하였다. 우대고의 후손인 우상소(虞尙蘇)는 몽고군이 쳐들어왔을 때 화염 속에 휩싸인 마을의 참상을 다시금 떠올렸다. 무자비하고 잔혹한 정복자들이었다. 삼별초가 남해안일대를 쉽게 장악할 수 있었던 것도 몽고군의 잔학상을 가슴 깊이 지닌 반감이 크게 작용하였으리라. 삼별초를 반란군으로 생각하지 않는 것도 몽고군에 대한 뼈에 사무친 원한 때문이었다.

아무튼 삼별초의 지배하에 들어간 해안사람들은 여몽연합군(麗蒙聯合軍)에 대항하기 위해 싫으나 좋으나 경계를 게을리 하지 않았다. 해전에 약하다는 점을 십분 참작하여 전세가 불리할 때는 재빨리 포구를 벗어나 바다로 나가 싸웠다. 군사력이 막강한 몽고군도 어쩔 수 없었다.

그러한 가운데 어느 날부터인가 전세가 뒤바뀌기 시작하였다. 여몽연합군은 전보다 훨씬 막강한 신식무기를 앞세우고 삼별초의 근거지인 진도를 공략하였다. 육지와 섬 사이를 가로지른 물결 사나운 울돌목이 가로놓여 있어 몽고군이 여러 차례 진입을 시도하였으나 번번이 실패로 돌아갔는데 어렵사리 잠입에 성공한 것이다. 그 같은 허점을 노출시킨 것은 삼별초가 자초한 것이었다.

삼별초는 그동안의 전과로 여몽연합군을 얕잡아 보았다. 자만심으로 들어찬 나머지 경계를 소홀히 하였다. 거기에는 여몽연합군의 간계도 작용하였다. 은밀히 첩자를 투입하여 음락에 취하게끔 간계를 꾸민 것이다. 여몽연합군은 기회를 엿본 나머지 불시에 쳐들어갔다. 신식무기를 앞세운 그들 앞에 주색에 빠져 미쳐 몸을 가누지 못한 삼별초는 제대로 힘 한번 써보지 못하고 지리멸렬하였다.

"배중손을 잡아라!"

여몽연합군은 왕으로 옹립한 승화후 온과 그의 아들을 효수하고 배중손을 이 잡듯 찾았으나 행방이 묘연하였다. 그 틈을 타서 가까스로 배를 마련한 김통정은 흩어진 나머지 군사들을 모아 배에 태우고 제주도로 내려갔다. 김통정이 이끈 삼별초는 제주도에서 제2의 항쟁을 하였다. 그러나 그들도 김통정의 자살과 함께 3년에 걸친 대몽항쟁의 막을 내렸다. 이로써 고려는 몽고의 지배권 속으로 들어갔다.

"진도가 함락되고 나머지 삼별초 잔여군은 제주도로 내려갔다 하오."

숨 가쁘게 이 소식이 전해지자 조양현을 사수하고 있던 삼별초 세력들은 중심을 잃었다. 이렇게 빨리 무너질 줄은 예상하지 못하였다. 곧바로 대책을 논의하였다. 여몽연합군에 백기를 들고 투항하자는 쪽과 끝까지 몽고군에 저항하자는 쪽으로 의견이 갈라졌다.

"의기와 명분을 앞세운 용사들은 최후까지 싸우다 정 안 되면 혈로를 찾아 제주도로 건너가 그곳의 잔류 세력들과 합류하든지, 아니면 일본 쪽으로 건너가 후일을 도모하든지 하시오. 일본에는 일찍이 이곳에서 건너간 백제유민의 후손들이 살고 있지 않소. 더구나 배중손장군이 아직도 어딘가에 은신해 있다면 전혀 희망이 없는 것도 아니오."

우상소는 양쪽의 의견을 뭇가름하였다. 모두들 우상소의 의견을 따르기로 하였다. 아니나 다를까, 여몽연합군이 득달같이 내달았다. 신식무기를 앞세운 여몽연합군은 듣던 대로 더욱 사나운 갈기를 세우고 방어진을 친 삼별초 잔존세력을 무력화시켰다. 배중손을 찾는데 혈안이 된 여몽연합군은 온 고을을 샅샅이 분탕질을 쳤다.

그와 같은 참상을 바다 멀리에서 바라본 삼별초 잔존세력들은 이를 갈아 부치며 통분하였다. 부모형제 처자식을 버려두고 뱃길 따라 도망치는 자신들의 처지가 통분을 금할 수 없었다. 어디로 갈 것인가? 언제 그리운 고향산천으로 돌아올 것인가? 그들은 피눈물을 뿌리며 바람 따라 물결 따라 배가 가는 대로 지치고 상처난 육신과 영혼을 내맡겼다. 그들이 몇 날을 두고 도착한 곳은 제주도가 아니라 엉뚱하게도 일본 오키나와였다.

"자, 남은 사람들은 또 살아야 하오. 우리는 잡초의 생리를 닮지 않았소. 허정한 마음으로 마을을 정비하고 삶의 터전을 일굽시다."

고향의 지킴이로 살아남은 우상소는 주민들을 다독여 일으켜 세웠다. 길바닥에 널브러진 시신들을 공동묘지에 안장하고 화재를 당한 집들을 다시금 짓고 부서진 배들을 수리하였다. 설이 돌아왔는데도 한숨으로 들어찬 마을은 썰렁하였다. 그렇다고 새해를 그냥 넘길 수는 없었다. 대대로 이어 내려온 엿이라도 고아 조상들의 제례상에 올려놓기로 하였다. 바다에서 잡아온 생선이며, 조개며, 그런대로 제례상을 차릴 수 있었다.

설날 아침, 우상소를 비롯하여 마을사람들은 소도마을에 나가 제례상을 차려올리고 한해의 풍요와 안녕을 기원하였다. 그리고 돌아오는 길로 해조암 삼층석탑 앞에 분향을 하였다. 몽고군의 침입으로 화재를 당한 해조암은 삼층석탑만 쓸쓸하게 서 있었다. 복원을 하리라 마음먹고 터전을 다지고 있는데 삼별초의 난으로 진전을 보지 못하였다. 몽고의 내정간섭과 지배 아래에서 삶은 곤궁할 것이나 언젠가는 옛 모습을 되찾을 것이다. 내가 몇 대(代)인가? 해조암을 복원하게 되면 저 윗대로부터 차례로 조상들의 이름을 새겨 넣으리라.

맥박

낯선 손님이 찾아왔다. 재일교포사학자였다. 함께 동행한 곽인 선생의 소개에 의하면 한일교류세미나에 참석차 왔다가 굳이 이 곳을 찾아보겠다고 해서 방문하게 되었다는 것이다.

"다른 볼거리와 유적지가 많은데 이곳을요?"

"정선생님께서 발표하셨던 백제유민에 대한 짧은 글을 우연한 기회에 읽었다는군요."

"그런 걸 다 기억해주시고⋯⋯."

정연은 전혀 생각지도 않은 말이어서 겸연쩍은 마음이 들었다. 어느 종합잡지에 백제유민에 대한 소고를 발표한 적이 있었다. 그 글을 눈여겨보았는가 싶었다.

"저로서는 정말 뜻밖이었습니다. 충격적이었고, 어떤 기대치와 설레임을 안고 왔습니다. 저의 먼 조상이 백제유민의 한사람이었 습니다. 소도구야라고, 그 분이 저의 윗대 조상입니다."

재일교포 사학자는 의외로 우리말에 능통하였다. 우연치고는 기연이 아닐 수 없었다. 반가웠다.

"그래요? 더욱 반갑고 감격스럽습니다. 소도구야라면 백제유민을 기린 암자를 짓는데 많은 공헌을 하시었고, 중국과 일본을 왕래하면서 지나치는 길에 이곳에 들러 우정을 돈독히 한 것으로 알고 있습니다."

정연은 따뜻한 마음으로 차를 대접하였다. 어디선가 파도소리가 미풍처럼 문지방을 타고 넘었다.

"이 고장이 녹차의 산지라지요?"

"그렇습니다. 보다시피 바다가 한눈에 열려있고, 차나무 생산지로는 알맞은 곳이지요. 그만큼 차의 역사도 오래되었고요."

"그렇게 말씀하시니 차향기가 가득한 듯합니다. 이곳에서 백제유민이 배를 타고 바다를 건넜다고 하였는데, 아직도 그 흔적이 남아 있습니까?"

"세월의 풍상 속에서 이지러지고 훼손되고 묻히어졌지만 흔적을 지울 수는 없지요. 제일로 안타까운 것은 인간의 망각증세입니다."

"맞습니다. 인간의 망각증세는 울타리 너머로 불어치는 바람결과도 같아 조상들의 넋을 안개구름으로 인식하기 쉽지요. 흔적이나마 남아 있는 유적지를 돌아보고 싶습니다. 저의 조상들이 이곳에서 바다를 건너갔다고 생각하니 감개가 무량합니다."

"친절히 안내해 드리겠습니다."

정연은 김형을 불렀다. 지리가 익숙한 김형의 차로 돌아보는게 편리하지 싶었다. 김형은 곧바로 왔다. 정연은 우선 소도로 안내하였다. 세월과 함께 안타까운 것은 잊히어진 망부석처럼 망각 속에 버려진 초라하고 볼썽사납게 훼손된 그루터기였다.

"주위의 경관과 원형이 훼손된 고인돌이 그저 민망해 보입니다. 문화재로서도 손색이 없겠는데 너무 아쉽습니다."

"면목 없습니다. 지금의 금강하류 한산촌 주류성싸움에서 나당 연합군에게 패퇴한 백제유민이 이곳에 이르러 배를 타고 바다를 건넜습니다."

"이해가 됩니다."

재일교포 사학자는 돌종지샘과 소도의 주위를 여러 각도로 사진촬영을 하였다.

"이렇게 버려진 것은 일제의 소행이 아니었을까요? 시대를 거슬러 올라가자면 시대마다 훼손의 빌미를 주었을 것이고……."

곽인 선생이 조심스럽게 반문하였다. 일제의 문화말살정책을 떠올린 것이리라.

"그 말씀도 부정할 수 없습니다만, 무엇보다 우리네 사람들의 무지의 소산이 작용하였을 겁니다. 가깝게는 새마을사업이라는 미명 아래 미신타파라든가, 마을정비를 이유로 서낭당, 고인돌무 지를 헐고 훼손하지 않았습니까."

김형은 눈으로 본 듯 부언하였다. 이곳을 비롯하여 주위에 산재해 있던 고인돌무지가 어디로 사라졌는가. 어디 그뿐인가. 고갯 마루의 길을 넓힌다는 구실로 마을의 수호수를 무자비하게 베어 내지 않는가.

"우리의 역사가 그래서 올곧이 뿌리내리지 못하였지요. 이곳만의 참상도 아니고 전국 방방곡곡 어디를 가도 몽매하고 이기적인 일탈로 이런 모습을 내보이지요."

곽인 선생은 매번 답사를 나갈 때마다 이런 현상을 목격하였고, 사학자로서 안타깝기 그지없었다. 정연은 다음 행선지로 발길을 옮겼다.

"이곳이 백제유민이 배를 타고 바다를 건너간 포구였다는 말이지요?"

재일교포 사학자는 드넓은 들판으로 변한 안파포구 주위를 둘러보며 실감이 나지 않는다는 표정을 지었다. 정연은 곧장 우천리(牛泉里) 삼층석탑으로 안내하였다. 노랑나비가 넘나들었다.

"얼핏 보아도 삼층석탑이 세월의 풍상을 고즈넉이 지니고 있습니다."

"누구나 숙연함이 드는 데는 거기에 마음이 닿기 때문일 것입니다."

"정선생께서 발표하신 백제유민에 대한 짧은 글을 읽었을 때, 저의 선대(先代) 한분이 정유재란 때 왜군으로 징발되어 이곳 어딘가에서 고립무원으로 싸우다가 만신창이 몸으로 간신히 살아 돌아왔다고 하였습니다. 어쩌면 백제유민을 위한 절을 훼손하였을지도 모른다는 생각이 듭니다."

"그런 가정도 가능하지 싶습니다. 이곳은 지리적으로 순천과 가까웠는지라 정유재란 때 막대한 피해를 입었지요."

곽인 선생이 거들었다. 내륙으로의 진로를 차단당한 왜군은 순천에 진을 치고서 최후의 발악을 하였다. 정연은 먼 훗날 뿌리의 근원을 잊어버리고 서로가 낯선 얼굴로 적대행위를 할지도 모른다는 소도구야와 마을 노인네들과의 대화를 잠시 떠올렸다. 소도구야의 그 말은 예언적이었는지도 몰랐다.

"이 절이 소실된 것은 고려 말 몽고군이 이 나라 강토를 무자비하게 유린하였을 때 방화를 입었고, 그 후 어렵사리 암자를 복원하였는데, 정유재란 때 왜군에 의해 오늘의 모습으로 변하지 않았을까 싶습니다. 그 같은 추측성 고증은 삼층석탑을 대대로 지켜온 후손들이 회고형식으로 쓴 가계기록을 읽고 나서 가슴에 새기게 되었습니다."

정연은 삼층석탑 앞에서 시아버지 삼년상을 지낸 여인네의 집으로 일행을 안내하였다. 아무런 예고 없이 낯선 사람들을 모시고 방문한다는 게 실례가 아닐 수 없었으나 시골의 정서와 인심은 그 점을 흔감하게 받아들일 터였다. 혹시나 바깥나들이나 하지 않았을까 염려하였는데 마침 토방마루에서 방금 뜯어온 머위를 손질하고 있었다.

"오메, 어짠 일이다요? 겨우내 보이지 않아 어디 먼 길 가신 줄 알았는디. 반갑구만이라우. 헌디……."

여인네는 낯선 손님들을 어리둥절한 모습으로 맞이하였다. 분명 불시에 찾아온 당황함이 내비쳤다.

"이 분들은 삼층석탑 답사차 찾아왔습니다. 이 분은 재일교포 사학자신데 백제유민의 후손으로 일본을 오가면서 우정을 돈독히 하며 이곳 절을 짓는 데 물심양면으로 도움을 주신 소두구야의 직계이시고, 그 옆 분은 대학교에 몸담고 있습니다."

"워따, 뭘 이런 일이 다 있다요? 꿈에도 생각지 못한 귀하고 귀한 손님이구만요. 반갑고 감격스럽네요. 촉망 중에 누추해서 어쩔게라우."

"괜찮습니다. 봄 햇살도 따사롭고 얼마나 전경이 좋습니까."

"전경이사 한없이 좋지라우. 이맘때면 앞 들판 너머 바다를 바라보노라면 시절을 잊는당께요. 불편하시겠소만 이쪽으로 앉으시게요."

"저 바다길이 일본과 통한다니 새삼 가슴을 울렁이게 합니다. 백제유민을 기리는 절터로서는 그만입니다."

"일제강점기 때 방조제를 막기 전에는 바로 이 앞까지 바닷물이 차올랐구만이라우. 내 영거리 좀 보소. 대접할 게 마땅치 않는디, 안주는 변변찮지만 가주(家酒)라도 한잔씩 드시게요."

여인네는 손수 빚은 동동주와 방금 다듬은 머위와 엿을 안주로 내놓았다.

"너무 흔감합니다. 혼자 사시면서 술을 빚다니요."

곽인 선생은 재일교포 사학자 대신 입이 번연히 열렸다. 어지간히 갈증이 일었는가 보았다.

"엿은 시아버지와 영감 생각이 나서 한 번씩 빚는구만요. 밖에 나갔다 돌아오면 유일한 주전부리고요."

"그 어느 안주보다 마음이 와 닿습니다. 머위향도 봄기운 그것이고요."

정연은 술을 한 순배 돌렸다. 재일교포 사학자는 술잔을 들기 전에 엿부터 한입 깨물었다.

"그런데 술안주로 엿이 참 독특합니다."

곽인 선생도 술잔을 비우고 나서 부름처럼 엿을 깨물었다.

"우리도 백제마을 축제 때면 어김없이 엿이 가장 윗자리를 차지합니다."

"워메나! 그래요이. 이 엿은 백제유민의 혼이 깃들어 있구만요."

"선조의 혼이 깃들어 있다는 말은 자주 들었습니다. 엿은 장수(長壽)를 뜻하고 화목을 말하기도 하지요."

재일교포 사학자는 감개어린 얼굴을 하였다. 그래서 천년 넘은 세월, 오늘에 이르기까지 그 맥을 이어왔단 말인가?

"백제유민이 바다를 건너갈 때 험난한 뱃길을 무사히 건너가라는 염원으로 엿을 빚어 주었제요."

"그 간절한 기원을 엿에 담아 빚어 보냈다는 것도 가슴에 담을 만하지만, 그 오랜 세월 세세년년 맥을 이어왔다니 더욱 감명 깊습니다."

곽인 선생은 단순한 엿가락에서 깊고도 아득한 역사인식을 깨물었다. 일본인들은 작은 것을 소중히 여겨 우동 한 그릇도 몇 대가 전수받는다지만, 그에 못지않은 역사의 숨결이 엿가락 속에 배어날 줄이야!

"선대의 넋이자 맥박이제요."

여인네는 곽인 선생의 말에 술과 엿을 더 내왔다. 울 밖에서 차 소리가 나더니 젊은 아낙이 딸아이의 손을 잡고 들어섰다. 낯선 사람들을 보고 딸아이가 먼저 두릿한 표정을 지었다.

"우리 며느리구만요. 요녀석은 늦둥이 손녀고요. 어짠 일이다냐?"

여인네는 무뚜름해 있는 손녀를 담뿍 두 팔로 안았다.

"쑥이라도 좀 캐갈까 하고 그점 저점 왔구만이라우."

"그래야? 인사하거라. 이 며느리가 앞으로 엿을 대물림으로 빚을 것이요. 각박한 시절 속에서 내 것을 이어가려는 마음씨가 고맙고 마음 든든하요."

며느리는 다소곳이 인사를 하였다. 정갈한 마음씨가 엿보였다.

"우리 것을 잊어서도, 단절시켜서도 안 되겠지요. 제 욕심인지는 모르겠습니다만, 정선생님께서 해조암이라고 했던가요? 소실된 암자를 다시 복원했으면 합니다. 백제마을로 돌아가는 대로 백제유민 후손들에게도 염원을 담도록 하겠습니다."

재일교포 사학자는 진심으로 감사를 드렸다. 아무리 척박한 곳일지라도 뿌리의 근원은 아름답고 신성스러운 법이다.

"우리들도 바라는 바입니다만, 어느 세월에 이루어질런지 현재로서는 아득한 기분입니다. 이제 일어나십시다."

김형이 시간을 일깨웠다. 일행은 자리에서 일어나 여인네와 작별하였다.

"일본에 계신 백제유민의 후손들에게 안부 전하시게요. 무엇하면 동로현축제 때 한번 오시고요."

"안부뿐이겠습니까. 어떤 사명감이 저를 짓누릅니다. 건강하십시오."

재일교포 사학자는 작별인사를 거듭하였다. 여인네와 며느리, 손녀는 대문 밖까지 따라나와 일행이 삼층석탑 앞에서 묵념을 드리고 차에 오르는 모습을 허리 휘어진 노송처럼 지켜보았다. 정연은 내친김에 지난번 김형과 돌아보았던, 지근거리인 조양현의 옛터로 향하였다. 적요하였다. 일행은 관아 터와 샘, 창고 터인 창등, 말 훈련장, 북문께의 활터를 지르밟듯 답사하였다. 화살촉으로 사용하였음직한 시누대숲이 바람결로 일렁이며 그 옛날의 역사를 소리 없이 말해 주었다. 돌아서는 발걸음이 무언가 허전하였다.

"아쉽습니다. 이렇게 묻혀버릴 곳이 아닌데 말이지요."

곽인 선생은 모두를 대변하여 쓰거운 한마디를 하였다. 김형은 십리 방조제 중수문에 자리 잡은 횟집으로 안내하였다. 재일교포 사학자를 그냥 보내기가 그랬다.

"여러모로 느낀 바가 많습니다."

"더 많은 도움을 드리지 못해서 아쉽습니다. 자, 드십시다."

아직도 이 바다의 생명들은 숨을 쉬고 있는데, 바람결로 묻히어가는 역사의 숨결은 망각의 늪 속으로 자꾸만 가라앉는다.

"아무튼 반갑고, 저 아득한 뿌리의 근본이 가슴 아릿하게 다가 왔습니다. 동로현축제라고 했던가요? 그때는 꼭 연락하십시오. 백 제유민의 후손들을 모시고 기꺼이 참석하겠습니다."

"저희들도 그곳 백제마을(난고마을)축제 때 초청하십시오. 뜻 깊 은 교류차원에서요."

"물론입니다. 이로써 다시금 하나가 되지 않겠습니까."

"그곳에서는 축제를 어떻게 지내십니까?"

김형은 재일교포 사학자에게 궁금증을 내비쳤다.

"축제의식은 이곳 축제행사와 별반 다를 게 없지 싶습니다만, 처음 식전행사가 특이하다 할까요, 보는 사람들에게 충격으로 다 가옵니다. 백제마을까지 산길을 오르는 동안 여자들이 길 양편에 일렬로 죽 늘어선 가운데 남자들이 발가벗고 길 한가운데를 들어 섭니다."

"여자들이 양편에 일렬로 서있는 길을요?"

곽인 선생이 놀라는 얼굴을 하였다. 정연도 놀라기는 마찬가지 였다. 미풍양속으로 따져도 선뜻 이해가 되지 않았다. 어느 아프 리카 미개인의 제례의식을 떠올리게 하였다.

"놀람도 십분 이해가 갑니다. 그러나 너무나 자연스러운 축제 의례입니다. 우리의 남성 상징물은 무엇을 뜻합니까? 단순한 생 식기능이 아닙니다. 우리의 동양권, 한자에서 할아버지 조(祖)자는 남성의 성기입니다. 남성의 성기는 곧 할아버지입니다. 유전인자 를 볼지라도 할아버지, 할아버지의 유전자를 남성의 성기를 통하

276

여 대대로 물려받지 않습니까. 다시 말해서 그 할아버지의 상징물을 받아들이는 여자가 어루만짐으로써 보다 건강한 자손을 낳을 수 있다는 겁니다. 뿌리를 이어가기 위한 얼마나 에로틱하면서도 눈물겨운 생존의례입니까. 그만큼 백제유민은 일본 땅에서 핍박을 받아왔고, 그 핍박 속에서도 굳건히 오늘을 살아온 겁니다.”

“듣고 보니 절절한 그 무엇이 가슴에 차오릅니다. 백제마을축제 때는 꼭 참관해야겠습니다.”

김형은 감격스러운 얼굴로 단숨에 술잔을 들이켰다. 정연은 창 너머로 수평선을 바라보며 바다를 건너가는 백제유민의 배를 가뭇하게 떠올렸다.

- 끝 -

작가의 말

이른 봄, 동면에서 깨어나듯 여린 나뭇잎이 새파랗게 움 솟으며 봄을 찬미하였다. 여름의 문턱에 이르러 한차례 장마와 태풍이 비껴가더니 그 푸르던 나무가 고사되었다. 믿을 수 없는 현상이었다. 참담한 마음으로 나무의 밑동을 잘라냈다. 그동안 함께 살아오면서 여름날에는 말없는 가운데 시원한 그늘을 안겨주었고, 한겨울에는 따사로운 봄날을 기약한 믿음직스러운 수호수(守護樹)였는데, 고사된 원인을 몰라 애석함이 더 하였다.

지금 가만히 생각하고 분석해 보니 땅속에 묻힌 뿌리에 이상이 생겨나지 않았을까 판단하였다. 말하자면 뿌리의 근원을 소홀히 하고 잠시 잊은 것이다. 애스러운 마음으로 땅을 기름지게 북돋우어 주고 정성스레 관심을 기울여 보살폈어야 하였는데, 그 점을 망각한 것이다.

우리네 역사도 뿌리의 근원을 망각한 무지스러움으로 역사의 오류가 생겨난다. 인간의 흥망성쇠는 개인이나 국가를 막론하고 과거의 역사를 유출해 내어 거기에 대한 잘잘못과 반성의 기회를 소홀히 함으로써 오늘의 현실을 명징하게 갈래를 짓지 못한다.

그래서 지난 역사는 현재의 거울이다. 늘 깨어난 자세로 땅속 깊이로 묻히어진 역사를 비추어 보아야 한다. 따라서 삶 자체가 역사라는 것을 가슴에 안고 살아야 한다. 오늘을 사는 우리는 땅 속에 묻힌 역사를 밟고 다니지 않는가.

이 책이 나오기까지 애써주신 (재)한국학호남진흥원과 (주)비전비엔피 애플북스 이범상 대표님과 가족 여러분께 감사를 드린다.

2018년 가을이 오는 소리를 들으며
語山齋에서 정형남

피에 젖은 노을

초판 1쇄 인쇄 2018년 9월 20일
초판 1쇄 발행 2018년 10월 10일

지은이 정형남
펴낸이 이범상
펴낸곳 ㈜비전비엔피 · 애플북스

기획 편집 이경원 심은정 유지현 김승희 조은아 김다혜 배윤주
디자인 김은주 조은아
마케팅 한상철
전자책 김성화 김희정
관리 이성호 이다정

주소 우)04034 서울 마포구 잔다리로7길 12 (서교동)
전화 02)338-2411 | 팩스 02)338-2413
홈페이지 www.visionbp.co.kr
이 메 일 visioncorea@naver.com
원고투고 editor@visionbp.co.kr

등록번호 제313-2007-000012호

ISBN 979-11-86639-81-8 03810

* 값은 뒤표지에 있습니다.
* 잘못된 책은 구입하신 서점에서 바꿔드립니다.

이 도서의 국립중앙도서관 출판예정도서목록(CIP)은 서지정보유통지원시스템 홈페이지(http://seoji.nl.go.kr)와 국가자료공동목록시스템(http://www.nl.go.kr/kolisnet)에서 이용하실 수 있습니다.(CIP제어번호: CIP2018029152)

* 이 책은 전라남도와 (재)한국학호남진흥원의 지원비를 받았습니다.